小说二 · 散文

# 10 普希金文集

上海译文出版社

ПОЛНОЕ СОБРАНИЕ СОЧИНЕНИЙ X

冯 春——译

# А. С. ПУШКИН

《黑桃皇后》 В. И. 舒哈耶夫 绘 1922 年

《黑桃皇后》 В. И. 舒哈耶夫 绘 1922 年

# 目 次

## 小说



## 散文

# 小 说

# 黑桃皇后

黑桃皇后主大祸临头。

——最新详梦书

# 一

在阴雨连绵的日子，
他们常常聚集
在一起；
押上宝——上帝饶恕！
他们的赌注
从五十到一百卢布，
有人赌赢了，
有人用粉笔
勾去输掉的数字。
在阴雨连绵的日子，
他们聚集在一起，
干的就是这件事。

一天，有些人聚集在近卫军骑兵纳鲁莫夫家里打牌。漫长的冬夜不知不觉过尽了，大家坐下来吃夜宵的时候已经是早上四点多钟。那些赌赢的人都吃得津津有味，另一些人却失魂落魄地坐在空餐具跟前。但香槟酒送来了，谈话又活跃起来，于是大家又在一起聊天。

“你打得怎么样，舒林？”主人问道。

“输了，跟以前一样。只能承认我运气不好：我没有加过赌注，从来不急躁，谁也不能把我搞糊涂，可我总是输！”

“你一次也没有着过魔吗？你一次也没有押过那张总能赢钱的牌吗？……你的倔强真叫我吃惊。”

“可你瞧瞧赫尔曼！”一个客人指着年轻的工兵军官说，“他从来没有摸过牌，从来没有叫过一次加倍，可总是陪我们坐到五点钟，一直瞧着我们打牌！”

“我对打牌很感兴趣，”赫尔曼说，“可是我不能为了非分之财，把少不了要用的钱拿去作赌注。”

“赫尔曼是德国人：他很节俭，就是这么回事！”托木斯基说，“如果说还有什么人使我摸不透，那就是我的祖母安娜·费多托夫娜伯爵夫人了。”

“怎么？你说什么？”客人们都提高声音问道。

“我搞不懂，”托木斯基继续说，“为什么我祖母不再赌钱了！”

“一个八十岁的老太太不再赌钱，这有什么好奇怪的？”纳鲁莫夫说。

“这么说，您对她一点也不了解？”

“不了解！是的，一点也不了解！”

“噢，那么您听我说：

“您知道，我祖母六十年前去过巴黎，在那里她可是个风流人物。好多人都跟在她后面跑，想看看这个莫斯科的维纳斯[①]；黎塞留[②]热烈追求过她，祖母肯定地说，由于她心肠太硬，几乎

① 罗马神话中爱和美的女神。此句原文为法语。
② 黎塞留（1696—1788），法国元帅。

弄得他开枪自杀。

“那时太太们都流行打法拉翁[①]。有一次，她在宫廷里和奥尔良公爵打赌，输了很多钱。祖母回到家里，从脸上揭下美人斑[②]，脱下箍骨裙，对祖父说了她输钱的事，要他把钱付掉。

“我记得，先祖父本来是祖母的管家。他怕她，就像怕火一样；可是一听到她输掉这么一笔惊人的数目，不禁大怒，他拿来账册，向她证明，半年来他们已经花掉五十万，还说在巴黎他们没有像莫斯科乡下或萨拉托夫乡下那样的财产，因此干脆拒绝替她还钱。祖母打了他一记耳光，独自躺下睡觉，表示不喜欢他。

“第二天，祖母吩咐仆人把祖父叫来，指望这种家庭的处罚能对他起作用，结果发现祖父仍毫不动摇。她有生以来第一次不得不和他讲道理；她想让他感到于心有愧，就好言好语地对他说，债务也有各种各样，欠公爵的债和欠马车匠的债是不一样的。——有什么用！祖父造反了。不行，没什么可说的！祖母简直走投无路。

“她有一个要好的朋友，是个相当有名的人物。你们都听说过圣热尔曼伯爵[③]，他的奇事是那么多，大家都在纷纷传说。你们都知道，他自称是终身漂泊的犹太人[④]、长命水和点金石的发明者等等。大家都笑他，说他到处招摇撞骗，卡桑诺瓦[⑤]则在回忆录中说他是奸细；不过，尽管圣热尔曼是个很神秘的人，却仪

① 一种牌戏。
② 或称美人膏，用药膏或小黑布片贴在脸上，妇女以此作装饰品。
③ 十八世纪五十年代出现在巴黎上流社会的冒险家。
④ 指阿加斯菲尔，传说中古代一个终身漂泊的犹太人。
⑤ 卡桑诺瓦（1725—1798），意大利作家，曾用法文写《回忆录》十二卷，描写同时代人的风习和作家本人经历的许多惊险事件。

表堂堂，在社交界中很讨人喜欢。祖母至今还迷恋着他，要是有人说他坏话，她就会生气。祖母知道圣热尔曼有办法搞到大量金钱。她决定去找他帮忙。她给他写了一张便条，请他立即到她这儿来。

“这个老怪人立刻就来了，正看到祖母愁眉不展、十分痛苦。她用最恶毒的语言描绘了一通丈夫的野蛮，最后对他说，她只能在他的友谊和深情厚意上面寄托她的全部希望了。

“圣热尔曼沉吟了一会儿。

“‘我可以为您筹措这笔钱，’他说，‘不过，我知道，在您没有还清这笔钱之前，您一定不会安心，而我则不想让您愁上加愁。我有一个办法，可以让您去翻本。’‘可是，亲爱的伯爵，’祖母回答，‘我跟您说，我根本没有钱。’‘这事不需要用钱，’圣热尔曼说，‘请您听我说完。’这时他向她公开了一个秘密，要是能知道这个秘密，我们当中每一个人都肯付出极昂贵的代价……”

年轻的赌徒们更注意听了。托木斯基吸起烟来，他深深地吸了一口，又说下去。

“当天晚上祖母到凡尔赛去，*在皇后那里打牌*①。奥尔良公爵做庄；祖母稍稍对他表示了一下歉意，说没有把欠款带来。为了替自己辩解，她还编造了一个小小的故事，接着便坐在他对面下注。她挑出三张牌，一张接一张下注：三张牌都替她赢了钱，这一来祖母便完全翻了本。”

“这是偶然的！”一个客人说。

“神话！”赫尔曼说。

---

① 原文为法语。

“这牌大概玩弄了什么手法？”第三个接着说。

“我不以为这样。”托木斯基一本正经地说。

“真是怪事！”纳鲁莫夫说，“你有一个祖母，她能连续猜中三张牌，可你至今还没有向她学到这个秘诀。”

“是啊，有什么办法！”托木斯基回答，“她有四个儿子，我父亲是其中一个：四个人都是不顾死活的赌徒，可是她没有向任何一个公开过这个秘密；虽然这样做对他们并没有坏处，对我也是这样。我叔父伊凡·伊里奇伯爵曾向我说过一件事，他用人格担保这是真的。已故的恰普利茨基，就是挥霍了万贯家财，死于穷困潦倒的那个，年轻的时候，有一次记得是输给佐里奇近三十万。他完全绝望了。祖母对年轻人的胡闹一向是很严厉的，可这一次她倒有点可怜恰普利茨基。她给他三张牌，让他一张一张押，并要他保证以后永远不再赌博。恰普利茨基到赢他钱的人那里去了。他们坐下来赌钱。恰普利茨基在第一张牌上押了五万，一下子就赢了；他押了两次加倍，翻了本，还赢了钱……”

然而该睡觉了，已经六点差一刻。

其实，天已经大亮。这些年轻人喝完了杯里的酒，便各自回去了。

## 二

> “您好像更喜欢那些使女。”
>
> “有什么办法，太太？她们更鲜艳。”
>
> ——社交界的闲谈[①]

×××老伯爵夫人坐在梳妆室的镜子前面。她身边有三个使女。一个拿着胭脂盒，一个端着发针匣，还有一个捧着一顶饰有红带子的高包发帽。伯爵夫人早已人老色衰，她丝毫不想再打扮自己的姿容，但她还保留着年轻时的习惯，严格模仿七十年代的流行式样，像六十年前一样，煞费苦心地打扮，花那么多时间。靠窗口的地方有一位小姐坐在那儿刺绣，那是她的养女。

“您好，祖母[②]，”一个青年军官走进来，对她说，“您好，丽莎小姐。祖母[③]，我有一件事要求您。”

“什么事，保罗[④]？”

“请允许我向您介绍一个朋友，礼拜五我想把他带到舞会上来见您。”

“你把他直接带到舞会上来见我，那时候你就可以向我介绍了。你昨天去过×××那里吗？”

“那还用说！快活极了；跳舞一直跳到早晨五点钟。叶烈茨卡娅多漂亮啊！”

“咳，我亲爱的！她有什么漂亮啊？她的祖母达丽亚·彼得罗夫娜公爵夫人也像她那样吗？……顺便说一句：我想，达丽亚·彼得罗夫娜公爵夫人，她也很老了吧？”

“什么很老了？”托木斯基心不在焉地回答，“她死了七年了。”

小姐抬起头，对年轻人暗示了一下。他这才想起来，他们是对老伯爵夫人隐瞒了她这位同年女友的死讯的，于是他咬了咬嘴唇。可是伯爵夫人听到这个新闻却一点也不在乎。

“死啦！”她说，“我一点也不知道！我们一起封为宫中女官，我们一起晋见时，女皇……”

伯爵夫人又对她的孙子讲起自己的趣事，这件事她说过有一百遍了。

“好吧，保罗，”后来她说，“现在你扶我起来。丽桑卡[⑤]，我的鼻烟壶在哪儿？”

接着，伯爵夫人带着几个使女到屏风后面去更衣。托木斯基和小姐留在房间里。

“您要介绍的人是谁？”丽莎维塔·伊凡诺夫娜轻声问道。

“纳鲁莫夫。您认识他吗？”

“不！他是不是军人？”

“是军人。”

---

① 对话原文为法语。

②③ 原文为法语。

④ 保罗是巴维尔的法语名字，巴维尔是托木斯基的名字。原文为法语。以下凡称保罗，均同此。

⑤ 丽桑卡是丽莎，即丽莎维塔的爱称。

“是工兵军官吗？”

“不！是骑兵。您为什么以为他是个工兵军官？”

小姐吃吃地笑起来，一个字也没有回答。

“保罗！”伯爵夫人在屏风后面叫道，“给我送一本新的小说来，不过不要现代的。”

“那要什么样的，祖母[①]？”

“要这样的小说，里面的主人公并不掐死父亲或母亲，里面没有淹死的死尸。我最怕溺死的人了！”

“如今可没有这样的小说。您不想要俄国小说吗？”

“有俄国小说吗？……送来吧，亲爱的，请送来吧！”

“再见，祖母[②]，我有事……再见，丽莎维塔·伊凡诺夫娜！您为什么以为纳鲁莫夫是工兵军官？”

托木斯基走出梳妆室。

房间里只剩下丽莎维塔·伊凡诺夫娜一个人，她放下手工，望着窗外。不一会儿从街对面一个屋角里转出一个年轻军官来。她脸上泛起一片红晕。她又拿起手工，低头伏在绣布上。这时伯爵夫人换好衣服进来了。

“丽桑卡，”她说，“吩咐套马车，我们出去玩玩。”

丽桑卡从绣架后面站起来，收拾着手工。

“你怎么了，我的妈！是聋了还是怎么的！”伯爵夫人提高嗓门说。“吩咐快点套马车。”

“马上就去！”小姐轻声回答，立即跑到前厅去。

一个仆人走进来，把巴维尔·亚历山大罗维奇公爵送来的几本书交给伯爵夫人。

---

①② 原文为法语。

“很好！很感谢，”伯爵夫人说，“丽桑卡，丽桑卡！你到底跑到哪儿去了？”

“换衣服。”

“你还来得及的，我的妈。坐在这儿。翻开第一卷，念给我听……”

小姐拿起一本书，读了几行。

“大声点！”伯爵夫人说，“你怎么啦，我的妈？嗓子哑了还是怎么的？……等一等，把脚凳挪给我，再近点……好！”

丽莎维塔·伊凡诺夫娜又读了两页。伯爵夫人打了个呵欠。

“别读了，”她说，“真是一派胡言！把它送还巴维尔公爵，要谢谢他……可马车怎么啦？”

“马车准备好了。”丽莎维塔·伊凡诺夫娜探头看看街上，说。

“你怎么还不换衣服？”伯爵夫人说，“老是叫人等你！我的妈，这可叫人受不了。”

丽莎赶紧跑到她的房间去。还不到两分钟，伯爵夫人便死命地打起铃来。三个使女一起从一扇门里冲进来，侍仆则从另一扇门跑进来。

“你们怎么都叫不应呀？”伯爵夫人对他们说，“告诉丽莎维塔·伊凡诺夫娜，说我在等她。”

丽莎维塔·伊凡诺夫娜穿着晨衣、戴着帽子走进来。

“终于来了，我的妈！”伯爵夫人说，“怎么穿这身衣服？这是干吗？……向谁卖俏？……今天天气怎么样？看样子有风吧。”

“一点风也没有，夫人！天气很好！”侍仆回答。

“你们总是瞎说一气！把通风窗打开。一点也不错，有风！还很冷呢！卸掉马车吧！丽桑卡，我们不去了：用不着打扮了。”

"我过的就是这种日子！"丽莎维塔·伊凡诺夫娜想。

丽莎维塔·伊凡诺夫娜确实是个极其不幸的人。但丁[①]说过，别人的面包是苦的，别人的台阶是难登的，除了这个显贵老太婆的苦命养女，还有谁了解寄人篱下的生活是多么痛苦呢？×××伯爵夫人的心肠并不坏，这是不消多说的，但她是个养尊处优的女人，因而非常任性，她和那些在自己有生之年既不再谈恋爱又和现时的社会格格不入的老年人一样悭吝，一样养成了冷酷的利己主义的习惯。她参加上流社会的一切娱乐活动，出席舞会。在舞会上，她搽了胭脂，穿着老式服装，坐在角落里，就像舞厅里的一件丑陋而不可缺少的装饰品；来客都走到她跟前，向她深深鞠躬，好像在履行一种明文规定的仪式，此后就没人理她了。她遵守严格的礼节，在家里接待全城的名人，可是认不出任何人的面孔。无数的婢仆在她的前厅和下房里养得肥肥胖胖的，连头发也白了，他们想干什么就干什么，争相盗窃这个行将就木的老太婆的财产。丽莎维塔·伊凡诺夫娜是家里最倒霉的人。她给伯爵夫人倒茶，常常因此而受一顿训斥，说她糖放多了；她为伯爵夫人朗读小说，凡是作者的错误，都要怪她读错；她陪伯爵夫人出去散步，遇到天气不好或道路不平，她也要负责。她有规定的薪资，却从来没有拿到那么多；然而对她的装束却很挑剔，要求她穿得和极少数有钱人一样好。在交际场所里，她是个极可怜的角色。大家都认识她，可谁也不把她放在眼里；在舞会上，只有*舞伴*[②]不够的时候才轮得到她上场；每当太太小姐们需要到梳妆室去理理衣装的时候，

① 但丁（1265—1321），意大利诗人，作品有《神曲》等。
② 原文为法语。

都要把她拉去帮忙。她懂得自爱，深深明白自己的处境，总是注意着自己周围的人，迫切希望有人来解救她；但是那些青年人，为了维持浅薄的虚荣心，从不轻举妄动，并不对她表示垂怜，虽然丽莎维塔·伊凡诺夫娜比他们死死缠住不放的那些厚颜无耻而又冷若冰霜的姑娘可爱一百倍。多少次她悄悄离开无聊而豪华的客厅，跑到她那简陋的房间里痛哭一场。她的房间里只有一副裱着花纸的屏风，一个五斗橱，一面小镜子和一张油漆过的床，一支脂油蜡烛在铜烛台上幽幽地燃烧着。

有一次——那是在这部小说开头所描写的那个晚上的两天以后，我们刚才谈到的那幕情景之前一个礼拜，——有一次，丽莎维塔·伊凡诺夫娜坐在窗下刺绣，无意中朝街上看了一眼，看见一个青年工兵军官，一动不动地站在那儿，注视着她的窗口。她低下头，重新做起手中的针线活；过了五分钟，她又朝街上看了看，青年军官仍旧站在那儿。她一向不和过路的军官调情，便不再朝街上看，埋头绣了近两个钟头。吃中饭了，她站起来收拾绣架，无意中瞧了瞧街上，又看见那个军官。她觉得这事很蹊跷。饭后她怀着有些不安的心情走到窗边，但那个军官已经不在，于是她把他忘记了……

大约过了两天，她和伯爵夫人一起出门，刚登上马车，她又看到他了。他就站在大门口，竖起海龙皮领子，遮着脸：一双黑眼睛在帽檐底下闪闪发亮。丽莎维塔·伊凡诺夫娜不知为什么感到害怕，坐上马车，心里还在莫名其妙地怦怦直跳。

回到家里，她走近窗口——那军官站在原来的地方，一双眼睛直盯着她。她从窗口走开，不知道这究竟是怎么回事，心里老想着这个问题，同时，一种从未有过的感情也使她激动不已。

从这个时候起，那青年人每天都在固定时间出现在她的窗下，从不间断。他们之间无形中产生了一种默契。她一坐下来做针线，就感到他在近旁，就抬起头看看他，停留在他身上的目光也一天比一天长久。为此青年人似乎很感激她：她那少女的敏锐目光看到，当他们的目光相遇时，每一次他那苍白的脸颊立即红起来。过了一个礼拜，她对他微笑了一下……

当托木斯基请求伯爵夫人允许他把朋友带来拜访她的时候，这可怜姑娘的心便怦怦跳起来了。可是当她得知纳鲁莫夫不是工兵军官，而是近卫军骑兵的时候，她很后悔，因为她不慎提了这么个问题，把自己心头的秘密泄露给轻浮的托木斯基了。

赫尔曼是个俄国化的德国人的儿子，父亲给他留下了一笔小小的资产。赫尔曼坚信一个人必须保持独立，他连父亲遗产的利息也不敢动用，只靠薪俸过活，丝毫不敢放纵自己。不过他是个性格内向而且自尊心很强的人，伙伴们难得有机会嘲笑他的过分节俭。他怀着强烈的欲望和狂热的幻想，但是坚强的意志使他避免了一般青年人常常陷入的迷误。譬如说，他嗜赌如命，却从来不打牌，因为他考虑到他的财产不允许他（正如他所说的）“为了非分之财，把少不了要用的钱拿去作赌注”，——然而，他却整夜整夜地坐在牌桌旁边，狂热地注视着变化无常的牌局。

三张牌的奇闻使他强烈地幻想起来，他整夜都在想着这件事。第二天傍晚，他在彼得堡边散步边想：“要是老伯爵夫人肯向我公开这个秘密，或者告诉我这三张必胜的牌，那有多好啊！为什么不去碰碰运气呢？……到她那里去，作自我介绍，博得她的宠爱，或者做她的情人，但这需要一段时间，而她已经八十七岁了，也许再过一个礼拜，也许再过两天，她就会死去！……可这个奇闻本身呢？……是不是可信？……不！俭省、节制和勤劳，这才是三张可靠的牌，只有这三张牌才能使我的资产增加两倍，增加六倍，才能给我安宁和独立！”

他这样思忖着，不觉来到彼得堡一条主要大街的一座老式房屋前面。街上车水马龙，马车一辆接一辆向这个灯火辉煌的大门口驶去。从这些马车里时时露出妙龄美女的秀足、铿锵作响的长靴、带条纹的袜子和外交官的软底鞋。皮大衣和斗篷不时从傲慢的司阍身边闪过。赫尔曼停住脚步。

“这是谁家的公馆？”他问一个站在拐角上的岗警。

“是×××伯爵夫人的公馆，”岗警回答。

赫尔曼浑身颤栗起来。他脑海里又浮现出那个令人惊异的奇闻。他在公馆旁边踱来踱去，心里想着这座公馆的女主人和她那奇妙的本事。他很晚才回到自己那简陋的房间，久久不能入眠，等到一睡着，便梦见纸牌、绿色桌子、一沓沓钞票和一堆堆金币。他押下一张张纸牌，一次次毫不犹豫地折着牌角，不断地赢钱，不断把金币搂到自己面前，把钞票装入衣袋。他醒来的时候已经很晚，为了失去这虚幻的财富，他长叹了一声，接着又上街去闲逛，又一次来到×××伯爵夫人的公馆门前。仿佛有一种神秘的力量把他吸引到这个地方。他停住脚步，举目望着这座公馆的窗口。在一个窗口里，他看见一个黑头发的头，低垂着，大概在看书或工作。头稍稍抬起来了。赫尔曼看见了一个娇艳的脸蛋和一对黑眼睛。这一刻决定了他的命运。

## 三

> 我的安琪儿，您每次给我写四页信，比我读起来还快。[①]
>
> ——通信

丽莎维塔·伊凡诺夫娜刚刚脱下大衣和帽子，伯爵夫人就派人来找她，又吩咐准备马车。她们走出去乘车。就在两个仆人把老太太扶上马车送进车门里边的那一刻，丽莎维塔·伊凡诺夫娜发现那个工兵军官在车轮旁边；他抓住她的手，她惊呆了，还没有回过神来，年轻人已经走掉了，她手里留下一封信。她把信藏在手套里，一路上昏昏沉沉，什么也没听见，什么也没看见。伯爵夫人有个习惯，坐在马车里不时要问点什么：她们碰到的是什么人？这座桥叫什么桥？那边招牌上写的是什么？这一回丽莎维塔·伊凡诺夫娜总是随口回答，每一次都是驴唇不对马嘴，伯爵夫人因此大为生气。

“你怎么啦，我的妈！你是昏了头还是怎么的？你是没有听见我的话还是没有听懂？……荣耀归于上帝，我话还说得清楚，也没有老糊涂！”

丽莎维塔·伊凡诺夫娜没听进她的话。一回到家里，她就奔进自己的房间，从手套里取出信来：信没有封口。丽莎维塔·伊凡诺夫娜一口气把它读完。这是一封向她表白爱情的信，写得情意绵绵、彬彬有礼，都是一字不差地从德国小说里抄来的。丽莎维塔·伊凡诺夫娜因为不懂德文，所以非常高兴。

然而，这封信却使她坐立不安。她有生以来第一次和一个年轻男子建立秘密而亲近的关系。他这种大胆的行为使她害怕。她责备自己行为太不谨慎，不知道怎么办好：是不是别再坐在窗口，是不是应该不理睬他，冷淡他，让他以后别再追求下去？要不要给他写封信？要不要冷淡而斩钉截铁地回绝他？她没有人好商量，她既没有小姐妹，也没有人好指导。丽莎维塔·伊凡诺夫娜决定给他写一封回信。

她在写字台前面坐下，拿起笔和纸，沉思起来。她开了几次头，又把信撕了：一会儿觉得语气太宽容，一会儿又觉得太生硬。她终于写出几句话，自己觉得还满意。她写道："我相信您的心意是真诚的，并不想用轻率的举动来侮辱我；但我们的结识不应当采取这种方式。现将来信退回，并希望今后不至于让我怪您对我不尊重。"

第二天，丽莎维塔·伊凡诺夫娜看见赫尔曼走过来，便从绣架旁边站起来，走到大厅里，打开气窗，把信扔到街上，希望青年军官能迅速捡去。赫尔曼跑过来，捡起信，走进一家食品店。拆开信封，他看到自己的信和丽莎维塔·伊凡诺夫娜的答复。这是他预料中的事，回家之后，他便一心一意地策划起求爱的事来了。

---

① 原文为法语。

三天后，一个年纪轻轻、眼神机灵的女裁缝从时装店里给丽莎维塔·伊凡诺夫娜送来一张纸条。丽莎维塔·伊凡诺夫娜以为是来讨债的，忐忑不安地把纸条打开，但立即就认出赫尔曼的笔迹。

“亲爱的，您搞错了，”她说，“这张条子不是给我的。”

“不，确实是给您的！”那大胆的姑娘并不掩饰神秘的微笑，回答说，“请您看一看！”

丽莎维塔·伊凡诺夫娜把纸条迅速地看了一遍。赫尔曼要求和她约会。

“不可能！”丽莎维塔·伊凡诺夫娜说，赫尔曼竟迫不及待地提出这种要求，并且采用这种办法，这使她大为吃惊。“这张纸条真的不是写给我的！”说着她把信撕成了碎片。

“既然信不是写给您的，那您干吗把它撕掉？”女裁缝说，“我可以把它送还发信的人啊！”

“您请便，亲爱的！”丽莎维塔·伊凡诺夫娜说，由于女裁缝点穿她的秘密，她的脸刷地红了起来。“以后再别给我送纸条来。请您对那个叫您送纸条的人说，他应该感到羞耻……”

可是赫尔曼并不罢休。丽莎维塔·伊凡诺夫娜每天都收到他通过各种办法送来的信。信的内容已经不是从德文翻译过来的了。赫尔曼热情洋溢地给她写了这些信，使用的语言都是他自己所特有的：他在信中表达了他的坚定不移的愿望，倾吐了自己理不清的无法遏制的幻想。丽莎维塔·伊凡诺夫娜已经不想把信退回去了：这些信使她陶醉；她开始给他写回信，她的信也写得越来越长，越来越情意缠绵。有一天，她终于从窗口扔给他如下的一封信：

“今天×××国公使将举行舞会。伯爵夫人将到那里去。我们在那里要待到两点钟。现在您有机会和我单独见面了。伯爵夫人一走，她的仆人就会走开，门廊里只剩下一个看门人，但他通常也回自己的房间去。您可以在十一点半来。直接上楼梯。您要是在前厅里遇到人，就问伯爵夫人在不在家。他们会告诉您不在——那就没有办法，您只好回去。但是您大概不会遇到任何人。使女们都一起待在她们的房间里。您穿过前厅往左拐，一直走到伯爵夫人的卧室。在卧室的屏风后面，您会看见两扇小门：右边通书房，伯爵夫人从来不到那里去；左边通走廊，那里有一座狭小的螺旋梯，上面就是我的房间。”

赫尔曼浑身抖索得像一只老虎，焦急地等待着约定的时间。晚上十点钟，他已经来到伯爵夫人的公馆门前。天气坏极了：风呼呼地吼着，潮湿的雪一大片一大片飘落下来；街灯发出昏黄的光线；街上空荡荡的。驾着由一匹瘦马拉的马车的车夫偶尔伸长脖子看看有没有晚归的乘客。赫尔曼只穿着常礼服站在那儿，既没有感觉到狂风，也没有感觉到暴雪。伯爵夫人的马车终于备好了。赫尔曼看见几个仆人扶出一个裹着貂皮大衣的驼背老太婆，接着，她的养女披着一件单薄的斗篷，头戴鲜花闪现了一下。车门啪的一声关上了。马车吃力地从松软的雪地上驶出去。看门人关上门。窗子里的灯光熄灭了。赫尔曼便在这座空公馆周围走来走去：他走近街灯，看看表——表上指着十一点二十分。他就站在街灯下，注视着表上的指针，等待过完这几分钟。到了十一点半，赫尔曼走上伯爵夫人公馆门前的台阶，走进灯火通明的门廊。看门人不在。赫尔曼登上楼梯，打开通前厅的门，看见一个仆人坐在灯下一把肮脏的老式圈椅上睡觉。赫尔曼轻轻地然而毫不犹豫地从他身旁走过去。大厅和客厅都很昏暗。只有前厅里的灯光微弱地照到这两个厅堂。赫尔曼走进卧室。摆满古老神像的神龛前面点着一盏金色的神灯。几只褪色的缎面圈椅和镀金剥落的带羽绒靠垫沙发对称地靠在裱着中国糊墙纸的墙边，显得凄清冷落。墙上挂着勒布朗夫人[①]在巴黎画的两幅肖像。其中一幅画着一个约莫四十岁的男人，他脸色红润、身体肥胖，穿着浅绿色制服，佩戴着勋章；另一幅画着一个年轻美女，她长着高鼻子，两鬓的头发往后梳，扑粉的头发上戴着一朵玫瑰花。所有的角落里都摆满牧女瓷像、著名的勒鲁瓦[②]制造的台钟、小盒子、赌博用的轮盘、扇子和上世纪末与蒙特哥菲尔[③]气球及梅斯梅尔[④]催眠术同时发明的妇女的玩具。赫尔曼走到屏风后面。屏风后面有一张小铁床；右边是一扇通往书房的门；左边另一扇门通往走廊。赫尔曼把左边的门打开，看见一座狭小的螺旋梯，从这里可以通向那苦命的养女的房间……但他转过身来走进漆黑的书房。

时间过得真慢。屋子里静悄悄的。客厅里的钟敲了十二下；所有房间里的钟都先后敲了十二点——过后屋子里又沉寂下来。赫尔曼站着，靠在没生火的炉子上。他一点都不焦急；心脏平静地跳动着，像所有为了某种需要而决心去冒险的人一样。时钟相继敲过一点和两点，这时他听到远处马车的辚辚声。他不由得激动起来。马车驶到门口，停下来。他听见放下踏板的声音。公馆里奔忙起来。仆人们奔跑着，响起喊叫声，屋子里点亮了灯；三个老使女跑进卧室，接着伯爵夫人有气无力地走进来，落座在高背躺椅上。赫尔曼从隙缝里看到丽莎维

---

① 勒布朗夫人（1755—1842），法国画家。原文为法语。
② 勒鲁瓦（1686—1759），法国著名钟表匠。原文为法语。
③ 蒙特哥菲尔，十八世纪末发明气球的法国人。
④ 梅斯梅尔（1733—1815），奥地利医生，发明催眠术。

塔·伊凡诺夫娜从他身旁走过。他听见她登上楼梯的急促脚步声。他似乎感到于心有愧，但一会儿便完全平静了。他的心肠变得像石头一样硬。

伯爵夫人开始对着镜子卸妆。使女们从她头上摘下插玫瑰花的帽子；从她那银白头发剪得极短的头上拿下扑粉的假发。别针一根根像下雨似的落在她的身旁。绣着银线的黄色衣裙落到她浮肿的脚上。赫尔曼亲眼看到了她那副打扮所掩盖的令人恶心的秘密；最后伯爵夫人身上只剩下一件睡衣，头上戴着压发帽：这种打扮还比较适合她那耄耋的年龄，因此看起来就不那么可怕和丑陋了。

就像一般老年人那样，伯爵夫人也患有失眠症。她卸好妆，就坐在靠窗口的高背躺椅上，打发掉使女。蜡烛拿走了，房间里又只剩下一盏灯。伯爵夫人坐在那里，脸色蜡黄，耷拉下来的嘴唇微微抖动着，全身不停地左右摆动。她那浑浊的眼睛显得十分呆滞，望着她，真可以认为，这个可怕的老太婆的摆动并不是出于她的意志，而是她身上一种潜在的电流在起作用。

突然，这张死气沉沉的面孔大大变了样。嘴唇停止抖动，眼睛紧张地活动起来：伯爵夫人面前站着一个陌生男人。

“请您不要害怕，看在上帝面上，请不要害怕！”他很清楚地轻声说，“我并不想谋害您；我只是来请求您的恩典。”

老太婆默默地瞧着他，好像没有听见他在说什么。赫尔曼以为她耳背，因此弯下腰在她耳边把刚才说的话重说了一遍。老太婆还是不吭声。

“您可以使我获得一生的幸福，”赫尔曼继续说，“这在您是不费吹灰之力的：我知道您能一连猜中三张牌……”

赫尔曼没再说下去。伯爵夫人似乎明白了他的要求，她仿佛在考虑用什么恰当的话来回答他。

“这是个玩笑，”她终于说，“我可以向您发誓！这是个玩笑！”

“这没有什么好开玩笑的，”赫尔曼忿忿地回答道，“您该记得恰普利茨基吧，是您帮助他翻本的。”

伯爵夫人显然很紧张。她的神色反映出内心强烈的激荡，但她很快又陷入先前那种麻木状态。

“您能告诉我这三张必胜的牌吗？”赫尔曼又问。

伯爵夫人沉默不语，赫尔曼又继续说：

“您在替谁保守这项秘密呢？替您的孙子吗？他们就是不掌握这项秘密也够有钱的了。他们根本不知道金钱的价值。您这三张牌帮助不了那些挥金如土的人。那些不会爱惜父辈遗产的人，他们即使像魔鬼那样使尽力气，也不能不死于贫困。我不是一个爱挥霍金钱的人，我懂得金钱的价值。我不会把这三张牌白白糟蹋掉的。告诉我吧！……”

他停住话头，浑身颤抖着等待她的回答。伯爵夫人还是默不作声；赫尔曼跪了下来。

“要是您的心曾经感受过爱的感情，”他说，“要是您还记得爱的欢乐，要是您哪怕只有一次在刚生下的儿子哇哇哭闹的时候微笑了一下，要是您的胸中曾经激荡过人类的感情，那么我就用妻子、情人、母亲，总之，一个人的生命中可能有的一切神圣的感情恳求您，不要拒绝我的请求！——向我公开您的秘密吧！您还要它干什么？……也许，它会造成骇人听闻的罪恶，会使人失去一生的幸福，要和魔鬼订下什么协议……您想想看吧：您已经老了，活不了多久，我愿用我的灵魂承受您的罪孽。您只要向我公开您的秘密。您想想看，一个人的幸福就掌握在您的手心里，不仅是我，还有我的儿子、孙子、曾孙都要感激您的大恩大德，把您的恩德看成圣物一样……”

老太婆一个字也没有回答。

赫尔曼站起来。

“老妖婆！”他咬咬牙说，“我只好强迫你回答了……”

说着，他从口袋里拔出手枪。

伯爵夫人一看到手枪，情绪又强烈激动起来。她摇摇头，举起一只手，好像要挡住他的射击……接着她便往后倒下去……一动不动了。

“别胡闹，”赫尔曼抓住她的手，说，“我最后问您一次，您想不想把三张牌告诉我？”

伯爵夫人没有回答。赫尔曼发现，她已经死了。

## 四

一八××年五月七日。

一个没有道德准则和毫无信念的人。①

——通信

丽莎维塔·伊凡诺夫娜坐在房间里，还穿着参加舞会的衣服，深深地沉思着。她一回到家里，便急忙把那个不情愿服侍她的睡意蒙眬的使女打发走。她对使女说，她可以自己脱衣服，便战战兢兢地走进自己的房间，心里既想在那里遇到赫尔曼，又希望见不到他。她一眼就断定他没有来，因此感谢命运为他们的幽会设置了障碍。她坐下来，衣服也不脱，便想起在这么短的时间内就使她如此迷恋的一切情形。自从她第一次在窗口看见这个年轻人以来，还不到三个礼拜，她就和他通了信，而他也已经得到她的同意，准备在夜间和他幽会！她只是从几封他签过名的信里了解到他的名字；在这个晚上以前，她从来没有和他谈过话，没有听见过他的声音，从来也没有听说过他的事……真是怪事！就在这个夜晚的舞会上，托木斯基很生年轻的波利娜公爵小姐的气。因为她一反常态，不和他撒娇调情，他便邀请丽莎维塔·伊凡诺夫娜跳那没完没了的玛祖卡舞，对波利娜表示冷淡，想借此对她进行报复。整个晚上，托木斯基老是和丽莎维塔·伊凡诺夫娜开玩笑，取笑她对那个工兵军官的痴情，对她说，他知道的事比她所能设想的要多得多。他开的玩笑中有几次都击中她的要害，因此丽莎维塔·伊凡诺夫娜有好几次都想到，他一定知道她的秘密。

“这些事情您是听谁说的？”她笑着问他。

“听您一个熟人的朋友说的，”托木斯基回答，“那是一个很出色的人。”

“这个出色的人到底是谁呀？”

“他叫赫尔曼。”

丽莎维塔·伊凡诺夫娜什么也没有回答，但她的手脚却冷得像冰一样……

“这个赫尔曼，”托木斯基继续说，“有一张典型的小说中人物的面孔：他的侧面像拿破仑，灵魂像梅非斯特②。我认为，至少有三样罪恶他应该于心有愧。您的脸色怎么这样苍白！……”

“我头痛……赫尔曼对您说了些什么？您说他到底是怎么一个人呢？”

“赫尔曼对他那位朋友很不满意。他说，换了他，他一定采取另一种办法……我甚至认为，赫尔曼正在打您的主意，至少他听到朋友充满爱情的赞叹时，心里很不平静。”

“他究竟在哪儿看见过我？”

“也许是在教堂里，或者是散步的时候！……天知道！也许

---

① 原文为法语。
② 歌德长诗《浮士德》中的魔鬼。

是在您的房间里，那时您正在睡觉：他……”

走过来三个淑女，问他“遗忘还是惋惜”①，打断了丽莎维塔·伊凡诺夫娜极想继续下去的谈话。

托木斯基选中的小姐就是那位波利娜公爵小姐。她和他多跳了一圈，又在自己坐椅前面多转了一转，在这段时间里，她和他又言归于好了。托木斯基回到坐位上的时候，已经不再想到赫尔曼和丽莎维塔·伊凡诺夫娜。丽莎维塔·伊凡诺夫娜很想恢复刚才那场中断的谈话，但玛祖卡舞已经结束，接着老伯爵夫人也走了。

托木斯基的话不过是跳玛祖卡舞时随便说说的，却深深印入这个好幻想的年轻姑娘心里。托木斯基随便描绘的肖像正和她心中想象的不谋而合；由于听了一段最新的故事，这张已显得很俗气的面孔不由得使她感到惴惴不安，也使她耽于幻想。她坐着，交叉着两条赤裸的手臂，还插着鲜花的头低垂在袒露的胸前……突然，门打开了，赫尔曼走进房间。她浑身颤栗起来……

“您刚才到底在哪里？”她惊惧地轻声问道。

“在老伯爵夫人的卧室里，”赫尔曼回答，“我刚刚从她那里来。伯爵夫人死了。”

“我的天！……您在说什么？……”

“看样子，是我把她吓死的。”赫尔曼继续说。

丽莎维塔·伊凡诺夫娜瞥了他一眼，心里不由得响起托木斯基说过的话：“至少有三样罪恶他应该于心有愧！”赫尔曼坐在她身边的窗台上，把经过情形一一告诉她。

---

① 让对方选择舞伴的代号。原文为法语。

丽莎维塔·伊凡诺夫娜惊恐地听完他的话。原来，这些热情洋溢的信件，这些火焰般炽烈的要求，这种无礼而又纠缠不清的追求，统统都不是出于爱情！金钱——这才是他心中渴望得到的东西！能够满足他的欲望，使他得到幸福的并不是她！这可怜的养女不过是一个杀害她老恩人的凶手和强盗的盲目帮凶！……她后悔莫及，难过得痛哭起来。赫尔曼默默地瞧着她：他也心痛如绞，但无论是这可怜姑娘的眼泪，还是她那痛苦的样子所表现出来的惊人魅力都不能触动他的铁石心肠。想到老太婆的死，他并没有受到良心的谴责。只有一点使他感到恼恨：那个秘密他再也搞不到手了，本来他是指望靠它发财的。

"您是个魔鬼！"丽莎维塔·伊凡诺夫娜终于对他说。

"我并不想害死她，"赫尔曼回答，"我的手枪没有装子弹。"

他们都默不作声。

早晨来临了。丽莎维塔·伊凡诺夫娜吹灭快燃尽的蜡烛：淡淡的曙光已照临她的房间。她擦干满是泪痕的眼睛，举目望着赫尔曼：他坐在窗台上，抄着手，凶狠地皱着眉头。那样子竟和拿破仑的肖像一模一样。这两个人这样相像，连丽莎维塔·伊凡诺夫娜都感到吃惊。

"您怎么走出这座公馆？"丽莎维塔·伊凡诺夫娜终于说，"我本来想带您从秘密楼梯走出去，但要从伯爵夫人的卧室旁边走过，我害怕。"

"请您告诉我怎么找到这座秘密楼梯，我自己走出去。"

丽莎维塔·伊凡诺夫娜站起来，从柜子里拿出钥匙，交给赫尔曼，并且详细告诉他出门的路径。赫尔曼握了握她那冰冷的、毫无反应的手，吻了吻她低垂着的头，走出去。

他从螺旋梯走下去，又一次走进伯爵夫人的卧室。死去的老太婆仍旧坐着，已经僵硬；她的脸显得很安详。赫尔曼站在她面前，久久地望着她，似乎想再看看这件可怕的事情是不是属实；最后，他走进书房，摸到糊墙纸后面的暗门，走下漆黑的楼梯。一种奇怪的感觉使他兴奋起来。他想，也许在六十年前，有那么一个年轻的幸运儿，穿着绣花长袍，梳着仙鹤式[①]头发，把三角帽拿在手里，紧贴在胸口上，也在这个时刻，同样从这座楼梯偷偷溜进这间卧室，这个年轻人早已在坟墓里腐烂，而这个年过古稀的情妇的心今天才停止跳动……

赫尔曼在楼梯下面找到一扇门，他用那把钥匙开了锁，走进过道，从这里走到大街上。

---

① 原文为法语。

# 五

这天晚上，已故的冯·V×××男爵夫人向我显灵，她全身穿着白色衣服，对我说："您好，顾问先生！"

——斯维登堡[1]

在那命中注定的夜晚之后的第三天，上午九点钟，赫尔曼动身到×××修道院去，已故伯爵夫人的遗体将在那里举行葬礼。他虽然一点不后悔，但也不能完全压下良心的呼声，这声音一再对他说：你是杀害老太太的凶手！他没有多少虔诚的信仰，却有很多迷信。他相信死去的伯爵夫人会给他的一生带来很多危害，因此决定亲自去参加葬礼，以便祈求她的宽恕。

教堂里挤得水泄不通。赫尔曼费了好大力气才从人群中挤过去。灵柩停放在富丽堂皇的灵台上，上面张着天鹅绒的帐幔。死者两手放在胸前，安卧在灵柩里，头上戴着镶花边的帽子，身上穿着白缎衣裙。家属侍立在她的四周：仆人穿着黑袍，肩上佩带着标有纹章的绶带，手里捧着蜡烛；儿子、孙子、曾孙等亲属都穿着重孝服。谁也没有哭；流泪也许是一种虚情假意[2]的表现。伯爵夫人已到耄耋之年，她的死决不会使任何人感到震惊，而且她的亲属早就认为她活得太长久了。一个年轻的主教致了悼词。他朴素而又动人地讲到这位年高德劭的女信徒的平静辞世，说她数十年如一日默默地进行了感人至深的修行，如今才能像一个基督徒那样告别人世。“司死亡的天使接纳了她这位通宵怀着美好意愿，等待新郎半夜来临的信徒。”③演讲者说。仪式在充满悲伤气氛的礼节中完成了。亲属们首先向遗体告别。然后是无数的客人向前移步，他们都是专程前来哀悼这位长期参加他们的浮华玩乐的老太太的。接下去是全体婢仆，最后上前行礼的是一个和死者同年的老太太。她由两个年轻的使女搀扶着。她已经无法深深地鞠躬，只是独自掉下几滴老泪，吻了吻夫人冰冷的手。老太太离去之后，赫尔曼决定到灵柩跟前去。他深深地鞠了一躬，在撒满松枝的冰冷地板上俯伏了几分钟。最后他稍稍抬起身子，脸色白得像那个死者，登上灵台的台阶，俯下身子……这时，他似乎感到死去的伯爵夫人眯起一只眼睛，带着嘲笑看了他一眼。赫尔曼急忙往后退，他踩空了一脚，咕咚一声仰面朝天跌倒在地上。人们把他扶起来。就在这同一时刻，丽莎维塔·伊凡诺夫娜也昏倒了，被人抬到教堂门前的台阶上。这件事把肃穆的丧礼扰乱了几分钟。来客中掀起了一阵低沉的窃窃私议，死者的近亲，一个瘦削的宫中侍从官对站在身旁的英国人咬了咬耳朵，告诉他这个年轻的军官是她的私生子，对此那个英国人只冷冷地回答了一声：噢！④

一整天，赫尔曼的心情都非常懊丧。他在一家僻静的饭馆吃饭，一反平常的习惯，喝了许多酒，想要借此压下内心的烦

---

① 斯维登堡（1688—1772），瑞典哲学家。神秘主义神智学家。
② 原文为法语。
③ 典出《圣经》，见《马太福音》第二十五章第一至十三节。
④ 原文为英语。

恼。但是喝了酒，他更加心烦意乱。他回到家里，衣服也不脱，一头扑倒在床上，立即沉沉睡去。

他醒来的时候已是深夜：月光照亮了他的房间。他看了看表：两点三刻。他睡意尽失，坐在床上，想着老伯爵夫人的丧礼。

这时有个人在街上朝他的窗户看了看，立即走开了。赫尔曼一点都没注意他。过了一会儿，他听见前房的开门声。赫尔曼以为是他的勤务兵照常在外面喝醉了酒，夜游回来了。但是他听见一阵陌生的脚步声：有个人在走路，鞋子发出轻轻的沙沙声。门打开了，走进一个穿白衣服的妇人。赫尔曼以为是他的老奶妈，对她在这个时刻到他这里来感到奇怪。但穿白衣服的妇人突然飘然来到他面前——赫尔曼定睛一看，竟是伯爵夫人！

“我是违反本意到你这儿来的。”她用坚定的声音说，“我是奉命来满足你的要求的。3、7、爱司①，这三张牌会使你连续赢钱，但是有一个条件：一昼夜之内只能押一张牌，从此一辈子再也不赌博。你吓死我，我可以宽恕你，但是你要和我的养女丽莎维塔·伊凡诺夫娜结婚……”

说完她便轻轻转过身子，向房门走去，随着鞋子的沙沙声隐没了。赫尔曼听到门廊的门砰的一声关上，接着又看见有人朝他的窗口瞧了一眼。

赫尔曼好久都不能回过神来。他走进另一个房间。勤务兵睡在地上，赫尔曼费了好大工夫才把他叫醒。勤务兵像平日那样烂醉如泥，从他那里是问不出什么名堂来的。门廊的门锁得好好的。赫尔曼回到自己的房间里，点起蜡烛，把刚才看到的幻象记了下来。

---

① 指扑克牌中的爱司。

# 六

"等一等再分牌！"

"您竟敢对我说等一等？"

"大人，我说了，等一等再分牌！"

两种固执的念头不可能同时存在于一个人的脑子里，正像物理学上两个物体不可能同时占据同一个空间一样。3、7、爱司——三张牌立即把赫尔曼脑子里的死老太太的影子挤走了。3、7、爱司——三张牌一直萦绕在他的脑子里，并且一直在他的嘴里默念着。看见年轻姑娘，他就说："她多么秀丽呀！……像红心3一样。"有人问他"现在几点钟"，他就回答："缺五分七点。"看见大腹便便的男人，他都觉得像个爱司。3、7、爱司——三张牌一起跟着他进入梦境，它们都变成各种各样的形状：3在他面前像一朵艳丽的石榴花，7像一座哥特式建筑的大门，爱司是一只硕大无朋的蜘蛛。他的思想全部集中到一点——怎样利用他这个极其宝贵的秘密。他想到退职和旅行。他想到巴黎公开的赌场里去，从诱人的命运女神那里索取一笔财富。一个偶然的机会使他避免了这次远途奔波。

莫斯科组织了一个由有钱的赌徒组成的团体，为首的是名声很大的切卡林斯基，此人一生都在牌桌旁边度过，早就积攒了百万财富，他赢钱时收人家的期票，输钱时给人家现钞。长期的赌博生涯使他取信于众多的牌友，而宽敞的住宅、出色的厨师、亲切和愉快的态度则使他博得公众的尊敬。他来到了彼得堡。青年们蜂拥而来，为了赌牌忘记了舞会，宁可放弃追逐女人的乐趣，也不辜负法拉翁的诱惑。纳鲁莫夫把赫尔曼带到他那里去。

他们走过一长串富丽堂皇的房间，房间里有许多彬彬有礼的仆役。几个将军和三级文官在那里打惠斯特[①]，青年人斜靠在花缎沙发上，吃着冰淇淋，抽着烟斗。客厅里，主人坐在一张周围挤着二十来个赌徒的长桌后面分牌。他是个约莫六十岁的老人，外表极其体面，一头银发，饱满而容光焕发的脸显得十分善良，眼睛灵活有神，常带笑意。纳鲁莫夫向他介绍了赫尔曼。切卡林斯基友好地握了握他的手，请他不必拘礼，说完便继续分牌。

牌局持续了好久。牌桌上摊着三十几张牌。切卡林斯基每分完一次牌都要停一停，让赌家安排一下赌注，他自己也好记下输掉的钱，礼貌周到地听听赌家的要求，更加殷勤地打开赌家心不在焉多折的牌角。一圈牌终于打完了。切卡林斯基洗了牌，准备再次分牌。

“让我押一张牌。”赫尔曼从一个也在那里赌钱的胖绅士背后伸出手来，说。切卡林斯基微微一笑，默默地点点头表示遵命。纳鲁莫夫笑着祝贺赫尔曼开了长期的赌戒，并祝愿他旗开得胜。

---

① 一种牌戏。

“就这样！”赫尔曼用粉笔在牌上写下赌注的数目，说。

“请问多少，先生？”庄家眯起眼睛问道，“对不起，先生，我看不清楚。”

“四万七。”赫尔曼回答。

听到这个数目，所有的头一下子都转过来，所有的眼睛都注视着赫尔曼。“他疯了！”纳鲁莫夫心里想。

“请允许我告诉您，”切卡林斯基仍旧笑容满面地说，“您下的注太大了：我们这儿还没有人下过超出二百七十五的注呢。”

“怎么？”赫尔曼不以为然地说，“您不想赢我的牌？”

切卡林斯基仍旧彬彬有礼地点头表示遵命。

“不过我有一事奉告，”他说，“我虽然有幸得到诸位的信任，但没有现钱我不能分牌。我当然相信您的话，但还是请您把钱放在纸牌上，这是赌钱的规矩，同时也是为了计算方便。”

赫尔曼从口袋里掏出一张支票来交给切卡林斯基，切卡林斯基瞟了瞟手中的支票，把它放在赫尔曼的牌上。

他开始分牌。右边出了9，左边出了3。

“我的牌赢了！”赫尔曼翻出自己的牌。

赌徒们掀起一阵轻声的议论。切卡林斯基皱了皱眉头，脸上随即恢复了笑容。

“您要现钱吗？”他问赫尔曼。

“费神了。”

切卡林斯基从口袋里掏出几张支票，立即把账结清。赫尔曼收下钱，离开牌桌。纳鲁莫夫看傻了。赫尔曼喝下一杯柠檬水，回家去了。

第二天晚上，他又到切卡林斯基那里去。主人在发牌。赫尔曼走到牌桌旁，赌徒们立即给他让出一个座位。切卡林斯基亲切地对他点点头。

赫尔曼等到新的一圈开始，押下牌，把四万七千卢布和昨天赢的钱一起放在纸牌上。

切卡林斯基开始分牌。右边出了杰克，左边出了 7。

赫尔曼翻开自己押的 7。

大家惊叫了一声。切卡林斯基显然慌了神。他数了九万四千交给赫尔曼。赫尔曼冷静自若地接过钱，立即走开了。

次日晚上，赫尔曼又来到牌桌旁。大家都在等他。那几个将军和三等文官都放下惠斯特不打，来看这场不同寻常的赌博。年轻的军官们都从沙发上霍地站起来，所有的仆役都集中在客厅里。大家把赫尔曼团团围住。其他赌徒都不押牌，焦急地等着看赫尔曼这场赌博的结果。赫尔曼站在牌桌旁，准备独自和这位脸色煞白但仍微露笑容的切卡林斯基决一胜负。两个人各自拆开一副牌。切卡林斯基洗洗牌。赫尔曼拿出一张牌，押在桌上，把一叠支票放在纸牌上。这简直像一场决斗。赌场上鸦雀无声。

切卡林斯基开始分牌，他的手在颤抖。右边出了皇后。左边出了爱司。

“爱司赢了！”赫尔曼说着，翻开自己的牌。

“您的皇后输了。”切卡林斯基亲切地说。

赫尔曼浑身一震：果然，他押的牌不是爱司，而是黑桃皇后。他不相信自己的眼睛，不明白自己怎么会拿错牌。

这时他觉得那个黑桃皇后正眯缝着眼睛对他冷笑了一下。这个不同寻常的相似场面使他感到恐怖……

“老太婆！”他惊叫起来。

切卡林斯基把赢得的支票拿过去。赫尔曼呆若木鸡地站着，他从牌桌旁走开的时候，大厅里掀起了一阵闹哄哄的说话声。“赌得真痛快！”赌徒们说。切卡林斯基又洗好了牌，赌博照常进行下去。

## 结 局

赫尔曼疯了。他住进奥布霍夫医院十七号病房，不能回答任何问题，只会非常快地念叨着：“3、7、爱司！3、7、皇后！……”

丽莎维塔·伊凡诺夫娜嫁给一个很可爱的青年；他在某处供职，有一笔可观的财产：他是老伯爵夫人前任管家的儿子。丽莎维塔·伊凡诺夫娜还收养了一个穷亲戚的女儿。

托木斯基升为骑兵上尉，娶了波利娜公爵小姐为妻。

# 基尔查里

中篇小说

基尔查里是保加利亚人。在土耳其语中，基尔查里的意思是勇士、好汉。我不知道他的真实名字。

基尔查里到处打家劫舍，整个摩尔达维亚都闻风丧胆。为了让大家对他有所了解，我说一个故事。一天夜里，他和阿尔纳乌特人[1]米海拉基一起去袭击一个保加利亚人的村落。他们在村子两头放火，一家家去打劫。基尔查里杀人，米海拉基劫掠财物。两个人不断叫喊着："基尔查里来了！基尔查里来了！"整个村子的人都往四面八方逃命。

当亚历山大·易普息兰梯[2]宣布暴动、开始招兵买马的时候，基尔查里带了几个老伙伴去投奔他。他们不很了解这个秘密政治组织的真正宗旨，但战争是发财的大好机会，可以在土耳其人，也许还可以在摩尔达维亚人那儿捞一把，这一点他们是很明白的。

亚历山大·易普息兰梯本人很勇敢，但他缺乏担任这个角色所需要的素质，他太急躁，而且太粗心。他不善于和部属搞好关系。他们对他既不尊敬也不信任。在损失了希腊青年的精华的那次不幸战役之后，约尔达基·奥林比奥基劝他离开，自己接替了他的位置。易普息兰梯跑到奥地利边境，在那里大骂那些他称之为不服从命令、胆小鬼、强盗的人。这些胆小鬼和强盗拼死抵抗比他们强大十倍的敌人，大部分死在赛库修道院内和普鲁特河两岸。

基尔查里在格奥尔基·康塔库辛部队里待过，我们所谈到的易普息兰梯的一切在此人身上都适用。在斯库梁尼战役打响前夕，康塔库辛要求俄国长官允许他躲在我们的检疫所。这一来部队就失去了指挥；但是基尔查里、萨菲亚诺斯、康塔戈尼等人并不需要人指挥。

斯库梁尼战役那动人的情景似乎还没有人充分描写过。你可以想象七百个阿尔纳乌特人、希腊人、保加利亚人和一些乌合之众，他们根本不懂战术，一遇到一万五千个土耳其骑兵就狼狈逃窜的情形。这支军队被逼到普鲁特河边，架起两门小炮，这炮是从雅西国君的宫廷里找来的，通常是在庆祝命名日的宴会上鸣放的。土耳其人本想放霰弹，但没有得到俄国长官允许，他们不敢这样做，因为霰弹肯定会飞到我们这边岸上。检疫所的长官③（如今已经过世）在军队里服务了四十年，从来没有听见过子弹的呼啸声，这一次他可听见了。有几颗子弹从他耳边飕飕飞过。老头子非常生气，为此把检疫所属下的奥霍茨基步兵团的少校④大骂了一顿。少校不知如何是好，便跑到河边，他看见对岸有几个土耳其高级军官的护兵骑在马上耀武扬威，便伸出指头，威胁他们。护兵们看见这情景便掉转马头跑

① 土耳其人对阿尔巴尼亚人的称呼。

② 亚历山大·易普息兰梯（1792—1828），十九世纪二十年代希腊民族独立运动领袖。

③ 指 C. Γ. 纳弗罗茨基，一七六七至一八二〇年任比萨拉比亚检疫所长官。

④ 即奥霍茨基步兵团营长卡尔切夫斯基（小说中作霍尔切夫斯基）。

开，整个土耳其军队也跟着撤离了。这个用指头威胁土耳其人的少校叫霍尔切夫斯基。后来他怎么样了，我不知道。

可是第二天土耳其人又向这些秘密政治组织的人马发动进攻。他们既不敢用霰弹，也不敢用炮弹，而是一反他们的习惯，决定使用冷兵器。这一仗打得十分残酷。他们用土耳其弯刀厮杀。在土耳其士兵中还有人使用长矛，这是从未有过的；这些长矛是俄国人的，因为有涅克拉萨分子[①]参与他们的部队作战。秘密政治组织的人马曾得到我国皇上的允许，可以越过普鲁特河，避入我们的检疫所。他们开始渡河。康塔戈尼和萨菲亚诺斯还在土耳其那边岸上断后。基尔查里昨天受了伤，早已躺在检疫所里。萨菲亚诺斯阵亡了。康塔戈尼很胖，他肚子上挨了一长矛。他用一只手举起马刀，另一只手抓住敌人的长矛，让长矛往自己身上刺得更深些，这样他就可以用马刀砍死敌人，结果两人同归于尽。

战斗结束。土耳其人取得胜利。摩尔达维亚平靖了。近六百个阿尔纳乌特人流落到比萨拉比亚各地；他们虽然不知道何以为生，但还是感激俄国的庇护。他们过着游手好闲的生活，但并不放荡。在半土耳其化的比萨拉比亚的咖啡馆里可以常常遇到他们，这些阿尔纳乌特人总是衔着长烟袋，用小杯呷着咖啡渣茶。他们的绣花短袄和红色尖头鞋已逐渐穿破，但凤头小圆帽仍歪戴在头上，弯刀和手枪仍插在宽阔的腰带里。没有人告他们的状。无法想象这些与世无争的贫民竟是摩尔达维亚赫

① 十八世纪初布拉文农民起义失败后，一部分顿河哥萨克在首领涅克拉萨率领下移居多瑙河下游多布鲁查地区。此处涅克拉萨分子指上述顿河哥萨克的后代。

赫有名的克勒普特[①]，威震天下的基尔查里的伙伴，而且基尔查里本人就在他们中间。

统治雅西的帕夏[②]打听到这个消息，便要求俄国长官根据和约的规定，把这个强盗引渡给他们。

警察到处搜查。他们打听到基尔查里确实在基什尼奥夫，一天晚上，他们在一个逃亡的修道士家里把他抓住，那时他正和七个伙伴在摸黑吃晚饭。

他们把基尔查里关押起来。他并没有隐瞒真相，承认他就是基尔查里。他还说："不过自从我渡过普鲁特河以来，我就没有动过别人一丝一毫财物，连一个最卑贱的茨冈人也没有欺负过。对于土耳其人、摩尔达维亚人、瓦拉几亚人来说，我当然是强盗，但对于俄国人来说，我是客人。萨菲亚诺斯打完所有的霰弹以后，来到我们检疫所，把伤员的钮扣、钉子、弯刀上的链条和镶头都收集去做最后一批霰弹，我给了他二十个别什雷克[③]，自已落得身无分文。上帝看得见，我基尔查里是靠别人的周济过日子的！为什么俄国人现在要把我交给我的敌人呢？"说完这几句话，基尔查里便不再吭声，他从容不迫地等待着决定自已的命运。

他没等多久。长官没有必要欣赏这些强盗的传奇色彩，他们深信土耳其人的要求是正当的，便命令把基尔查里解到雅西。

一个有头脑和良心的人[④]，当时还是个默默无闻的青年官

---

① 克勒普特，十九世纪二十年代长期从事武装斗争反对土耳其统治、争取民族独立的希腊爱国战士。
② 土耳其行政长官的名称。
③ 土耳其的小钱。
④ 指 M. И. 列克斯（1793—1856），当地的俄国官员，一八三四年在俄国内务部任要职。

吏，现在已经身居要职，生动地向我描述了他起程的情形。

监狱门口停着一辆摩尔达维亚式驿车……（也许你们没见过这种驿车。这是一种矮矮的柳条编结的马车，直到不久前，这种马车一般还套着六匹或八匹驽马。一个摩尔达维亚人留着八字胡子，戴着羊皮帽，骑在其中的一匹马上，不时吆喝着，劈劈啪啪地挥着鞭子，于是这些马快步跑了起来。要是其中一匹马跑累了，他就把它臭骂一顿，把它卸下来丢在路上，不再管它。回来的时候，他相信能在原地找到它，它一定在葱茏的草原上无忧无虑地吃草。常常有这样的事：旅客从一个驿站出发的时候，马车套着八匹马，可是到了另一个驿站时只剩下两匹了。十五年前的情况就是这样。如今在俄国化的比萨拉比亚，人们都学俄国人的样子，采用俄国式挽具和使用俄国式马车了。）

一八二一年九月底的一天，就是这么一辆摩尔达维亚式马车停在监狱的大门旁。犹太女人放下袖子，趿着便鞋，阿尔纳乌特人穿着色彩鲜艳的破衣服，身材苗条的摩尔达维亚女人抱着黑眼睛的孩子一齐围着驿车。男人们都一声不吭，妇女们则热切地等待着将要发生的事。

大门打开了，几个警官走到街上；两个士兵带着上了镣铐的基尔查里跟在他们后面。

他看上去有三十岁。他那黝黑的面孔端正而又严肃。他身材高大，肩膀宽阔，一看就知道具有非凡的体力。他的头上斜缠着一条彩色头巾，细细的腰部扎着宽阔的腰带；土耳其式的长袍是蓝色厚呢子做成的，衬衫的宽褶子一直落到膝盖上头，还有一双好看的鞋子，组成了他的全部装束。他的神态高傲而从容。

一个红脸的老官吏，身穿褪色制服（上面有三个钮扣晃荡着），一块红糟疙瘩（那就是他的鼻子）上架着一副锡框眼镜，他打开一纸文书，夹杂着难听的鼻音，用摩尔达维亚语宣读起来。他不时傲慢地瞧一眼戴着镣铐的基尔查里，显然，这纸文书和他有关。基尔查里仔细地听着。官吏宣读完毕，收好文书，威严地吼了一声，命令人群让开路，吩咐把马车赶过来。这时基尔查里向他转过身去，用摩尔达维亚语向他说了几句话；他的声音在发抖，脸色也变了；他哭了起来，立时倒在警官脚下，弄得锁链哗啦啦地响。警官吓了一跳，赶快跳开；士兵们想把基尔查里扶起来，但他自己站了起来，抓起锁链，登上驿车，嘴里喊着："走吧！"一个宪兵坐在他身旁，摩尔达维亚车夫啪地甩了一鞭，驿车走动了。

"基尔查里对您说了什么？"一个年轻的官吏问警官。

"他，您瞧，要求我照顾他的妻子和孩子，"警官笑着回答说，"他们住在离这里不远的一个保加利亚村子里，他怕他们会受他连累。瞧这民族的人有多蠢。"

这个年轻官吏所说的故事使我很感动。我很同情这个苦命的基尔查里。有好久我一点都不知道他的情况。几年以后，我又遇到这个年轻官吏。我们谈起了往事。

"您的朋友基尔查里怎么样了？"我问，"您知道不知道他的情况？"

"怎么不知道，"他回答道，并且对我说了以下的故事：

基尔查里被解到雅西，移交给帕夏，帕夏判处他刺刑①。刑期延缓到某一个节日。暂时把他押在监狱里。

① 古代一种酷刑：地上竖一木桩，将犯人像做昆虫标本一样刺死。

看守囚犯的是七个土耳其人（他们都是普通老百姓，但骨子里同样是强盗），他们很敬重他，像所有的东方人那样热衷于听他那些传奇故事。

看守和囚犯建立起了密切的关系。有一次基尔查里对他们说："弟兄们！我的日子快到了。谁也逃不掉命里注定的劫数。我很快就要和你们分手了。我想留点东西给你们做纪念。"

土耳其人好奇地听着。

"弟兄们，"基尔查里接着说，"三年前我和已故的米海拉基一起去打劫，我们在离雅西不远的草原上埋了一锅子金币。显然，我们两个人谁也无法享用这锅金币了。现在就这样：你们拿去和和气气地分了吧。"

土耳其人几乎发了狂。他们便议论起来，怎么找到这个秘密的地方。他们左思右想，最后决定让基尔查里亲自带他们去。

到了夜里，土耳其人把囚犯的脚镣去掉，用绳子捆住他的手，和他一起出城到草原上去。

基尔查里带着他们朝着一个方向走去，翻过一座又一座土山。他们走了很久。最后基尔查里在一块大石头旁边站住，向南量了十二步，跺了跺脚，说："就在这里。"

土耳其人安排了一下。四个人抽出弯刀挖起土来。三个人留下来看守囚犯。基尔查里坐在石头上看他们挖。

"怎么样？快了吧？"他问道，"挖到了没有？"

"还没有。"土耳其人回答，他们挖得满头大汗。

基尔查里显得很焦急。

"你们这些人，"他说，"连刨地都不会。要是我，两分钟就解决问题。伙伴们，把我的手解开，给我一把刀。"

土耳其人寻思起来，聚在一起商量。

“怎么样？”他们作了决定，“把他的手解开，给他一把刀。这有什么大不了？他只有一个人，我们有七个。”于是土耳其人把他的手解开，给了他一把弯刀。

基尔查里终于自由并且武装起来了。此时他该有一种什么样的心情啊！……他麻利地挖起来，几个看守还帮着他挖……突然他举起弯刀刺进一个看守身体，让刀留在他的胸口，从他的腰带里拔出两支手枪。

其余六个看到基尔查里手里有两支手枪，便各自逃命了。

基尔查里眼下就在雅西附近打劫。[①]不久前他写信给国君，向他要五千利瓦[②]，威胁说，如不按时付款就要火烧雅西，并且找国君本人算账。他真的得到了五千利瓦。

基尔查里究竟是个什么样的人啊？

---

① 有消息说，基尔查里后来被捕，于一八三四年九月二十四日在雅西被处绞刑。

② 保加利亚币制单位。

# 埃及之夜

# 第一章

"这是个什么样的人啊？"

"噢，这是个了不起的天才；他凭着一副好嗓子，想干什么就能干什么。"

"太太，那他该给自己做一条裤子啦。"①

恰尔斯基是个土生土长的彼得堡人。他还不到三十岁，没有家室，职务上的负担也不重。他的已故伯父在那美好的年代里当过副省长，给他留下一处规模相当可观的田产。他的日子可以过得很舒坦，可惜他写作和发表了一些诗。杂志上都称他为诗人，而仆人们则称他为作家。

尽管诗人们享受着很大的特权（说实话：除了享受在该用第二格的地方用第四格和某些所谓诗歌特殊用法的权利外，我们没有看到俄罗斯诗人拥有什么特权）——不管怎么说，尽管他们拥有各种各样的特权，这些人还是遭到很大的损失，遇到许多不愉快的事情。诗人最倒霉、最无法忍受的灾难就是他的称呼和雅号，这种称呼和雅号像印记一样，烙在他身上，就永远摆脱不了。公众把他看成私有财产，在他们看来，诗人就是为公众的利益和娱乐而生的。他要是从乡下回来，随便什么人都会问他：您给我们带来什么新作品没有？他要是默默地想着什么不称心的事儿，想着和他要好的人的病痛，立刻就有一张俗不可耐的笑脸伴随着俗不可耐的叫喊出现在他面前：您一定在构思一首诗！他要是爱上了什么人呢？那他那位美人儿就会到英国商店去买一本纪念册，巴望着诗人给她写一首哀诗。他要是乘马车到一个几乎不认识的人那里去，想跟他谈一件要事，那个人就会把儿子喊来，叫他念一首诗；那孩子就会念起诗人一些被改得面目全非的诗句来招待他。还说这是诗艺的精粹呢！这该是多大的苦恼啊！恰尔斯基承认，别人的致意、询问、纪念册和孩子都使他非常厌烦，他不得不时刻按捺着自己的脾气，免得发作出来。

恰尔斯基千方百计想去掉这种无法忍受的雅号。他避免跟文学家同行往来，宁可跟上流社会人士，甚至跟最无聊的人打交道。他跟人家谈那些最庸俗的话题，绝口不提文学两字。在衣着方面，他总是像个生平第一次来到彼得堡的莫斯科青年那样，既战战兢兢，又满脑子迷信，保持着最时髦的样式。他的书房收拾得像太太小姐们的卧室，绝不让人家想到他是个作家；桌上和桌下不乱堆书籍；沙发不溅上墨水；房间里井井有条，不像诗神来临、家中无人打扫那样零乱邋遢。要是有哪个上流社会的朋友看见恰尔斯基手里拿着笔，恰尔斯基就会手足无措。很难相信，一个赋有天才和诗人灵魂的人竟会变得如此谨小慎微。他一会儿假装成热衷于养马，一会儿假装成一个不顾死活的赌徒，一会儿假装成一个食不厌精、脍不厌细的美食家；虽然他无论如何分不清是山地马还是阿拉伯马，总是记不住王牌，

---

① 原文为法语。引自《双关语笑话集》。

暗地里喜欢吃烤马铃薯而不喜欢那些五花八门的法国名菜。他过着极其散漫的生活；参加所有的舞会，在所有的外交宴会上他都吃得酒醉饭饱，在任何邀请他参加的晚会上，他都像烈扎诺夫点心店的冰淇淋那样不可缺少。

可恰尔斯基到底是个诗人，他的热情是不可抑制的：那讨厌的东西（他这样称呼灵感）一来，他就关在书房里从一大清早写到深夜。他对挚友们说，只有在这种时候，他才领略到什么是真正的幸福。其余时间，他到处游逛，显得很拘谨，装成与诗歌无缘，听人家时时刻刻向他提出那恭敬的问题：您写了点什么新作品吗?

一天早晨，恰尔斯基心情特别舒畅。在这种情况下，您的脑海里浮想联翩，会想出许多生动的、自己都料想不到的词语来表现您的幻梦，诗句会滔滔不绝地从您的笔端流泻出来，铿锵的诗韵会迎面奔向您那严整的思想。恰尔斯基完全沉浸在那甜蜜的醉意之中……这时候，不管是上流社会，不管是社会舆论，还是他自己那些千奇百怪的念头，对他来说都不存在了。——他在写诗。

突然，房门吱地响了一声，门缝里探进一个陌生人的头。恰尔斯基浑身抖了一下，皱起眉头。

“是谁?”他恼怒地问道，心里咒骂着那些总不肯好好地守在前厅里的仆人。

陌生人走进来。

他是个瘦高个，三十岁左右。他那黝黑的脸富有表情：苍白的高额头，上面垂着几绺黑头发，一双炯炯有神的黑眼睛，鹰钩鼻子，凹陷的双颊黄里带黑，长着一部浓密的大胡子，这一切都说明他是个外国人。他穿着一身黑燕尾服，缝合处已经发白；西装裤是夏天穿的（虽然时令已是深秋）；在用旧的黑领带下面，发黄的胸衣上有一颗假钻石在闪闪发光；那顶粗呢帽看来不管是晴天或阴雨天都是戴着的。要是在树林里遇上这个人，您会以为他是个剪径的强盗；要是在社交界，您会把他当作政治阴谋家；要是在前厅里，您会把他当作贩卖酏剂和砒霜的江湖骗子。

“您有什么事？”恰尔斯基用法语问他。

“先生，”那外国人深深地鞠躬，回答道，“我请求您原谅，如果……”①

恰尔斯基没有让座，自己站了起来，他们继续用意大利语谈话。

“我是个那波利艺术家，”陌生人说，“境遇迫使我离开祖国；我来到俄国，想靠自己的才能谋生。”

恰尔斯基以为这个那波利人准备开几次大提琴演奏会，正在挨家挨户推销票子。他已经想付给他二十五卢布，赶快摆脱他，但是陌生人又说下去：

“先生②，我希望您能友好地接济您的同行，把我带到那些您自己能进去的家庭。”

对于恰尔斯基的虚荣心不可能有更明显的侮辱了。他傲慢地瞧了瞧那个自称为他的同行的人。

“请问您是什么人，您又把我当作什么人了？”他竭力按捺住怒气，问道。

那波利人觉察到他的恼怒。

“先生，”他结结巴巴地回答，“我以为……我认为……阁

①② 原文为意大利语。

下，请原谅……”[1]

“您有什么事？”恰尔斯基又冷冷地问了一遍。

“我久仰您的奇才；我深信本地的绅士们一定会把全力庇护这样杰出的诗人视为幸事，”意大利人回答，“因此我才斗胆到您这儿来……”

“您想错了，先生[2]，”恰尔斯基打断他的话，“我们这儿没有诗人这种职衔。我们的诗人不受绅士们的庇护；我们的诗人自己就是绅士，要是我们的财主们（滚他们的蛋吧！）连这一点也不懂，那他们就更糟。我们这儿没有那种可以让音乐家从街上拉来编歌词[3]的衣衫褴褛的天主教神父。我们这儿的诗人不会一家家去求乞。不过，大概是人家跟您开玩笑，说我是个了不起的诗人。不错，我从前写过几首蹩脚的讽刺诗，不过得感谢上帝，我跟那些诗人先生们毫无共同之处，也不想仿效他们。”

那可怜的意大利人显得很狼狈。他往四下里看了看。陈列在哥特式架子上的图画、大理石雕像、古铜器、贵重的小摆设使他深为吃惊。他明白，站在他面前的是一个傲慢的纨绔子弟[4]，他戴着柔软的缎子圆帽，穿着金光闪闪的中国式长袍，围着土耳其腰带；而他自己则是一个到处流浪的可怜的艺人，系着陈旧的领带，穿着破旧的燕尾服，他们两人之间是不可同日而语的。他断断续续地说了几句表示歉意的话，鞠了一躬，准备走出去。他那可怜巴巴的样子感动了恰尔斯基，恰尔斯基尽管脾气不大好，却有一颗善良而高尚的心。这时他为自己出于自尊心动了肝火而感到惭愧。

---

①②③ 原文为意大利语。
④ 原文为英语。

“您要到哪儿去？”他对意大利人说，“请您等一等……我不能接受这种我不应得的头衔，因此应该对您坦白承认，我不是诗人。现在我们来谈谈您的事情吧。我愿意为您效劳，只要我做得到。您是音乐家吗？”

“不，阁下[①]！”意大利人回答，“我是个贫穷的即兴诗人。”

“即兴诗人！”恰尔斯基叫了起来，感到自己对意大利人太冷酷了，“您是即兴诗人，您怎么不早说？”恰尔斯基真诚地感到后悔，他紧紧地握住意大利人的手。

这种友好的态度使意大利人感到鼓舞。他老老实实地把自己的打算说了说。他的神情是足以使人信赖的；他等着钱用；他希望在俄国能多少改善自己的家庭状况。恰尔斯基仔细地听完他的话。

“我希望您取得成功，”他对可怜的艺术家说，“这里的社交界人士还从来没有听到过即兴诗人作诗。他们会感兴趣的；说实话，我们这里不通用意大利语，他们听不懂您的话；可是这不要紧；主要的是，要让您的表演时兴起来。”

“不过，要是你们都不懂意大利语，”即兴诗人沉吟了一下，说，“那么谁会来听呢？”

“会来的，您不用担心：有些人是出于好奇，有些人是为了马马虎虎打发一个晚上，还有一些人是为了表明自己能听懂意大利语；我再说一遍，只要让您的表演时兴起来就行了；而您的表演一定会时兴起来的。喏，这是我的手！”

恰尔斯基要了即兴诗人的地址，亲切地和他分别，当晚就去为他张罗了。

---

① 原文为意大利语。

# 第二章

我是沙皇，我是奴隶，我是蛆虫，我是上帝。

——杰尔查文[①]

次日，恰尔斯基在小客栈又黑又脏的走廊上寻找着三十五号房。他在门口站住，敲了敲门。昨天那个意大利人开了门。

“成功了！”恰尔斯基告诉他，“您的事情办成了。某某公爵夫人愿意给您提供大厅，昨天在晚会上我已经把半个彼得堡的人给您招揽来了；您去印票子和海报吧。我担保，即使得不到辉煌成就，至少也能赚钱……”

“这可是主要的！”意大利人叫了起来，他做了一个南方人特有的生动动作，表示他的高兴，“我知道您会帮助我的。真是怪事！[②]您是个诗人，就像我一样；不管怎么说，诗人总是可爱的！我怎么感谢您呢？等一等……您想听听即兴诗歌吗？”

“即兴诗歌！……难道没有听众，没有音乐伴奏，没有如雷的掌声，您也能表演吗？”

“废话，废话！我到哪儿去找更好的听众啊？您是一位诗人，您会比他们更理解我的诗，您默默的鼓励比一阵暴风雨般的掌声还可贵……请您坐下来，给我出个题目。”

恰尔斯基坐在一口箱子上（在这狭小的陋室里只有两只凳子，其中一只已经损坏，另一只堆满纸张和内衣）。即兴诗人从桌上拿起吉他，站在恰尔斯基面前，用细瘦的手指拨弄着琴弦，等着他出题目。

“我给您出这么个题目，”恰尔斯基对他说：“诗人自己挑选歌咏对象；听众无权指挥他的灵感。”

意大利人两眼闪着光芒，他弹了几个和音，庄严地昂起头，于是火热的诗篇、瞬息万变的感情从他的口中滔滔地流泻出来……下面就是一个朋友根据恰尔斯基的记忆随意转述的一首诗：

来了个诗人，他睁着双眼，
可是他谁也没有看见；
就在这时候，一个过路人
扯着他的衣裳的边缘……
“告诉我：为何漫无目的地游荡？
你刚刚登上高高的峰巅，
立刻就低首遥望山谷，
急急忙忙地走下平原。
你迷茫地望着和谐的人世，
心里燃烧着枉然的热情，
种种卑微琐细的题目
时刻在诱惑和激动你的心。

---

① 引自杰尔查文的颂诗《上帝》。
② 原文为意大利语。

天才理应追求崇高的境界，
真诚的诗人负有神圣的义务，
为写热情激荡的诗作，
必须去挑选崇高的事物。”
——风儿为何在幽谷里盘旋，
吹起落叶还扬起灰尘，
当那大船在平静的海面上
焦急地等待着起帆的风信？
巨大而凶猛的鹰鹫为何
从山上飞起，越过城楼，
落在干枯的树桩上？你问它。
年轻的苔丝德梦娜[①]为何
一心爱着她那个黑人，
犹如月亮爱夜晚的黑暗？
因为风儿的方向，鹰鹫的行踪，
少女的心思都难以预见。
诗人就像那风神一样，
凡是他想要的就一起带走——
他像一头鹰，他飞向哪儿，
并不请求哪个人的许可，
就像苔丝德梦娜那样，
为自己的心儿挑选偶像。

意大利人停止了朗诵……恰尔斯基一声不响，他又惊奇又

① 莎士比亚悲剧《奥赛罗》的女主人公，黑人即指奥赛罗。

感动。

“怎么样？”即兴诗人问道。

恰尔斯基抓住他的手，紧紧地握着。

“怎么样？”即兴诗人问道，“我的诗怎么样？”

“太好了！”诗人回答，“别人的思想，您一听进去，就成了您自己的东西，您似乎已经沉醉于这种思想，珍爱它，不断地发展它。因此，对于您来说，就不费吹灰之力，您不会对它表示冷淡，也不会有那种灵感到来之前的焦躁，是不是这样？……太好了，太好了！……”

即兴诗人回答：

“任何一个天才都是难以理解的。一个雕刻家怎么会看到一块意大利白大理石就知道里面藏着一个朱庇特[1]，他果真用凿子和锤子凿去他的外壳，把他带到世上来？为什么诗人头脑里的思想一经表达出来就带有四个韵脚，而且带有整齐的一样的节奏？除了即兴诗人本身，谁也无法理解反应怎么会这样快，无法理解自己的灵感和别人的、来自外部的意志之间这种紧密的联系——我很想阐释一下这个问题，但毫无结果。不过……我们该来考虑考虑我的第一次晚会了。您看怎么样？票价应该定多少，才能使听众不致负担太重而我又不吃亏？据说卡塔拉妮女士[2]每张票收二十五卢布，这可是真的？这价钱很不错……”

话题从诗歌的高度突然跌落到办事员的板凳底下，恰尔斯基感到很扫兴；但他很理解生活的需要，因而和意大利人分毫不差地计算起来。在这种场合里，意大利人暴露出了他的极端

---

① 罗马神话中的最高神。

② 原文为意大利语。卡塔拉妮（1779—1849），意大利著名女歌唱家，一八二〇年曾到俄国演出。

贪婪和唯利是图的本性，这使恰尔斯基非常厌恶，他匆匆离开这个意大利人，免得头脑里对这个颇有才华的即兴诗人的赞赏之情丧失殆尽。一心想赚钱的意大利人没有发现这种变化，他送恰尔斯基到走廊上，陪他走下楼梯，对他深深地鞠躬，表示将永世不忘他的大恩大德。

# 第三章

票价十卢布，七点正开演。

——海报

×××公爵夫人把大厅交给即兴诗人使用。临时舞台搭好了；椅子摆了十二排；演出的那一天，从晚上七点钟起，大厅里就灯火通明。大厅门口摆着一张小台子，一个长鼻子老妇人坐在那里卖票和收票，她头戴插着几根断翎毛的灰色帽子，每一根手指上都戴着宝石戒指。大门口站着几个宪兵。听众陆续来到。恰尔斯基来得最早。他为这次演出的成功做了很大努力，想来看看这位即兴诗人对准备工作是否满意。他在厢房里找到意大利人，那意大利人正焦急地看着表。意大利人穿着演出服装；他从头到脚都是黑色的服饰；滚着花边的衬衫领子往外翻着。他那光溜溜的脖子白得出奇，和那又浓又黑的大胡子形成鲜明对比，显得黑白分明；他的头发一绺绺地垂下来，盖住额头和眉毛。这一切恰尔斯基都很不喜欢，他看到诗人穿着外地来的艺人的服装很不高兴。他和意大利人简单地说了几句话便回到大厅里，这时大厅里的人愈来愈多了。

不一会儿，几排圈椅上坐满了衣着华丽的女士，男人们都挤在舞台旁边、墙边和后排椅子后面，像个镜框围住座位上的女士。乐师们带着乐谱架分坐在舞台两边。舞台正当中的桌上放着一个瓷罐。听众很多。大家急切地等着开场；到了七点半，乐师们终于忙碌起来，他们拿起琴弓，奏起《坦克雷德》[①]的序曲。大家都坐下来，静静地听着——序曲的尾声隆隆地响了一阵……这时即兴诗人在全场雷鸣般的掌声中频频鞠躬走到台前来。

恰尔斯基忧虑地等待着，不知道初上台的一刻会给人什么印象，但是他发现，那副他以为很不体面的打扮在听众中并没有引起和他同样的感觉。意大利人站在舞台上，他的脸被许多灯和蜡烛照得雪亮，显得很苍白，恰尔斯基没觉得有什么可笑的地方。掌声停下来了，谈话声静息了……意大利人用蹩脚的法语向听众宣布，请听众先生们出题目，把题目写在特地准备的纸条上。听众们听到这意外的邀请，都互相望望，没有作出什么反应。意大利人等了一会儿，又把自己的请求怯生生地、谦恭地说了一遍。恰尔斯基就站在舞台旁边；他心里七上八下；他预感到他要是不帮一把，事情就要弄糟，只好由他来写题目。事实也是这样，有几位太太已经向他转过脸儿来，先是轻轻地，接着就愈来愈响地喊着他的名字。即兴诗人听到有人在叫恰尔斯基的名字，便用眼睛寻找着站在他脚边的恰尔斯基，脸上含着友好的微笑递给他一支铅笔和一张小纸片。恰尔斯基很不愿意在这出喜剧里扮演角色，可是毫无办法。他从意大利人手中接过铅笔和纸，写了几个字；意大利人从桌上拿起瓷罐，走下舞台，把瓷罐端到恰尔斯基面前。恰尔斯基把写好题目的

---

① 《坦克雷德》，意大利歌剧作曲家罗西尼（1792—1868）作的歌剧。

纸片投进瓷罐里。他的榜样起了作用。两个杂志撰稿人认为自己是作家，有责任每人出个题目；那波利大使馆秘书和一个刚刚旅行回来还念念不忘佛罗伦萨的青年都把一个小纸卷放进罐子里；最后，一个其貌不扬的少女按照她母亲的吩咐，眼里含着泪花，用意大利文写了几行字，脸红耳赤地把纸递给即兴诗人。在她递上纸条的时候，女士们都脸带讥笑默默地瞧着她。即兴诗人回到舞台上，把瓷罐放在桌上，把纸条一张张拿出来，出声念道：

钦契一家。

庞贝的末日。

克娄巴特拉及其情夫。

监狱里看到的春天。

塔索的胜利。①

“尊敬的听众们选哪一个？”谦恭的意大利人问道，“是由听众们给我指定其中一个题目还是抓阄？……”

“抓阄！……”听众中有人说。

“抓阄，抓阄！”听众们连声喊道。

即兴诗人双手捧着瓷罐，又一次走下舞台，问道：“哪一位来抓题目？”即兴诗人用恳求的目光扫过前排。在座的衣装华丽的女士们没有人动一动。即兴诗人还没有习惯北方人的冷淡，似乎很难过……突然，他发现边上举起一只戴着白手套的秀手；他连忙转身走到那坐在第二排边上的年轻端庄的美人儿跟

① 以上原文均为意大利语。

前。她落落大方地站起来，毫不做作地把那只贵族小姐的秀手伸进瓷罐里，取出一个小纸卷儿。

“请打开读一读。”即兴诗人对她说。美人儿展开纸卷，读出声来：

“克娄巴特拉及其情夫①。”

这几个字读得很轻，可是大厅里静悄悄的，大家都听见了。即兴诗人对那漂亮的小姐深深鞠了一躬表示感谢，回到舞台上。

“诸位，”他面对听众说，“抓阄的结果让我把‘克娄巴特拉及其情夫’作为即兴诗的题目。我恭顺地请求出这道题目的先生把自己的意思说明一下：这里是指哪几个情夫？因为这位伟大的女王有许多情夫②……”

听到这几句话，许多男人高声笑了起来。即兴诗人感到有点难为情。

“我是想了解一下，出题目的先生指的是哪一段历史时期……”他接着说，“如果这位先生不吝赐教，我将非常感激。”

谁也没有马上回答。有几位女士把视线集中在那个按照母亲的吩咐写了题目的不漂亮的姑娘身上。那可怜的姑娘发现人家用这种蔑视的目光瞧着她，羞得几乎要掉下眼泪……恰尔斯基再也无法忍受，他用意大利语对即兴诗人说：

“这题目是我出的。我指的是阿弗烈利·维克多的记述。他说过，克娄巴特拉规定要得到她的爱情，就得以死亡作代价，可是她仍然有许多崇拜者，她那严酷的条件既没有吓退他们，也没有使他们放弃希望……不过，我觉得这个题目有点难……您

---

①② 原文为意大利语。

要不要换一个题目？……”

但是即兴诗人已经感到诗神降临了……他示意乐队开始演奏……他的脸变得煞白，浑身抖得像发疟疾一样，两眼闪着异样的光芒；他用手稍稍掠起黑发，拿出手帕擦擦汗珠直冒的高额头……突然，他向前跨进一步，双手交叉在胸前……音乐停下了……即兴诗人开始朗诵：

　富丽的宫殿里灯火辉煌。
歌队在长笛和竖琴伴奏下欢唱。
女王的流眄和美妙的声音
使豪华的宴会活跃而欢畅；
所有的心儿都飞向宝座，
可是她突然面对着金杯，
默默无言地沉思起来，
把她那迷人的头颅低垂……

　于是盛筵彷佛沉睡了，
歌声静息。宾客也不喧闹。
可是她重新昂起头来，
容光焕发，向宾客说道：
爱上我，你们认为是幸福？
这幸福你们可以来购买……
请你们听仔细：对于你们
我可以重新平等相待。
谁来做这笔情欲的交易？
我要把自己的爱情出卖；

说吧：你们当中有谁肯用
生命的代价买我一夜的爱？

　她说完——大家都惊恐不已，
心里激荡着情欲的烈火……
她谛听着惊慌失措的低语，
脸带冷峻粗野的神色；
她那轻蔑鄙视的目光
从这群崇拜者脸上扫过……
突然人群中走出一个人来，
跟着站出来的还有两个。
这行动多果敢；那眼睛多明亮；
她迎着他们站了起来；
拍板了：买下三个夜晚，
召唤他们的是冰冷的棺材。

　从那个命运注定的罐子里，
在全神贯注的客人面前，
受到三个献身者的祝福，
三个阄儿一个接一个出现。
第一个是勇敢的军人弗拉维，
在罗马卫队里是个老战士；
他呀怎么也不能够忍受
妻子那傲慢无礼的歧视；
他接受这个欢娱的召唤，
犹如在烽火连天的日子里

接受一场恶战的考验。
接着是克利通，年轻的哲人，
他在伊壁鸠鲁[①]的树林里诞生，
是那卡里忒斯[②]、塞浦律斯[③]，
还有爱神的崇拜者和歌人……
第三个令人赏心悦目，
宛若春天里初放的鲜花，
这个年轻人并没有留名
后世。他那娇嫩的双颊
才刚刚长出柔软的茸毛；
双眼闪耀着狂喜的光华。
他那童稚的情欲的冲动
正在年轻的心窝中激荡……
这时候高傲的女王正把
感动的目光投落在他身上。

“我起誓……噢，娱乐的女神，
我要像个普通的奴婢一样，
用闻所未闻的柔情服侍你，
登上那情欲的诱惑之床。
听我说吧，万能的塞浦律斯，
还有你们，地狱里的神王，

---

① 伊壁鸠鲁（前341—前270），古希腊唯物主义哲学家。伊壁鸠鲁的树林里指享乐的地方。
② 希腊神话中妩媚、优雅和美丽三女神。
③ 阿佛洛狄忒的别名，希腊神话中爱与美的女神，即罗马神话中的维纳斯。

噢，阴森的地府的神祇，

我起誓——直到次日早上，

我将用甜蜜的情欲满足

我那些主宰者淫荡的欲望，

我将用亲吻的全部秘密，

醉人的温存使他们如愿以偿。

但是一到永恒的奥罗拉①

披上黎明时鲜红的衣袍，

我起誓——这些幸运儿的脑袋

将在斧钺底下一一落掉。”②

---

① 罗马神话中的司晨女神，此处指朝霞。

② 下列片断可能是这首诗的续篇：

这一天终于已经过尽，
金钩般的新月冉冉升起。
金碧辉煌的亚历山大宫
蒙上一层甜蜜的阴翳。
喷泉喷射着，灯火点得通明，
神香升起一缕缕轻烟，
令人心旷神怡的凉意
轻轻吹拂着尘世的诸神。
在昏暗豪华的卧室里面，
在迷人的奇珍异宝之中，
在那紫红色帐幔的阴影之下，
一张金床放射着灿烂的光芒。

——原编者注

按苏联科学院十卷集，“我起誓……”这一节应为全诗的第三节，但大多数版本都作第五节，今按大多数版本的次序改排。

# 上尉的女儿

从小爱惜名誉。

——民谚

# 第一章　近卫军中士

“要是到近卫军去，他明天就是上尉了。”

“不必了，让他暂且到军队里服役。”

“说得不错！让他伤心一阵子……”

…………

可他的父亲是谁？

——克尼亚日宁①

我父亲安德烈·彼得罗维奇·格里尼奥夫年轻时在米尼赫伯爵手下服务，一七××年以中校衔退伍。从那时起他就住在辛比尔斯克乡下，在那里他娶了当地穷贵族的女儿阿芙多季亚·华西里耶夫娜·尤某为妻，一共生了九个孩子。我所有的兄弟姐妹都在幼年死去了。

承蒙我们的近亲近卫军少校 Б 公爵的关照，我还在娘胎里的时候，就以中士的身份在谢苗诺夫团登记在册。万一母亲生下的是个女儿，那么只要父亲宣布这个没有出现过的中士已经死去，事情也就完了。我名义上是请假，一直要到学业期满为止。当时，我们的教育和现在不同。从五岁起，父母就把我交给马夫萨维里奇；由于他做事稳当，家里把我交给他照料，让他做我的管教人。在他的督促下，我十一岁就学会俄文，并且能非常正确地判断猎狗的特性。这时父亲给我从莫斯科请来一个法国人博普雷先生，他是跟着我们订购的供一年食用的葡萄酒和橄榄油一起来的。他的到来使萨维里奇很不高兴。“真要感谢上帝了，”他嘀咕着，“这孩子梳洗吃饭都有人服侍，干吗还要花钱请一个法国先生，好像自己人都没有了似的！”

博普雷在他们国内是个理发师，后来在普鲁士当过兵，接着来俄国当教师[②]，可是他不大懂得这个词的含义。他是个好人，但是轻浮放荡到了极点。他的主要缺点是迷恋女色。由于他自作多情，常常被人轰走，因此整日价唉声叹气。此外，（照他自己的说法）他并不是酒瓶的仇敌，也就是说（按俄国人的说法），喜欢多喝几杯。但是由于在我们家里只是吃午饭时才喝葡萄酒，而且只喝一小杯，斟酒时还常常把老师漏掉，这一来，我那位博普雷便很快习惯了饮用俄国果子酒，甚至认为这种酒比法国葡萄酒好，对于胃更有好处。我们立即就相处得很好，虽然按照合同，他必须教我法语、德语和所有的功课，但他却更急于向我学会随便说几句俄国话，然后我们就可以各干各的事。我们成了知心朋友。我甚至不想要别的老师。可是不久命运就把我们拆开了，事情是这样的：

有一天，麻脸的胖洗衣女帕拉什卡和独眼的养牛女阿库利卡像约好了似的同时跪倒在我母亲脚下，承认自己行为不轨，哭哭啼啼地告法国先生的状，说他利用她们年轻无知，勾引了她们。母亲很看重这件事，告诉了父亲。父亲干脆利落地处置

① 克尼亚日宁（1742—1791），俄国戏剧家。上文引自他的喜剧《牛皮大王》，有改动。
② 原文为法语。

了这件事。他立刻吩咐把那个法国流氓找来。仆人报告，说法国先生正在给我上课。父亲便到我房间来了。这时，博普雷正安安稳稳地在床上睡大觉。我在忙自己的事情。要知道，家里给我从莫斯科买来了一张地图。它就挂在墙上，完全没有用。地图是那么大，纸张是那么好，我早就在打它的主意。我决心用它做个风筝，于是趁博普雷正在睡觉干了起来。我正把一根椴树皮做的尾巴贴到好望角上去的时候，父亲进来了。看见我在做这种地理作业，父亲揪了一下我的耳朵，然后奔到博普雷跟前，粗暴地把他叫醒，对他狠狠地责骂起来。博普雷心慌意乱，本想欠起身来，可是办不到：可怜的法国人喝得烂醉如泥。新账老账一起算。父亲抓住他的衣领，一把将他从床上拉起来，推出门外，当天就把他赶走，这一下萨维里奇可高兴得无法形容，我受的教育也就到此结束。

我过着公子哥儿的生活，放放鸽子，和仆人家的孩子们跳跳山羊。这时，我已经满十六岁。我的生活也发生了变化。

秋天里，有一次母亲在客厅里煮蜂蜜果酱，我舔着嘴唇，望着沸腾的泡沫。父亲在窗边读着每年订阅的《皇家年鉴》[①]。这本书总是使他十分激动；他始终怀着非常关切的心情反复阅读它；每读一次都使他极其愤恨。母亲对他的习惯了如指掌，总是想方设法把这本倒霉的书藏得尽可能远些，这样一来，父亲有时就会一连几个月见不到这本《皇家年鉴》。可是，要是让他偶然找到，他就会一连几个小时捧住不放。父亲读着《皇家年鉴》，偶尔耸耸肩膀，低声唠叨着："好一个陆军中将！……他在我那个连里不过是个中士呢！……获得两枚俄国勋章！……

① 从一七四五年起出版的一本年刊，刊载勋章获得者和宫廷官员的名字。

可不久以前我们……”父亲终于把年鉴扔在沙发上，不祥地沉思起来。

蓦地，他转过身来问母亲：“阿芙多季亚·华西里耶夫娜，我们的小彼得几岁了？”

“刚满十六岁，”母亲回答，“小彼得正是娜斯塔西亚·盖拉西莫夫娜婶婶瞎了一只眼那年生的，那时还……”

“行啦，”父亲打断她的话，“该让他去服役了，别让他在使女的房间里钻进钻出，在鸽子窝旁爬上爬下，这一切都够了。”

母亲想到很快就要和我分别，吓呆了。她手里的勺子掉到锅子里，眼泪扑簌簌地流了下来。和她相反，我那高兴劲儿可是没法形容啦。在我头脑里，服役的念头是和自由自在、快快活活地过彼得堡生活的念头融合在一起的。我想象着当上近卫军军官的模样，依我看，人类的幸福莫过于此了。

父亲不喜欢改变主意，也不喜欢拖拖拉拉。我出门的日期定下来了。起程前一天，父亲说要写封信让我带给未来的长官，吩咐给他拿笔和纸来。

“安德烈·彼得罗维奇，”母亲说，“别忘了替我问候 Б 公爵，就说我希望他别丢下小彼得不管。”

“别胡言乱语啦！”父亲皱起眉头说，“我干吗要写信给 Б 公爵？”

“你不是说要写信给小彼得的长官吗？”

“是啊，那又怎么样？”

“小彼得的长官就是 Б 公爵。小彼得可是在谢苗诺夫团登记过的啊。”

“登记过！他登记过关我什么事？小彼得不到彼得堡去。在彼得堡服务，他能学到什么？学会花钱和放荡？不，先让他到普通军队里去服务，让他吃点苦，闻点火药味，让他当兵，而不是做二流子。在近卫军里登记过！他的证件在哪儿？给我拿来。”

我的证件和我洗礼时穿的小汗衫一起放在母亲的首饰箱里，母亲把证件找来，用颤抖的手递给父亲。父亲仔细看了一遍，把它放在面前的桌子上，写起信来。

好奇心使我好不苦恼：要是不送我到彼得堡，那么到底送我到哪儿去呢？我紧紧盯着父亲那支写得很慢的笔。他终于写好，把信和证件一起封进封袋里，摘下眼镜，把我叫到他跟前，对我说：“你把这封信带给安德烈·卡尔洛维奇·P.，他是我的老同事和老朋友。你到奥伦堡去，在他手下服务。”

这一来，我那些光辉灿烂的憧憬一下子全成了泡影！我等到的不是快活的彼得堡生活，而是在一个荒凉的远方过寂寞无聊的日子。刚刚我还那么兴高采烈地想象着的军役，现在竟成了极大的不幸。可争辩是没有用的！第二天早晨，大门前赶来一辆旅行马车，大家把我的箱子、备有茶具的食品盒、一包包小白面包和馅饼——娇生惯养的家庭生活的最后标志——一一放到马车上去。父母亲给我祝了福。父亲对我说：“再见，彼得。你对谁宣过誓，就要忠诚地为他服务；要服从长官，不要逢迎拍马；公务上不要逞能抢先，也不要偷懒推托；要记住一句老话：从头爱惜新衣，从小爱惜名誉。”母亲含泪嘱咐我注意身体，要萨维里奇好好照顾孩子。他们给我穿上一件兔皮袄，上面再加上一件狐皮大衣。我流着泪和萨维里奇坐上马车出发了。

当天夜里我来到辛比尔斯克，我必须在那里待一天，买些必要的东西，这些事早就吩咐过萨维里奇了。我留宿在一家小旅店。萨维里奇一早就到店铺里去了。老是从窗口望着那条泥泞的小巷使我感到无聊，我就到各个房间去走走。走进弹子房，我看见一个身材高大的绅士，他约莫三十五岁，蓄着长长的黑胡子，穿着晨衣，手里拿着球杆，嘴里衔着烟斗。他正跟一个记分员在打台球，那记分员赢了球可以喝一小杯伏特加，输了球就得在球台下爬一圈。我瞧着他们打弹子。愈是往下打，记分员在台下爬行的次数愈多，最后记分员趴在球台下不能动弹了。那绅士对他说了几句尖酸刻薄的话作为悼词，接着就邀我和他打一局。我说我不会，拒绝了。显然，他觉得很奇怪。他似乎很惋惜地瞧瞧我，可是我们攀谈起来了。我这才知道他叫伊凡·伊凡诺维奇·祖林，是某骠骑兵团的上尉，在辛比尔斯克招募新兵，住在这家旅店里。祖林邀请我和他一起像士兵那样随便吃顿饭。我很高兴地答应了。我们在桌子旁边坐下。祖林喝了很多酒，并且殷勤地劝我喝一点，说是应该习惯军队的生活。他给我说了许多军队里的笑话，使我笑得前仰后合。到喝完酒的时候，我们已经成了地地道道的朋友了。这时他提出要教我打台球。“这对我们当兵的弟兄来说，是必不可少的。”他说，“譬如说，你行军到了一个地方，那时你干什么好呢？并不是经常可以打犹太人的。你只好到旅店里去打台球，而要打台球，你就得学会它！”我完全被他说服，便用心地学起来。祖林大声称赞我，对我进步得这么快表示惊奇，我练习了几次，他就提议和我赌钱，每次输赢一戈比，不是为了赢钱，而是为了不白打，据他说，白打是最坏的习惯。这一点我也同意了。接着祖林又吩咐拿潘趣酒来，他劝我尝一尝，一再说，应该养成当兵的习惯；如果不会喝潘趣酒，那还算什么当兵的！我听了他的话。这时我们还继续打台球。喝潘趣酒的次数愈来愈多，我的胆子也愈来愈大。我常常把台球打出界外；我直冒火，骂那记分员，天知道他是怎么记分的，我下的赌注愈来愈大，总之，我像一个摆脱了管教的孩子那样胡作非为起来。然而时间不知不觉地过去了。祖林看看表，放下球杆，宣布我输掉一百卢布。这一下我可有点着急了。我的钱都在萨维里奇那里。我向他道歉。祖林打断我的话，说："你得了吧！不过你不用着急，我可以等一会儿，现在我们到阿林努什卡那儿去吧。"

有什么可说的？这一天我从早到晚都过得那样放荡。我们在阿林努什卡那里吃了晚饭。祖林频频替我斟酒，老是说，应该养成当兵的习惯。吃完这顿饭，我简直站也站不住；到了半夜，祖林才把我送回旅店。

萨维里奇在大门口接我们。看到我这副对军务显然非常尽心竭力的样子，他不禁惊叫了一声。"少爷，你这是怎么搞的？"他痛心地说，"你是在哪儿喝成这个样子的？哎哟，我的天哪！这样的罪孽可是从来没有过的呀！""住嘴，老家伙！"我结结巴巴地回答他，"大概是你自己喝醉了，去睡觉……扶我到床上去。"

第二天，我醒来的时候，觉得头好疼。我模模糊糊地想起昨天的事情。萨维里奇端茶进来，打断了我的思绪。"彼得·安德烈伊奇，"他摇摇头对我说，"你放荡得太早了。你像谁呢？你父亲、你爷爷都不是酒徒，母亲就更不必说了：她一辈子除了克瓦斯[①]，什么也没有喝过。是谁叫你干这种事情的？只有那个该死的法国先生。他总是跑去找安季皮耶夫娜，对她说：'太太，热—夫—普里伏特加。'[②]现在你也来热—夫—普里了！不

① 俄国的清凉饮料。
② 这是一句夹杂着法语的话，意为：太太，给我一点伏特加。

用说，这是那个狗崽子干的好事。还要请那个异教徒来照料孩子，好像老爷家就没有人似的！”

我觉得很惭愧。我回过头对他说：“你走吧，萨维里奇；我不喝茶。”但是萨维里奇一数落起来就很难阻止他。“你看，彼得·安德烈伊奇[①]，喝醉酒有什么好处，又是头疼，又是不想吃饭。人一喝上了瘾就一点用处也没有了……你喝一点掺蜂蜜的黄瓜露吧，最好是喝小半杯果子酒解解酒。好吗？”

这时有个孩子走进来，递给我一张祖林写的便条。我打开纸条，上面写着：

“亲爱的彼得·安德烈耶维奇，请将昨天输给我的一百卢布交敝小厮带回，我亟须用钱。

随时准备为您效劳的

伊凡·祖林”

毫无办法。我装出一副若无其事的样子，命令那位“照管我的钱财、衣服和事务”[②]的萨维里奇付给这小厮一百卢布。“怎么！为什么？”萨维里奇大吃一惊，问道。“是我欠他的。”我尽可能冷漠地回答。“欠他的！”萨维里奇愈来愈吃惊，反问道，“少爷，你是什么时候欠他这笔债的？这事情可不对头。少爷，尽管你愿意，钱我可是不给。”

我想，要是在这关键时刻我拗不过这固执的老头，那以后就别想摆脱他的管束了，于是我就很威严地瞪了他一眼，对他

① 即安德烈耶维奇。
② 此句引自冯维辛的诗《给我的仆人舒米洛夫、凡尔和彼特鲁沙的信》。

说："我是你的主人，你是我的仆人。钱是我的。我输了钱，因为我情愿。我劝你别自作聪明，我吩咐你做什么，你就做什么。"

萨维里奇听了我的话，十分吃惊，他拍了一下手，就站在那里呆住了。"你还站在那里干什么！"我愤怒地叫喊着。萨维里奇哭了起来。"彼得 · 安德烈伊奇少爷，"他声音颤抖着说，"别让我愁死吧。我的宝贝！听我老头子的话：写信告诉那强盗，就说你是闹着玩的，说我们没有这么多钱。一百卢布！仁慈的上帝！你对他说，你的父母亲严厉禁止你赌博，除了用核桃……""别胡说了，"我严厉地打断他的话，"把钱拿来，不然我就掐着你的脖子把你赶出去。"

萨维里奇哭丧着脸瞧了我一眼，去拿钱还债了。我很可怜这老头，但我想摆脱他的束缚，证明我已经不是个小孩子。钱付给了祖林。萨维里奇急着要把我带出这家该死的旅店。他进来告诉我马已备好。我深感羞愧，默默地悔恨，就这样离开了辛比尔斯克，没有跟我那位老师告别，也不打算再和他见面。

# 第二章　向　导

这儿是个可爱的地方，是我从未见过的异乡！不是我自己来到这里，不是骏马带我来这里：是青春活力、机灵禀性和那酒店醉人的气息，引来我这年轻的小伙子。

——古代歌谣①

我一路上沉思默想，很不愉快。我输掉的那笔款子，按当时的价值是很可观的。我心里不能不承认，我在辛比尔斯克旅店里的所作所为是愚蠢的，而且，我还感到很对不起萨维里奇。这一切都使我心里很难过。老头子愁眉苦脸地坐在驭座上，背对着我，一声不响，只是偶尔干咳一两声。我很想与他和解，但不知从何谈起。我终于对他说："好了，好了，萨维里奇！行了，让我们和解吧，是我不好；我自己知道，是我不对。我昨天太任性，无缘无故惹你生气。我以后一定要机灵点，听你的话。好了，别生气了；让我们和解吧。"

"唉，彼得·安德烈伊奇少爷！"他长叹一声回答说，"我是生我自个儿的气，全是我不好。我怎么可以把你一个人扔在旅店里！有什么办法？真是鬼迷了心窍，我突然想到教堂管事的老伴那里去，看看我的教亲。结果就像常言所说的那样：去看望教亲，却受到监禁。真是倒了大霉！……我可怎么去见主人哪？要是让他们知道孩子在外面喝酒赌博，他们会怎么说呢？”

为了安慰可怜的萨维里奇，我向他保证今后没有他的同意决不乱花一文钱。他渐渐心平气和下来，虽然还是偶尔摇摇头，自言自语地念叨着：“一百卢布！可不是闹着玩的！”

我离目的地愈来愈近了。我周围是一片交错着山峦与峡谷的荒原。到处覆盖着冰雪。太阳快下山了。我的马车顺着一条狭窄的小路，更正确地说，是农民的雪橇滑过的痕迹缓缓前进。突然，车夫频频抬头望望一边的天空，接着，摘下帽子回过头来对我说：“少爷，我们还是回去吧。”

“为什么？”

“天气靠不住：起风了，你看，风都把雪刮起来了。”

“那有什么关系！”

“你看那边是什么？”车夫用鞭子指着东方。

“我什么也没看见，只有一片白茫茫的草原和清亮的天空。”

“你看，你看那儿有一朵云。”

我看见天边真的有一朵白云，起初我还以为是远处的山峦呢。车夫对我说，那朵小云是暴风雪的预兆。

我听说过这里刮暴风雪的情况，知道一刮起暴风雪，整个车队都会给淹没。萨维里奇赞同车夫的意见，劝我回去。但我觉得风还不大；我很想在暴风雪来到之前赶到下一站，所以只吩咐他们快点赶车。

车夫把车赶得飞快，但还是一个劲儿望着东方。马儿很有

---

① 引自楚尔科夫编《歌谣集》。

节奏地跑着。这时风愈刮愈大。那朵小白云变成了一片灰白色的阴云，沉甸甸地升腾着，扩展着，渐渐布满整个天空。下起了小雪，接着突然飘起鹅毛大雪。狂风怒吼，暴风雪终于来临了。刹那间，黑沉沉的天空便和这雪的海洋混成一片。什么都看不见了。“糟了，少爷，”车夫叫喊起来，“倒霉，真的遇上暴风雪了！”

我朝车篷外面瞧了一眼：周围一片黑暗，刮着狂风。狂风呼号着，是那么凶猛和残暴，就像一头张牙舞爪的野兽；雪片不断扑到我和萨维里奇身上；马儿一步一步地走着，不久就停了下来。“你怎么不赶了？”我焦急地问车夫。“怎么赶呢？”他从驭座上爬下来，回答说，“不知道往哪里走好，没有路，天又这么黑。”我骂他，萨维里奇却替他打抱不平。“你干吗不听我们的话，”他很生气地说，“蛮好回旅店去，那时你就可以喝喝茶，可以安安稳稳一觉睡到大天亮，那时暴风雪也停了，也好继续赶路了。可我们急着到哪里去？又不是赶着去吃喜酒！”萨维里奇的话是对的。可是毫无办法，雪还纷纷扬扬地下着。马车旁边已积起雪堆。马儿站着，耷拉着脑袋，偶尔抖动一下。车夫在周围走来走去，闲得无聊，就理理挽具。萨维里奇嘀咕着。我环视着四周，希望能找到房屋或道路的征象，但是除了浑然一片的飞卷的暴风雪，什么也看不见……突然我看见一个黑点子。“喂，车夫！”我叫起来，“瞧，那个黑糊糊的东西是什么？”车夫聚精会神地看着。“天知道是什么东西，少爷，”他坐到自己的位置上，说，“车不像车，树不像树，好像还会动。也许是一只狼或者一个人。”

我吩咐把车赶到那里去，那个黑点子也立即朝我们这里移动。过了两分钟，我们便跟一个人并排靠在一起了。“喂，好心人！”车夫向他喊道，“你知道路在哪儿吗？”

“这儿就是路，我就站在坚实的地方，”过路人回答说，“可这有什么用？”

“你听我说，乡下人，”我对他说，“你熟悉这地方吗？能不能带我到宿夜的地方去？”

“这地方我熟悉，”过路人回答，“荣耀归于上帝，这儿我全走遍了。可这是什么天气，很容易迷路的。最好还是在这儿等一等，也许暴风雪会停下来，天空也会亮起来，那时我们就可以按照天上星星的位置找到路了。”

他的冷静使我打起了精神。我已经打算听天由命，在这草原上过一夜了，突然过路人灵巧地爬上驭座，对车夫说：“荣耀归于上帝，不远的地方有人家，向右拐，走吧。”

“为什么朝右边走？”车夫不高兴地问道，“你看到哪儿有路？还不是：马儿是别人的，马轭也不是自己的，那你就拼命赶吧。”我觉得车夫的话说得有理。“真的，”我说，“你凭什么认为不远的地方有人家呢？”“因为风是从那儿吹来的，”过路人回答说，“我闻到烟味儿，可见村子离这儿不远。”他的机灵和敏感使我吃惊。我吩咐车夫上路。马儿艰难地踩着深深的积雪。马车无声地前进着，一会儿爬过雪堆，一会儿落进低地，一会儿颠到这一边，一会儿颠到那一边，就像一条大船在波涛汹涌的大海上航行。萨维里奇哼哼着，不时碰到我的腰部。我放下车篷，裹紧大衣，打起盹来。暴风雪的歌唱和马车的摇晃催着我入眠。

我做了个梦，这个梦我是永远忘不了的，而且直到现在，当我联想到我这一生的奇遇时，我仍认为这个梦是个预兆。读者一定会原谅我：因为凭经验可以知道，一个人不管多么蔑视偏见，他还是会向迷信低头的。

我的感觉和心情正处于这样一种状态：现实已经让位给梦幻，并且和梦幻结合在一起，进入刚刚入梦时的那种迷迷糊糊的幻境中。我觉得暴风雪仍在逞凶，我们仍在雪原上迷失路途……蓦地，我看见一扇大门，便驶入我家的庄园。我最初想到的就是担心父亲对我不由自主回到家里这种举动发脾气，怕他会以为我是故意违抗他的命令。我忐忑不安地跳下马车，看到母亲悲痛欲绝地在门口台阶上迎接我。“轻一点，”她对我说，“父亲病得奄奄一息，他想再见你一面。”我吓坏了，就跟着她走进卧室。我看见房间里灯光微弱，床前站着许多人，一个个哭丧着脸。我轻轻走到床前，母亲稍稍掀起帐子说：“安德烈·彼得罗维奇，小彼得来了；他听到你生病的消息回来了，你给他祝福吧。”我跪下，注视着病人。可是怎么啦？……我看见床上躺着的并不是父亲，而是一个长着黑胡子的庄稼汉，他正快活地瞧着我。我莫名其妙地回头问母亲：“这是怎么回事？这不是父亲。我干吗要请一个庄稼汉给我祝福呢？”“反正是一样的，彼得，”母亲回答我说，“这是代替父亲给你主持婚礼的人，吻他的手，让他给你祝福吧……”我不肯。这时庄稼汉从床上跳起来，从背后抽出一把斧头，往四下里乱砍。我想跑……可是办不到。房间里堆满了死尸，我在尸体上绊了几下，便滑倒在血泊中……那个可怕的庄稼汉亲切地喊着我，对我说：“别怕，到我这儿来，我给你祝福……”我心里非常害怕，不知道究竟是怎么回事……就在这个时候，我惊醒了。马儿站在那里，萨维里奇拉着我的手说：“下车吧，少爷，到了。”

“到什么地方啦？”我揉着眼睛问道。

“到客栈了。上帝保佑，差点儿让我们碰上围墙。下车吧，少爷，快一点，快去暖和暖和吧。”

我走下马车，暴风雪还在刮着，但已不那么狂暴。天黑得伸手不见五指。店主在大门口迎接我们，他把灯笼放得低低的，把我带到一间客房里，那客房虽然狭小，却很干净，还点着松明，墙上挂着一支长枪和一顶高高的哥萨克帽。

店主是雅依克河[①]一带的哥萨克，看起来像个六十岁左右的庄稼汉，精力还很充沛。萨维里奇拿着食品盒跟着我进来，他向店家要火烧茶，我从来也没有像现在这么想喝茶。店主张罗去了。

“那向导在哪儿？”我问萨维里奇。

“在这里，老爷。”一个声音在上面回答我。我抬头瞧瞧高板床，看见了一把黑胡子和两只闪闪发亮的眼睛。“怎么，老哥，冻坏了？”“只穿一件破大衣，怎么不冻坏！我本来有一件皮袄，说来不怕你见笑，昨天押给酒保了：我以为天不太冷呢。”这时店主捧着沸腾的茶炊走进来。我请向导喝杯茶，那庄稼汉便从床上爬下来。他仪表堂堂：看样子有四十岁，中等身材，略嫌瘦削，肩膀却很宽。他的黑胡子已经有些灰白，两只机警的大眼睛非常灵活，脸上的表情很讨人喜欢，却有点狡黠。他的头发剪成圆形；身上穿着破旧的厚呢上衣和鞑靼人的灯笼裤。我递给他一杯茶，他尝了一尝，皱起了眉头。“老爷，您行行好吧，吩咐他们给我一杯酒，茶我们哥萨克喝不来。”我很高兴地满足了他的愿望。店主从酒柜里拿出酒瓶和酒杯，走到他跟前，瞧瞧他的脸说：“嘿，你又到我们这儿来了！是打哪儿来的？”我的向导意味深长地向他眨眨眼，用一首儿歌回答他：

---

① 乌拉尔河的旧称。

"鸟儿飞来吃大麻，奶奶便把石子拿，一块石子扔过去，没打中——飞啦。噢，你们过得好吗？"

"我们又能怎么样呢！"店主继续用隐语回答他，"有人要敲晚祷的钟，神父太太不答应：神父做客去，魔鬼在坟地。""别响了，大叔，"流浪汉制止他，"只要天下雨，就会长蘑菇；只要有蘑菇，就有菜篮子。而眼下（他又眨了眨眼睛）把斧头藏在背后：管林人来了。老爷，祝您健康！"说着，他拿起酒杯，画了个十字，一饮而尽。然后，他向我鞠了个躬，又回到高板床上去。

那时我一点也不懂得他们的黑话，但后来我猜到他们是在谈雅依克河哥萨克军队的事，在一七七二年叛乱之后，这支军队刚刚被平定。萨维里奇满脸不高兴地听着。他狐疑地一会儿看看店主，一会儿看看向导。这家客栈，或者按当地的说法，叫车店，孤零零地设在草原上，离随便哪个村子都很远，太像强盗窝了。但是毫无办法。继续赶路是不可想象的。萨维里奇的焦急却使我很开心。然而，我已经着手安排宿夜，并且在一条大板凳上睡下。萨维里奇决定睡在炕上，店主睡在地板上。一会儿整座屋子的人都打起鼾来，我也睡得像个死人。

第二天早晨我醒得很迟，我发现暴风雪已经停了。太阳照耀着。一望无际的草原上覆盖着厚厚的一层雪，白得耀眼。马已经套好。我和店主结了账，房金收得很公道，连惯于讨价还价的萨维里奇也没和店主争执，昨天的狐疑也完全从他的脑子里消失了。我喊来向导，感谢他的帮忙，吩咐萨维里奇给他半卢布酒钱。萨维里奇皱起眉头。"半卢布酒钱！"他说，"为什么？是为了你把他带到客栈里？随你的便吧，少爷，我们可没有那么多半卢布的钱。见人就给钱，那你自己马上就得饿肚子了。”我无法跟萨维里奇争论。我已经答应过，钱由他全权处理。可是我却很难过，因为无法对这个人表示一点谢意，且不说他把我从一场灾难中搭救出来，至少也是帮我摆脱了那令人苦恼的困境。“好吧，”我冷冷地说，“你要是不肯给半个卢布，就把我的衣服随便拿一件给他。他穿得太单薄了。把我那件兔皮袄给他。”

“行行好吧，彼得·安德烈伊奇少爷！”萨维里奇说，“干吗给他兔皮袄？这条狗，到头一家酒店就会把它喝掉的。”

“老头，我喝不喝掉，用不着你操心。”流浪汉说，“他老爷赏给我皮袄，这是他老爷的事，你当奴才的不是争吵，而是遵命。”

“强盗，你不怕上帝了！”萨维里奇气冲冲地回答他，“你看这孩子还不懂事，就想利用他的天真把他的东西抢光。你要少爷的皮袄干什么？这件皮袄套不上你那可恶的宽肩膀。”

“请你不要自作聪明，”我对老家人说，“快把皮袄拿来。”

“上帝啊！”萨维里奇痛苦地呼喊着，“兔皮袄差不多还是新的！给谁不可以，偏要给这个穷酒鬼！”

然而兔皮袄到底拿来了。庄稼汉立刻就在身上比了比。其实这件兔皮袄连我穿了都嫌紧，穿在他身上就显得更窄小了。可是他居然想出办法，把缝合的地方拆开，把皮袄套在身上。萨维里奇听到线的断裂声，差点儿没叫出声来。流浪汉拿到我的礼物非常高兴。他把我送到马车旁，向我深深鞠了一躬，对我说：“谢谢老爷！愿上帝报答你的好心。我一辈子也不会忘记你的恩情。”他走了，我也继续赶路，完全不把萨维里奇的恼怒放在心上，并且很快就把昨天的暴风雪、向导和兔皮袄忘掉。

到了奥伦堡，我直接去见将军。我看到一个高大的男人，由于年老，背已经有点驼。他的长头发完全白了。他那褪色的旧军服使人想起安娜·伊凡诺夫娜[1]时代的军人，他的话里带着很重的德国口音。我把父亲的信交给他。他听到父亲的名字便迅速地瞧了我一眼，说："我的上帝！安德烈·彼得罗维奇像你这么大好像还是不久前的事，现在却有这么一个小伙子了！哦，时间啊，时间！"他拆开信，低声念着，还不时评论几句。"'安德烈·卡尔洛维奇阁下，我想，大人……'干吗这么客气？哼，真不怕难为情！当然，纪律是最重要的，可是给老朋友写信也要这么写吗？……'大人不会忘记……'嗯……'当……已故的元帅米……行军……也……卡罗林卡……'嗨，兄弟！这么说他还记得我们当时胡闹的事啰？'现在言归正传……把我的孩子送到麾下……'嗯……'让他戴上刺猬皮手套[2]……'什么叫做刺猬皮手套？这大概是俄国人的成语……什么叫做'让他戴上刺猬皮手套'？"他回过头来，对着我重说了一遍。

"这意思是说，"我尽量装出天真烂漫的神气回答说，"待他要亲切，不要太严厉，给予更多的自由，让他戴上刺猬皮手套。"

"嗯，我明白……'不要放任……'不，看样子戴刺猬皮手套不是这个意思……'送上……他的证件……'证件在哪儿？噢，在这儿……'请通知谢苗诺夫团注销……'好，好：一切照办……'请允许我不拘礼节地以老同事和老朋友的身份……拥抱你，'噢，终于明白了……等等，等等……好，老兄，"他读完信，把我的证件放在一边，说，"一切都会照办：现在我派你

---

① 安娜·伊凡诺夫娜，俄国女皇（1730—1740）。
② 这是俄国俗语，意为严加管教。

到×××团[①]去当军官，为了让你节省时间，你明天就到白山要塞去，在米罗诺夫上尉手下供职，他是个善良正直的人。你可以在那里切切实实地服务，学会遵守纪律。在奥伦堡你没事可做，生活散漫对青年人有害。可今天我请你赏光在我家吃饭。”

“我愈来愈倒霉了！”我自个儿思忖着，“我还在娘胎里就是一个近卫军中士，可这有什么用！这又能把我带到什么好地方去？把我派到×××团，派到吉尔吉斯-卡依萨克草原边上一个荒凉的要塞去！……”我在安德烈·卡尔洛维奇那里，和他的一个老副官三个人共进午餐。德国人那种严格的节俭精神充分体现在他的餐桌上，因此我猜想，担心多余的人出现在他那单身汉的餐桌旁也是他急于把我送到驻防军那里去的一部分原因。第二天，我辞别将军，到我的任所去了。

---

① 手稿中作舍什明团，该团曾驻扎在乌拉尔河一带。

## 第三章　要　塞

我们住在要塞里，
吃的面包喝的水；
假如凶恶的敌人，
来找我们吃包子，
我们就准备好酒宴，
请他们饱尝炮弹的滋味。
——士兵的歌

他们是老派人，我亲爱的。
——《纨绔子弟》

白山要塞离奥伦堡四十里路。道路沿着雅依克河陡峭的河岸向前伸展。河面还没有结冰，它那铅灰色的波浪在覆盖着白雪的单调的两岸中显得凄凉而幽暗。河那边是广阔的吉尔吉斯草原。我一路沉思着，想的尽是些伤心事。驻军的生活对我并没有多大吸引力。我竭力想象着我未来的上司米罗诺夫上尉的样子。在我的想象中，他是个严厉而暴躁的老头子，除了军务什么也不知道，为了一点小事情就会把我关禁闭，叫我只吃面包和喝水。这时，天已开始黑下来。我们的马跑得很快。"离要塞还很远吗？”我问车夫。“不远，”他回答，“您瞧，已经看得见了。”我往四下里张望着，以为可以看见一些森严的棱堡、塔楼和围墙，但是除了一个围着木栅的小村子什么也没看见。它的一边是三四垛覆盖着半边积雪的干草，另一边是一座歪斜的磨坊，树皮做的叶片懒洋洋地挂下来。“要塞在哪儿？”我诧异地问道。“这就是。”车夫指着村子回答，说着，我们的马车已经驶进了村子。在大门旁，我看见一尊旧铁炮；街道狭窄而弯曲；房子都很矮，屋顶上大都盖着干草。我吩咐车夫把马车赶到要塞司令那里去，不一会儿马车就在一座小木屋前面停住。这座木屋建在高地上，旁边有一座也是用木头盖的教堂。

没有人来接我。我走进门廊，打开前厅的门。一个残疾老兵坐在桌上，正在用一块蓝布补绿军装的袖子。我叫他去通报。“进去吧，老爷，”残疾老兵回答说，“我们的人都在家。”我走进一个颇为干净的老式房间。墙角里有一个餐具橱，墙上玻璃镜框里镶着军官委任状，镜框旁边贴着几张民间木版画，画的是攻克基斯特林和奥恰科夫，还有几张画的是选择未婚妻和小猫下葬。窗边坐着一个老太太，她身上穿着棉背心，头上包着头巾。老太太正在绕线团，一个穿军官服装的独眼老头用两只手给她绷着线。“您有什么事，老爷？”老太太一边绕线一边问。我回答，我是来此处服务并来向上尉先生报到的。我正要把这些话再向独眼老头说一遍，以为他是要塞司令，但是女主人打断了我背熟的话。“伊凡·库兹米奇不在家，”她说，“他到盖拉辛神父家做客去了；不过反正一样，老爷，我是他的太太。请多关照。请坐，老爷。”她喊来使女，要她把一名军士找来。老头用他的独眼好奇地望着我。“请问，”他说，“您是在哪个团服务的？”我回答了他的问题。“请问，”他又继续问道，

“您为什么要从近卫军调到驻防军来？”我回答，这是上峰的意思。“大概是因为行为不合近卫军军官的规矩吧？”这不知疲倦的盘问者又问道。“别再胡扯了，”上尉太太对他说，“你看，年轻人路途劳累了，他没工夫跟你扯这些……手伸直点……老爷，”她转身对我继续说，“他们把你送到我们这偏僻的地方来，你别伤心。你不是第一个，也不是最后一个。习惯就好了。施瓦勃林·阿列克赛·伊凡诺维奇因为杀人调到我们这儿已经有四年多了。天知道，他怎么会造出这种孽来。你看，他跟一个中尉骑马到城外去，他们身上带着剑，就这么斗起来。阿列克赛·伊凡内奇[①]刺死了中尉，在场的还有两个证人！你说有什么办法呢？人孰能无过。”

这时，一个年轻、身材匀称的哥萨克军士走了进来。“马克西梅奇！”上尉太太对他说，“你给这位军官先生找个住所，要干净些的。”“是，华西丽莎·叶戈罗夫娜，”军士回答道，“是不是可以请他老爷住到伊凡·波列扎耶夫那儿去？”“瞎说，马克西梅奇，”上尉太太说，“波列扎耶夫那里那么挤；他可是我的教亲，他不会忘记我们是他的上司。你带这位军官先生……老爷，请教您的大名和父称。叫彼得·安德烈伊奇吗？……把彼得·安德烈伊奇带到谢苗·库佐夫那里去。他这个骗子手竟把马放到我的菜园里来了。唔，马克西梅奇，全都太平无事吗？”

“荣耀归于上帝，全都太平无事，”哥萨克回答，“只有普罗霍罗夫伍长在澡堂里为了一盆热水和乌斯季尼雅·涅古利娜干了一架。”

---

① 即伊凡诺维奇。

“伊凡·伊格纳季奇！”上尉太太对独眼老头说，“你去了解一下普罗霍罗夫和乌斯季尼雅的事，看谁对谁错。把他们两个人都处罚一下。那么，马克西梅奇，你去吧。彼得·安德烈伊奇，马克西梅奇带您到您的住所去。”

我向她行礼告别。军士把我带到一座房子里，这房子坐落在高高的河岸上，就在要塞的边上。谢苗·库佐夫一家住着半座房子，另一半划给我住。这里一共只有一个房间，十分干净，用隔板隔成两间。萨维里奇就在里面安排起来。我从狭小的窗子向外望去。我面前展现出一片荒凉的草原。斜对面有几座小屋子；街上有几只母鸡在走来走去。一个老太婆手里拿着木盆，站在台阶上唤猪吃食，那些猪也亲热地呜呜叫着回答她。瞧吧，我命中就注定要在这种地方度过我的青春！一阵忧伤涌上我的心头，我从窗边走开，尽管萨维里奇一再劝我，我还是没有吃晚饭就躺下睡觉了。萨维里奇一直伤心地念叨着：“上帝啊！这孩子什么也不吃，万一弄坏了身子，主母可要怎么说啊？”

第二天早晨，我刚刚在穿衣服，门打开了，一个身材不高、脸色黝黑、面孔并不好看，却很有朝气的青年军官向我走来。“请原谅，”他用法语对我说，“我冒昧前来拜访您。昨天我听说您来了。我终于又可以看见人了，这种愿望实在太强烈，我怎么也忍耐不住。您只要在这里再住上一些时候，就会理解这种心情的。”我猜想这个人就是那个由于跟人家决斗而被开除出近卫军的军官。我们随即互相认识了。施瓦勃林远不是个蠢人。他的谈吐尖酸刻薄而富有吸引力。他很快活地对我描绘了司令一家、司令的熟人以及我命中注定来服务的这个地方的情况。我天真地笑着，这时那个在司令的前厅里缝补军装的残疾老兵来找我，说华西丽莎·叶戈罗夫娜请我去吃饭。施瓦勃林提出要和我一起去。

到了司令家门前，我们看见场地上有二十来个扎着长辫子、戴着三角帽的残疾老兵。他们排成队列，前面站着司令，他是个身材高大、精神饱满的老人，头上戴着帽子，身上穿着土布长袍。他看见我们，便向我们走来，对我说了几句很亲切的话，又去指挥操练了。我们本想站在那里看操练，但他叫我们到华西丽莎·叶戈罗夫娜那里去，说他随后就来。“这里没有什么好看的。”他补充说。

华西丽莎·叶戈罗夫娜很随便而又亲切地接待了我们，跟我简直是一见如故。残疾老兵和帕拉什卡①在餐桌旁张罗着。“今天我那伊凡·库兹米奇怎么操练了这么久！”司令太太说，“帕拉什卡，去叫老爷吃饭。玛莎在哪儿呀？”这时一个年约十八岁的少女走了进来，她的脸滚圆而红润，淡黄色头发梳得很光滑，撩到羞红的耳朵后面去。刚见面，她并不很使我喜欢。我对她是抱着成见的：施瓦勃林对我谈起过上尉的女儿玛莎，说她完全是个傻姑娘。玛丽亚·伊凡诺夫娜②在角落里坐下，做她的针线活。这时菜汤端上来了。华西丽莎·叶戈罗夫娜没看见丈夫回来，又差帕拉什卡去请他。“跟老爷说：客人在等着，汤要凉了，荣耀归于上帝，操练是跑不了的，往后有的是时间，够他吆喝的了。”上尉很快就来了，身边还跟着那个独眼老头。“你怎么啦，我的老爷？”太太对他说，“菜端上来好久好久了，可你总不回来。”“你没看见，华西丽莎·叶戈罗夫娜，”伊凡·库兹米奇回答，“我在忙着军务，在训练士兵呢。”“算了吧！”

① 帕拉什卡为帕拉莎的爱称。
② 玛丽亚是玛莎的本名，伊凡诺夫娜是她的父称。

上尉太太不以为然地说，“训练士兵，说得好听而已：他们学不会，你自己也不懂。倒不如坐在家里祷告祷告上帝好些。亲爱的客人们，请入席。”

我们坐下来吃饭。华西丽莎·叶戈罗夫娜不停地说着，对我提出一连串问题：我的双亲是谁，他们是不是还健在，住在哪里，财产多不多？听说我父亲有三百个农奴，她说：“真不简单！世界上还真有这么些富翁！可我们，我的老爷，一共只有一个使女帕拉什卡。不过感谢上帝，我们的日子还过得太太平平，只有一件事叫我们发愁：玛莎这姑娘已经到了出嫁的年纪了，可她哪来的嫁妆？一把篦子，一把桦条帚，一枚三戈比的小钱（上帝饶恕！）只够到澡堂里去洗洗澡。她要能找到个好人，那是她的命好，要不然只好坐在家里当一辈子老姑娘了。”我瞧了瞧玛丽亚·伊凡诺夫娜，她满面通红，眼泪滴在盘子上。我很可怜她，便赶快改变话题。“听说，”我很不合时宜地说，“巴什基尔人想来攻打我们的要塞。”“亲爱的，您这是听谁说的？”伊凡·库兹米奇问道。“我在奥伦堡听说的。”我回答。“没有的事！”司令说，“我们好久没听说过了。巴什基尔人是惊弓之鸟，吉尔吉斯人也受够了教训。他们恐怕不会来攻打我们的；他们敢闯进来，我就狠狠地教训他们一顿，叫他们十年不敢动一动。”“您待在这么危险的要塞里不害怕吗？”我问上尉太太。“习惯了，我的老爷，”她回答，“二十年前，我们刚刚从团里调到这里来，那真不得了，这些该死的无赖可把我吓死了！那时，我一看见那山猫皮帽子，一听见他们的尖叫声，说来你也许不相信，我的爷，我的心都要停止跳动了！可现在，我全习惯了，要是有人来报告，说坏人在要塞周围跑来跑去，我根本就不当一回事。”

“华西丽莎·叶戈罗夫娜是位极其勇敢的太太，”施瓦勃林一本正经地说，“这一点伊凡·库兹米奇可以证明。”

“是的，不错，”伊凡·库兹米奇说，“她不是个胆小的女人。”

“玛丽亚·伊凡诺夫娜呢？”我问，“也像您这么大胆吗？”

“您问玛莎胆子大不大吗？”她母亲回答，“不大，玛莎胆子小得很。到现在还听不得枪声，一打枪，她就吓得浑身发抖。两年前我过命名日，伊凡·库兹米奇忽然想起要放炮，差一点没把我这宝贝的命送掉。从那个时候起，我们就再没有放过那门该死的大炮了。”

我们从餐桌旁边站起来。上尉夫妇俩睡觉去了。我到施瓦勃林那里去，和他一起度过整个晚上。

# 第四章　决　斗

“请吧，快摆好你的架势，看我如何刺穿你的身子！”

——克尼亚日宁[①]

过了几个礼拜，我对白山要塞的生活不仅感到可以忍受，甚至感到愉快。司令家里把我当亲人看待。他们夫妻俩都是非常可敬的人。伊凡·库兹米奇是从士兵的孩子成长为军官的，[②]他没有多少教养，是个普通军人，然而非常正直和善良。妻子管着他，这适合他那无忧无虑的性格。华西丽莎·叶戈罗夫娜看待军务就像看待家务一样，她把要塞管理得像自己的家一样好。没多久，玛丽亚·伊凡诺夫娜看到我就不再害羞了。我们彼此已经很熟悉。我看出她是个懂事而多情的姑娘。不知不觉之间我已经爱上了这个善良的家庭，也很喜欢那个独眼的驻防军中尉伊凡·伊格纳季奇；施瓦勃林胡说什么他和华西丽莎·叶戈罗夫娜有不正当关系，这是没影儿的事，然而施瓦勃林对于造谣是满不在乎的。

我提升为军官了。公务并不难。在这个太太平平的要塞里，既没有人来视察，又没有训练，也不必放哨。司令有时高兴起来便训练一下士兵；但至今还不能使他们分清哪边是右，哪边是左，好些士兵为了不搞错，每次转身之前都在自己身上画十字。施瓦勃林有几本法文书。我便读起书来，并且对文学发生了兴趣。每天早上我都看书，练习翻译，有时还写写诗。我几乎每天在司令家里吃饭，一般都在那里度过一天的剩余时间。盖拉辛神父和他的太太阿库利娜·潘菲洛夫娜有时晚上也到那里去，神父太太是附近一带最喜欢传播消息的女人。我每天都免不了要遇到施瓦勃林；但是他的谈话使我愈来愈不愉快。他老是取笑司令一家，我很不喜欢听这些话，特别是他对玛丽亚·伊凡诺夫娜的挖苦讽刺。在要塞里没有别的聚会了，而且我也不想参加别的聚会。

巴什基尔人并没有叛乱，虽然有人预言过。我们要塞附近一直平靖无事。然而内部突然发生的冲突却把和平气氛打破了。

我已经说过，我在学习文学。我的习作在当时说来是很不错的。几年后亚历山大·彼得罗维奇·苏马罗科夫[3]对这些习作曾大加称赞。有一次我写了一首自己也很满意的短诗。大家都知道，一个作者有时候总要借口征求意见，找个感情能够相通的人听他朗读自己的作品。因此，我抄好短诗，就拿到施瓦勃林那里去，他是要塞里唯一懂得品评诗歌作品的人。我简单地作了一点说明，便从口袋里拿出小本子，给他朗读了下面一首小诗：

---

① 引自克尼亚日宁的诗《怪人》。

② 十八世纪，俄国有些士兵的孩子在团的军事学校里受教育，可和贵族一样在军队里任职。

③ 苏马罗科夫（1717—1777），俄国诗人，古典主义主要代表之一。

驱除我心中的情思，
我要把美人儿丢在脑后，
噢，我回避着玛莎，
要让心灵获得自由！

但是在我的眼前，时刻
闪动着那使我迷醉的明瞳；
它们扰乱了我的心绪，
全然使我失去了平静。

当你知道我的不幸时，
玛莎，你要同情我的痴迷；
你看见我遭到这种厄运，
也知道我一心迷恋着你。

“你看这首诗写得怎么样？”我问施瓦勃林，期待着他的称赞，好像这是我应得的礼物。但结果却使我大为恼火，平时颇为宽容的施瓦勃林，这一次却断然宣布我的诗写得不好。

“为什么？”我掩饰着自己的恼怒，问他。

“因为这种诗只有我的老师华西里·基里雷奇·特烈季雅科夫斯基①才会说好，我看这很像他的爱情诗。”

他把小本子拿过去，无情地挑剔每一行、每一个字，对我极尽挖苦讥笑之能事。我再也忍受不住，便从他手里夺回小本子，并说，从今以后再也不让他看我的作品了。施瓦勃林对我

① 特烈季雅科夫斯基（1703—1769），俄国诗人。

的威吓同样加以嘲笑。“让我们走着瞧吧，”他说，“看你的话算不算数，因为诗人需要听众，就像伊凡·库兹米奇饭前需要一瓶伏特加一样。而那个你向她表白爱情、倾诉思念之苦的玛莎又是谁？是不是玛丽亚·伊凡诺夫娜呀？”

“这不关你的事，”我蹙着眉头回答他，“不管这个玛莎是谁。我不想听你的意见，也不要听你的猜测。”

“好啊！好一个富有自尊心的诗人和谦恭的情人！”施瓦勃林继续说。他的话愈来愈激起我的愤怒：“不过请你听听我的忠告：要是你想得到她的垂青，我劝你不要拿这些小诗去献殷勤。”

“先生，这是什么意思，请你解释解释。”

“我很高兴。我的意思是说，假如你想让玛莎·米罗诺娃晚上来和你相会，那么你应该送她一对耳环，而不是一首情诗。”

我的血沸腾起来。“你为什么这样说她？”我好不容易压住怒气，问他。

“因为根据我的经验，我知道她的性格和习惯。”他阴险地冷笑着，回答我的问话。

“你胡说，你这个无耻的东西！”我疯狂地嚷叫着，“你胡说，你太无耻了。”

施瓦勃林霎时变了脸色。“这件事我可饶不了你，”他说着，捏紧我的手，“您得跟我决斗。”

“请便，我随时奉陪。”我高兴地回答。这时我恨不得撕烂他。

我立刻跑去找伊凡·伊格纳季奇。我看到他手里拿着针，遵照司令太太的委托，正在用线把蘑菇串起来，以便晒干，留到冬天吃。“啊，彼得·安德烈伊奇！”他看见我，说，“欢迎您光临！是什么风把您吹来的？请问有什么事？”我简短地对他说，我和阿列克赛·伊凡内奇吵架了，我请他伊凡·伊格纳季奇当我的决斗证人。伊凡·伊格纳季奇瞪着独眼望着我，仔细听着我的话。“您说，您要刺死阿列克赛·伊凡内奇，让我当证人，是吗？请问。”

“是的。”

“行行好吧，彼得·安德烈伊奇！您这打的是什么主意啊！您和阿列克赛·伊凡内奇吵架了？那算得了什么！骂人的话沾不到身上。他要骂了您，您就骂还他；他打您的脸，您就打他耳光，两下，三下——打完就各走各的路；然后我们来给你们调解。要不然，我请问：刺死自己的熟人，这可是好事？要是您刺死他倒也罢了，上帝保佑他阿列克赛·伊凡内奇；我自己也不喜欢他。可是假如他在您身上刺个窟窿呢？这可像个什么呀？到底是谁当了傻瓜，我请问？”

中尉冷静的分析并没有使我动摇。我主意已定。“请便吧，”伊凡·伊格纳季奇说，“您想怎么干就怎么干。可我干吗要去当证人？这是何苦呢？请问，两个人打架，这算什么稀奇事？荣耀归于上帝，我和瑞典人、土耳其人都打过仗：这种场面看够了。”

我简单地对他解释了一下证人的职责，可伊凡·伊格纳季奇怎么也不懂。“随您的便吧，”他说，“假如一定要我参与这件事，按照我的职责，我也许得去报告伊凡·库兹米奇，告诉他，要塞里有人图谋搞违反国家利益的暴行：司令先生是不是要采取适当的措施……”

我吓了一跳，要求伊凡·伊格纳季奇不要去报告司令；我好容易说服了他，他答应了，于是我下决心不再去找他。

这个晚上我照常在司令家里度过。我竭力装出快乐和若无其事的样子，免得引起人家怀疑，也为了避免那些令人讨厌的盘问。几乎所有处在我这种境况的人都会夸口自己的沉着，可是老实说，我并没有那么冷静。这个晚上我显得特别多情和容易动感情。我比平时更喜欢玛丽亚·伊凡诺夫娜。我想到这也许是最后一次看到她了，这使她在我眼里显得更加动人。施瓦勃林也在那里。我把他叫到一边，把我跟伊凡·伊格纳季奇谈话的情况告诉他。“我们干吗要证人，”他冷冷地对我说，“没有证人也可以。”我们约定在要塞旁边的干草垛后面决斗，第二天早上七点钟之前到那里去。从表面上看来，我们谈得十分友好，因此伊凡·伊格纳季奇竟高兴得说漏了嘴。“早就该这样了，”他很高兴地对我说，“勉强的和睦总比友好的吵架好，虽然失了面子，却平安无事。”

“什么，你说什么，伊凡·伊格纳季奇？”在角落里用纸牌占卜的司令太太问道，“我没有听清楚。”

伊凡·伊格纳季奇发现我对他表示不满，想起了自己的诺言，一时竟慌了神，不知道怎么回答好。施瓦勃林连忙给他解围。

“伊凡·伊格纳季奇赞成我们和解。”他说。

“我的爷，你跟谁吵架了？”

“我和彼得·安德烈伊奇大吵过一场。”

“为了什么事情？”

“为了一件很小的事情：为了一首短歌，华西丽莎·叶戈罗夫娜。”

“你们就为这种事吵架！为了一首短歌！……你们是怎么吵起来的？”

“是这样：彼得·安德烈伊奇不久前作了一首短歌，今天当着我的面唱了起来，我也唱了一首自己喜欢的歌：

上尉的女儿，
夜里别出去玩儿。①

“我们各唱各的调，彼得·安德烈伊奇就生气了；后来他想了想，认为各人要唱什么，有他的自由。这样事情也就了结了。”

施瓦勃林的无耻几乎使我气得发疯。但除了我，没有人懂得他那粗暴的语意双关的话，至少没有人注意到这一点。谈话从短歌转到诗人问题。司令认为诗人都是些不务正业的人，是些不可救药的酒鬼，并且友好地劝我不要再写诗，他认为写诗和军务是不相容的，不会有好结果。

施瓦勃林在场使我无法忍受。过了一会儿我就向司令和他一家告别。回到家里，我把剑检查了一下，试了试剑锋，吩咐萨维里奇明天早上七点钟以前叫醒我，便躺下睡觉了。

到了第二天约定的时间，我已经站在干草垛后面等待我的仇人。一会儿他也来了。“我们会给发现的，得快一点。”他对我说。我们脱下军服，只穿一件背心，亮出剑来。这时从一堆干草垛后面突然出现了伊凡·伊格纳季奇和五六个残疾士兵。他要我们去见司令。我们气冲冲地服从了。我们在士兵的包围下跟着伊凡·伊格纳季奇到要塞去，伊凡·伊格纳季奇得意扬

① 这首歌是从伊凡·普拉奇所编《俄国民歌集》中借用的，手稿中还有两句：“朝霞升了起来，玛申卡向我走来。”

扬地带着我们，神气活现地迈着步子。

我们走进司令的家。伊凡·伊格纳季奇打开门，得意扬扬地宣布："带来了！"华西丽莎·叶戈罗夫娜朝我们走过来。"好啊，我的爷！这可像什么呀？这是怎么搞的？像什么？要在我们要塞里杀人！伊凡·库兹米奇，马上把他们关起来！彼得·安德烈伊奇！阿列克赛·伊凡内奇！把你们的剑交出来，交出来，交出来。帕拉什卡，把这两把剑拿到贮藏室里去。彼得·安德烈伊奇！我可没想到你也会干出这种事来。你怎么不害臊？阿列克赛·伊凡内奇倒也罢了，他是因为杀人才给开除出近卫军的，他连上帝也不信；可你呢？你也要学他的样吗？"

伊凡·库兹米奇完全同意太太的话，还补充了几句："你好好听着，华西丽莎·叶戈罗夫娜说得对。决斗是军法上明文禁止的。"这时，帕拉莎把我们的剑收去，送到贮藏室。我忍不住笑了起来。施瓦勃林仍旧傲慢地站着。"尽管我十分敬重您，"他冷冰冰地对司令太太说，"但我不能不提醒您，您这样为我们操心，处罚我们，是白费心机。把这件事情交给伊凡·库兹米奇，这是他的事。""哦！我的爷！"司令太太反驳道，"难道夫妻不是共一个灵魂，共一个肉体？伊凡·库兹米奇！你还站着干什么？马上把他们分别关起来，只给面包和水，让他们消消傻气；再让盖拉辛神父给他们进行宗教惩罚，叫他们求上帝饶恕，在大家面前认错。"

伊凡·库兹米奇不知道怎么办好。玛丽亚·伊凡诺夫娜脸色煞白。暴风雨慢慢平静下来了。司令太太气平了，逼着我们亲吻和好。帕拉莎也把剑拿来还给我们。我们表面上言归于好，离开司令家里。伊凡·伊格纳季奇送我们出来。"您怎么不害臊？"我生气地对他说，"您答应过不向司令报告，结果却把我们告发了。”“苍天在上，我可没有告诉过伊凡·库兹米奇，”他回答道，“华西丽莎·叶戈罗夫娜逼着我把这件事全说出来，她没有告诉司令就作了安排。不过得感谢上帝，事情总算了结了。”说完这些话他就回家去了。剩下施瓦勃林和我两个人。“我们的事可不能就这么罢休。”我对他说。“当然啰，”施瓦勃林回答，“为了您的无礼，您必须付出血的代价。但是他们一定会监视我们。我们还得装几天假。再见！”于是我们若无其事地分手了。

回到司令那里，我照常坐在玛丽亚·伊凡诺夫娜旁边。伊凡·库兹米奇不在家，华西丽莎·叶戈罗夫娜正忙于家务。我跟玛丽亚·伊凡诺夫娜轻声交谈着。她深情地嗔怪我，说我和施瓦勃林吵架，闹得大家都不安宁。“我听说你们要决斗，简直吓呆了。”她说，“男人都那么怪！为了一句过一个礼拜准会忘记的话，就要厮杀，不仅准备牺牲生命，而且准备牺牲良心，还有别人的幸福，这些人……不过我相信，吵架不是您挑起来的。准是阿列克赛·伊凡内奇不对。”

“您为什么这样想呢，玛丽亚·伊凡诺夫娜？”

“是这么回事……他那么喜欢嘲笑别人！我不喜欢阿列克赛·伊凡内奇。我很讨厌他。可是很奇怪，不知为什么我却不希望他也那么不喜欢我。这很使我苦恼。”

“可是，玛丽亚·伊凡诺夫娜，您以为他喜欢不喜欢您呢？”

玛丽亚·伊凡诺夫娜一时说不出来，羞红了脸。

“我觉得，”她说，“我想，他是喜欢我的。”

“为什么您有这样的感觉？”

“因为他向我求过婚。”

“求婚！他向您求过婚？什么时候？”

“去年。您来以前两个月。”

“您没有答应他吗？”

“您看见的。阿列克赛·伊凡内奇当然是个聪明人，出身好，又有钱，可是我一想到举行婚礼的时候要当众和他接吻……我怎么也不干！不管给我多少好处！”

玛丽亚·伊凡诺夫娜的话使我茅塞顿开，使我明白了许多事情。我明白施瓦勃林为什么要盯住她不放，老是对她恶语中伤。他大概注意到我们彼此都有好感，竭力想要离间我们。引起我们吵架的那些话，现在我觉得更加卑鄙了，因为我看出，这并不是一些粗暴下流的嘲笑，而是蓄谋已久的诽谤。我要惩罚这个无耻的诽谤者的愿望更强烈了，于是我急切地等待着适当的时机。

我并没有等待多久。第二天，当我坐在那儿写一首哀诗，正咬着笔杆思考韵脚的时候，施瓦勃林来敲我的窗门。我放下笔，拿起剑向他走去。“干吗要拖延下去呢？”施瓦勃林对我说，“现在没有人监视我们。我们到河边去，在那里不会有人来妨碍我们的。”我们默默地走了。我们顺着陡直的小路走下去，在河边站住，拔出剑来。施瓦勃林的剑法比我娴熟，可是我比他强壮、勇敢，而且当过兵的博普雷先生[①]曾教过我几次剑术，现在我正好用得上。施瓦勃林没想到我是这么个危险的对手。我们斗了很久，一直不分胜负；后来我看出施瓦勃林气力渐渐不支，便抖擞精神，加紧向他进攻，几乎要把他逼进河里去。突然我听见有人在大声叫我的名字。我回头一看，只见萨维里奇正从高高的小路上奔下来……就在这个时候，我右肩下面的胸部被狠狠地刺了一剑；我倒下去，不省人事了。

---

① 原文为法语。

# 第五章　爱　情

啊，姑娘，你美丽的姑娘！
姑娘，你年纪还轻，别出嫁；
你要问问父亲和母亲，
问问父亲、母亲和亲人；
姑娘，你要积聚聪明和理智，
积聚聪明、理智和嫁妆。

——民歌

你要找到比我好的，就把我忘记。
你要找到比我差的，就把我想起。

——民歌

清醒过来以后，我有好一会儿还搞不清是怎么回事，不明白自己发生了什么事情。我躺在一个陌生房间的床上，觉得身体很虚弱。萨维里奇手持蜡烛站在我前面。有个人在小心翼翼地解开扎在我胸口和肩膀上的绷带。我的头脑渐渐清楚了。我想起决斗的事，明白我是受伤了。这时门吱地响了一声。“怎么啦？他怎么样？”一个声音轻轻地问道，我听见这个声音，浑身哆嗦了一下。“还是老样子，”萨维里奇叹了一口气，回答，“一直昏迷不醒，已经第五天了。”我想翻个身，但动弹不了。“我在哪儿？谁在这儿？”我吃力地说。玛丽亚·伊凡诺夫娜走到我床前，向我俯下身子。“怎么样？您觉得怎么样？”她说。“荣耀归于上帝，”我用微弱的声音回答，“是您吗，玛丽亚·伊凡诺夫娜？告诉我……”我没有力气说下去，便停了下来。萨维里奇叫了一声，脸上显出高兴的神色。“醒过来了！醒过来了！”他一再说，“荣耀归于你，主啊！哦，彼得·安德烈伊奇少爷！你真把我吓坏了！第五天了，这日子好过吗？……”玛丽亚·伊凡诺夫娜打断他的话。“不要和他多说话，萨维里奇，”她说，“他还很虚弱呢。”她走出去，轻轻关上门。我心里很激动。这么说，我是在司令家里，玛丽亚·伊凡诺夫娜常来看望我。我想问萨维里奇几个问题，可是老头子摇摇头，把耳朵掩起来。我失望地闭起眼睛，一会儿就昏昏沉沉地睡去了。

我醒来，叫萨维里奇过来，可是我却看见面前站着玛丽亚·伊凡诺夫娜；她用天使般的声音向我问候。我说不出这时我心里有多么甜蜜。我抓住她的手，把脸贴在她手上，流下感动的眼泪。玛莎没有把手抽回去……突然，她的嘴唇在我脸上亲了一下，我感到了她那热烈而柔情的亲吻。一股暖流传遍了我的全身。“亲爱的善良的玛丽亚·伊凡诺夫娜，”我对她说，“做我的妻子，答应我的求婚吧。”她醒悟了过来。“看在上帝的面上，您安静一点吧，”她抽回手，说，“您还没有脱离危险：伤口会裂开的。哪怕为了我，您也要好好保重。”她说完就走了，留下我一个人沉浸在令人陶醉的欢乐中。这种幸福感给了我力量。她是我的！她爱我！我头脑里想到的只有这一点。

从那时起，我的身体愈来愈好了。团里的一个理发师来为我治伤，因为要塞里没有别的医生，而且要感谢上帝，他并没有

《上尉的女儿》 П. П. 索科洛夫 绘　1860 年代

自作聪明乱治病。青春和天性加速了我的复原。司令全家都来照顾我。玛丽亚·伊凡诺夫娜寸步不离地守着我，不用说，一有机会我就继续向她表白，而玛丽亚·伊凡诺夫娜也比以前更耐心地听我说。她一点都没有扭捏作态，老老实实地向我承认由衷的好感，并且说她的双亲对她的婚事当然会很高兴。“不过你得好好想一想，”她补充说，“你父母那方面会不会同意。”

我沉思起来。我不怀疑母亲的爱，但父亲的脾气和思想方法我是了解的，我觉得我的爱情不会怎么感动他，他会把我的爱情看作青年人的胡思乱想。我很诚恳地向玛丽亚·伊凡诺夫娜承认这一点，可是我决定写信给父亲，要写得尽可能有说服力，请求双亲的祝福。我把信拿给玛丽亚·伊凡诺夫娜看，她认为这封信写得既有说服力又很动人，因此毫不怀疑它会取得成功，于是她满怀着对青春和爱情的信心，沉醉在甜蜜的情意之中。

在我复原后的最初几天里，我就和施瓦勃林言归于好了。伊凡·库兹米奇责备我不该和施瓦勃林决斗，他对我说：“唉，彼得·安德烈伊奇！我本来应该把你关禁闭，可是你已经受到惩罚了。而阿列克赛还是给我关在谷仓里，他的剑也锁在华西丽莎·叶戈罗夫娜那里。让他好好想一想，悔过悔过。”我感到非常幸福，心里便不再怀有敌意了。我为施瓦勃林求情，而善良的司令在取得太太同意之后，便决定把他放出来。施瓦勃林来找我，对我们之间发生的事情深表歉意，承认全是他的错，请求我忘掉过去的事。我天生不喜欢记仇，对他挑起这场吵架和把我刺伤这件事也就从心底里原谅了。我也看到，他之所以要诽谤玛丽亚，是由于他的自尊心受到伤害，爱情受到拒绝，心里苦恼，因此我宽宏大量地原谅了这个不幸的情敌。

不久我就完全复原，可以搬回我的住所去了。我焦急地等待着回信，我不敢抱什么希望，并且竭力抑制着悲哀的预感。我还没有同华西丽莎·叶戈罗夫娜和她的丈夫谈过这件事，但是我的求婚想必不会使他们感到意外。无论是我还是玛丽亚·伊凡诺夫娜，都没有在他们面前过分掩饰自己的感情，我们早就坚信他们会同意。

一天早晨，萨维里奇终于拿着一封信进来找我。我颤抖着把信夺过来。信封是父亲亲手写的，这就预示着问题的严重性；因为信一般都是母亲写给我的，父亲只是在信末附带写几句。我久久不敢拆开信封，并且一遍又一遍地读着信封上那几行郑重其事写上去的字："我儿彼得·安德烈耶维奇·格里尼奥夫收，寄奥伦堡省白山要塞。"我竭力根据笔迹猜度父亲写这封信时的心情。我终于下定决心拆开信，从头几行上我就看出这件事完蛋了。信是这样写的：

"彼得我儿：你要求我们祝福并同意你和玛丽亚·伊凡诺夫娜·米罗诺娃结婚的来信，我们于本月十五日收到。我非但不会祝福和同意你的婚事，而且还得好好收拾你，同时为了你的胡闹，还必须把你作为一个坏孩子好好教训一顿，尽管你已当上了军官。因为你证明你还不配佩带这把剑，它是赐给你保卫祖国的，而不是让你用来同这种和你一样胡闹的人决斗。我将立刻写信给安德烈·卡尔洛维奇，请求他把你从白山要塞调往更远的地方，在那里你该不至如此胡闹。你母亲得知你与人决斗和负伤，忧伤成疾，至今还卧病在床。你能有何出息？我求上帝使你得以改正，虽然我不敢企望他赐予我如此巨大的恩典。

你的父亲安·格"

读着这封信，我心里百感交集。父亲毫不留情地使用了那些残酷的措词，这使我感到极为委屈。他提到玛丽亚·伊凡诺夫娜时的那种轻蔑的口气，我觉得既不礼貌又不公正。一想到要把我从白山要塞调出去，我就感到害怕；但最使我伤心的还是母亲生病的消息。我很生萨维里奇的气，毫无疑问，我决斗的消息一定是他告知我的双亲的。我在狭小的房间里走来走去，终于在他面前站住，狠狠地瞪了他一眼，对他说："看来，你害我受了伤，让我在死亡的边缘上挣扎了整整一个月，还不满意，你还想害死我母亲。"这话就像当空的霹雳一样，使萨维里奇吃惊得目瞪口呆。"你饶了我吧，少爷，"他几乎要哭出来，说，"你这是说的什么呀？是我害你受伤！上帝看得见的，我是跑来用自己的胸膛挡住阿列克赛·伊凡内奇的剑，免得你受伤的！该死的是我年纪大，不中用。可我对你母亲又怎么啦？""你怎么啦？"我回答，"是谁叫你告我的状的？难道是派你到我这儿来当奸细的吗？""我？是我告了你的状？"萨维里奇含泪回答，"主啊，天上的君王！请你看看这封信吧，看看老爷给我写了些什么：你会看到我是怎么告你的状的。"这时他从口袋里掏出一封信，信是这样写的：

"老狗，你应该害臊，你竟无视我的严厉命令，不把孩子彼得·安德烈耶维奇的情况向我报告，致使旁人不得不把他的胡闹转告于我。你是这样履行自己的职责和执行主人的命令的吗？由于你隐瞒真情和放纵年轻人，我要送你这条老狗去养猪。收到此信后，我命令你立即回信，向我报告他目前的健康状况（已有人写信给我，说他身体已复原）；他伤在何处，是否已得到良好医治。"

显然，萨维里奇是无辜的；而我却责备他、怀疑他，使他平白无故遭受委屈。我请求他原谅，而老头却无法抑制他内心的悲伤。“瞧我落到什么样的境地啦，”他反复说，“瞧我得到主人的什么恩惠了！我又是老狗，又是猪倌，又是害你受了伤！不，彼得·安德烈伊奇少爷！罪魁祸首不是我，而是那个该死的法国先生：他教你用铁叉子刺人和冲杀，好像这样刺人和冲杀就可以防备坏人似的！犯得着花钱去雇这么个法国先生吗？”

然而，究竟是谁这样费心把我的行为告知父亲呢？是将军吗？可是他似乎不太关心我；而伊凡·库兹米奇也不会认为有必要向父亲报告我决斗的事。我猜不出。于是我怀疑这是施瓦勃林干的。告状只有对他一个人有利，这样做就可以把我从要塞调开，断绝我和司令一家的关系。我到玛丽亚·伊凡诺夫娜那里去，想把这件事告诉她。她在门口遇到我。“您这是怎么啦？”她看见我，说，“您的脸色这么苍白！”“全完了！”我边回答边把父亲的信递给她。现在轮到她脸色发白了。她读完信，用颤抖的手把信还给我，声音发颤地说：“看来是我命苦……您的亲人不愿接受我到你们家里去。一切都听从上帝安排吧！上帝比我们更清楚应该怎么办。没有办法，彼得·安德烈伊奇；也许您会得到幸福……”“这不可能！”我抓住她的手大声说，“你爱我，为了你我不惜赴汤蹈火。我们走，跪到你的双亲面前；他们都是心地善良的人，不是那种铁石心肠、目空一切的人……他们会给我们祝福的；我们马上就结婚……以后，过一些时候，我相信，我们可以恳求我父亲；妈妈会赞成我们的，父亲也会宽恕我……”“不，彼得·安德烈伊奇，”玛莎回答，“没有你的双亲给我们祝福，我可不嫁给你。没有他们的祝福，你是不会得到幸福的。我们还是听从上帝的意旨吧。你要是找到未婚妻，你要是爱上另一个，那就让上帝保佑你，彼得·安德烈伊奇；那时我会为你们……”说着，她哭了起来，走了。我本想跟她一起到房间里去，但又觉得我无法约束住自己，便回家了。

我坐在家里沉思默想，突然萨维里奇打断了我的思路。“少爷，你看，”他递给我一张写满字的纸，说，“你看看，是不是我告了少爷的状，是不是我挑起你们父子俩不和？”我从他手里接过那张纸，这是萨维里奇的回信。信是这样写的：

“安德烈·彼得罗维奇老爷，

我们的慈父：

我收到您仁慈的来信，在信中您对我，您的奴仆极为生气，说我没有好好执行主人的命令，应该害臊。我不是一条老狗，而是您忠实的奴仆，我听从主人的命令，并一直尽心竭力服侍您，直到白了头发。关于彼得·安德烈伊奇受伤一事，我未曾写信禀告，是因为怕白白惊动您；听说主母阿芙多季亚·华西里耶夫娜夫人受惊病倒，我要为她的健康祷告上帝。彼得·安德烈伊奇伤在右肩，在胸口骨头下面，深一寸半；他住在司令家里，是我们把他从河岸上送到那里去的，给他治伤的是这里的理发师斯捷潘·帕拉莫诺夫；荣耀归于上帝，眼下彼得·安德烈伊奇已经痊愈，他的情况再好也没有了。听说长官们都很喜欢他，华西丽莎·叶戈罗夫娜待他像亲儿子一般。至于他发生这种意外，就既往不咎吧，俗话说：马有四只脚，难免要跌交。至于您说要送我去养猪，我完全听从主人的吩咐。为此仆人谨向您磕头。

您的忠心奴仆

阿尔希普·萨维里耶夫”

读着这个善良老人的信，我好几次忍不住笑了起来。我没有心思给父亲回信，要安慰母亲，萨维里奇的信已经足够了。

从那个时候起，我的处境发生了变化。玛丽亚·伊凡诺夫娜几乎不和我说话，并且千方百计避开我。司令家里对我来说已经没有多大意思了。我渐渐习惯于独自坐在自己屋里。起初华西丽莎·叶戈罗夫娜为这件事责备我，但看到我这么固执，也就不再多说。和伊凡·库兹米奇见面，只是出于军务的需要。和施瓦勃林也难得见面，即使见面也很不愉快。我还发现他对我很仇视，这证实了我对他的怀疑。生活变得难以忍受。我变得沉默寡言、愁眉不展，而孤独和无所事事更加剧了我这种情绪。在孤独中我心中的爱情变得更强烈，使我愈来愈痛苦。我失去了对阅读和文学的兴趣。我意气尽失。我害怕会发疯或者堕落。但是一个对我一生发生了重大影响的意外事件突然强烈地震荡了我的心灵，这种震荡对我是有益的。

# 第六章　普加乔夫叛乱

年轻的小伙子们请注意，
听我们这些老人讲故事。
——歌谣[①]

在我开始描绘这个我亲身经历的奇遇以前，我要先谈谈一七七三年底奥伦堡省的情形。

这个辽阔富饶的省份居住着许多半开化的民族，他们是不久前才接受俄国皇帝的统治的。由于他们经常作乱，不习惯于法律的约束和文明生活，总是轻举妄动，残酷杀戮，政府不得不时刻监视着他们，让他们服从政府的法度。在一些适当的地方设立了要塞，那里居住的大多是早就在雅依克河两岸定居的哥萨克。但是负责维持这个地方治安的雅依克河哥萨克从某些时候起，自己也成了经常骚乱的危险臣民。一七七二年在他们的首府发生过一次叛乱。之所以发生叛乱，是由于特劳本贝格少将为了约束军队，采取了一些严厉的措施。结果特劳本贝格被野蛮杀害，指挥部被任意撤换，最后动用了大炮和施加了严厉的惩罚才把这次暴动平定下去。

这件事是在我到达白山要塞前不久发生的。一切都已平静了，至少给人的感觉是这样。政府太轻信那些狡猾的乱民所作的假忏悔，这些人仍在暗中作恶，等待适当的时机，以便重新作乱。

现在言归正传。

一天晚上（那是一七七三年十月初），我正独自坐在屋里听着秋风的呼啸，从窗口上看着从月亮旁边飞卷而过的乌云，司令派人来叫我。我立刻去见他。我看见在座的有施瓦勃林、伊凡·伊格纳季奇和哥萨克军士。华西丽莎·叶戈罗夫娜和玛丽亚·伊凡诺夫娜都不在。司令忧心忡忡地和我打了招呼。他关上门，除了站在门旁的哥萨克下士，他让我们都坐下，并从口袋里拿出一张纸来，对我们说："军官先生们，有重要消息！你们听听将军信里写了些什么。"这时他戴上眼镜，读起信来：

"机密。白山要塞司令米罗诺夫上尉先生：

兹有要事通知如下：查顿河哥萨克、分裂派教徒叶美里扬·普加乔夫自越狱后竟大胆僭称先帝彼得三世名号，纠集匪帮，于雅依克各村作乱，现已攻占并捣毁要塞数座，所到之处劫掠杀戮，无恶不作。为此，着您上尉先生于接信后立即采取必要措施，以备击退上述恶徒及僭称为帝者窜犯，如该犯进犯您处，即予彻底消灭。"

"采取必要措施！"司令摘下眼镜，折好信纸说，"你看说得多轻巧。看来那个强盗相当厉害。可我们一共只有一百三十个

① 题词引自一首描写伊凡雷帝攻克喀山的歌谣。

人，不算哥萨克，因为他们靠不住，不是指你，马克西梅奇（军士笑了笑）。可是没有别的办法，军官先生们！请大家各司其职，安排好放哨和夜间巡逻；他们如果来进犯，你们就关紧大门，把士兵带出去。你，马克西梅奇，好好看住你那些哥萨克。大炮要检查一下，好好擦一擦。最重要的是要严守秘密，不要让要塞里的任何人事先知道这件事。”

伊凡·库兹米奇下了这些命令之后，便让我们离开。我和施瓦勃林一起走出来，议论着刚才听到的事情。“你认为这件事会有个什么结局呢？”我问他。“天知道，”他回答，“走着瞧吧。我看暂时还不太严重。要是……”这时他思索起来，心不在焉地用口哨吹着一首法国歌剧的咏叹调。

尽管我们采取了一切预防措施，普加乔夫作乱的消息还是传遍了整个要塞。伊凡·库兹米奇尽管很尊重他的太太，却无论如何不肯向她公开由于职务上的关系交给他的秘密。收到将军的信以后，他很巧妙地把华西丽莎·叶戈罗夫娜支开，对她说，盖拉辛神父好像从奥伦堡听到了什么惊人的消息，却又对此严守秘密。华西丽莎·叶戈罗夫娜立刻就想到神父太太那里去做客，遵照伊凡·库兹米奇的建议，她还带上了玛莎，免得她一个人在家里寂寞。

这一下伊凡·库兹米奇完全可以当家做主了，他马上派人去找我们。他还把帕拉莎关在贮藏室里，免得她偷听我们的话。

华西丽莎·叶戈罗夫娜从神父太太那里没有打听到什么消息，她回来以后听说在她外出时伊凡·库兹米奇召集了会议，帕拉莎还给关了起来。她明白上了丈夫的当，便去质问他。但是伊凡·库兹米奇早有准备。他一点也不感到为难，立即很爽快地回答他那好奇的太太："我跟你说，孩子他妈，我们这儿的娘儿们想要用干草生火炉，这可要闯大祸，因此我下了一道严厉的命令，以后不许娘儿们用干草生炉子，只能用枯树枝。""那你干吗要把帕拉莎关起来？"司令太太问道，"我们不在的时候，为什么要把这可怜的姑娘关在贮藏室里？"对这个问题伊凡·库兹米奇却毫无准备，他答不上来，只是支支吾吾地不知说了些什么。华西丽莎·叶戈罗夫娜看出丈夫在捣鬼，可也知道从他那里什么也问不出，便不再问他，而说起了阿库利娜·潘菲洛夫娜用一种非常特别的方法腌黄瓜的事情。华西丽莎·叶戈罗夫娜整夜都睡不着，她怎么也想不出丈夫的头脑里究竟有些什么她不应知道的事情。

第二天，她做完礼拜回来，看见伊凡·伊格纳季奇正从大炮里清除出许多破布、石子、木片、骨头和各种垃圾，这都是孩子们塞进去的。"这些军事上的准备究竟为了什么？"司令太太想道，"该不是为了迎击吉尔吉斯人的进攻吧？可是这种小事情伊凡·库兹米奇也要瞒着我吗？"她喊来伊凡·伊格纳季奇，决心要他说出这个秘密，因为这个秘密折磨着她那妇道人家的好奇心，使她好不难受。

华西丽莎·叶戈罗夫娜和他谈了一些家务事，像一个法官那样，从一些无关的问题开始他的审讯，让被告首先解除戒心。然后，她沉默了几分钟，长叹一声，摇摇头说："我的上帝啊！瞧这种消息！结果不知道会怎么样？"

"唉，太太，"伊凡·伊格纳季奇回答，"上帝是仁慈的：我们有足够的兵，有很多火药，大炮我也擦干净了。我们也许会打退普加乔夫的。上帝不会骗人，猪不会吃人！"

"这个普加乔夫是个什么人？"司令太太问道。

这时伊凡·伊格纳季奇才发现他说溜了嘴，便赶快刹住话头，但已经来不及了。华西丽莎·叶戈罗夫娜逼着他把一切都说出来，向他保证不告诉任何人。

华西丽莎·叶戈罗夫娜遵守自己的诺言，对谁也没有说过一个字，只有神父太太是例外，因为神父太太的牛还放牧在草原上，可能会被强盗抢去。

一会儿工夫，大家都谈起普加乔夫的事来了。传说是各种各样的。司令派哥萨克军士到邻近各村各要塞去仔细打听情况。两天后军士回来了，他报告在离要塞六十里外的草原上看到许多火光，并且听到巴什基尔人说，有一支不知什么军队朝这里开来了。不过，他说不出什么可靠的消息，因为他不敢再往前走。

要塞里的哥萨克情绪激动，显然不同往常。在所有的街道上，他们三五成群，窃窃私议着，一看到龙骑兵或驻军的士兵便马上散开。派了一些便衣到他们当中去。归了正教的卡尔梅克人尤莱给司令送来了重要情报。据尤莱说，下士报告的情况是假的。这个狡猾的哥萨克回来以后就对他的同伙说，他到暴徒那里去过，见过他们的首领，那首领还让他吻了手，跟他谈了很久。司令立即把下士抓起来，委任尤莱接替他的位置。哥萨克们听到这个消息，都明显地表示不满。他们大声发牢骚，伊凡·伊格纳季奇去执行司令的命令，亲耳听见他们说："等着瞧吧，你这个驻军的小丘八！"司令本想当天审讯犯人，可是下士却逃跑了，八成是他的同伙把他救出去的。

新的形势使司令更加不安。捉住了一个散发传单的巴什基尔人。为此司令想要再次召集军官开会，他想找一个合情合理的借口支开华西丽莎·叶戈罗夫娜。可是伊凡·库兹米奇是个非常忠厚老实的人，除了用过的方法，再也找不到别的办法了。

“我跟你说，华西丽莎·叶戈罗夫娜，”他干咳着对她说，“听说盖拉辛神父从城里……”“别再胡说了，伊凡·库兹米奇，”司令太太打断他的话说，“你大概又想开会，趁我不在，讨论叶美里扬·普加乔夫的事啦。这一次你可骗不了我！”伊凡·库兹米奇瞪大眼睛。“那好吧，孩子他妈，”他说，“既然你都知道了，那就留下吧。我们就当着你的面讨论。”“这就对了，我的老爷，”她回答，“你耍不了花招，派人去请军官们吧。”

我们又一次集合在一起。伊凡·库兹米奇当着妻子的面向我们宣读了一份由一个识字不多的哥萨克所写的普加乔夫的檄文。这个强盗宣布要立即进攻我们的要塞；号召哥萨克和士兵参加他们那一伙；告诫军官们不要反抗，否则将处以死刑。檄文的措辞粗暴而强硬，对一般平民百姓可能会产生很危险的影响。

“好一个强盗！”司令太太嚷嚷起来，“竟敢给我们出主意！要我们出去迎接，把军旗放到他的脚下！这个狗崽子！他难道不知道，我们已经服务了四十年，荣耀归于上帝，什么世面都见过了？难道有这种顺从强盗的军官吗？”

“看来还不至于吧，”伊凡·库兹米奇回答，“不过，据说那个强盗已经攻占好多要塞了。”

“看得出他是很厉害的。”施瓦勃林说。

“我们马上就会看到他有多厉害，”司令说，“华西丽莎·叶戈罗夫娜，把谷仓的钥匙给我。伊凡·伊格纳季奇，把那个巴什基尔人带来，叫尤莱把鞭子拿来。”

“等一等，伊凡·库兹米奇，”司令太太站起来，说，“让我把玛莎带走，要不，她听见叫声会吓坏的。而且，老实说，我也不喜欢看这种审讯的场面。祝你们顺利。”

古代在审讯中用肉刑已成了根深蒂固的习惯，因而那道取消肉刑的仁慈命令还是久久未能执行。人们以为罪犯的亲口供词对于充分揭露他的罪行是必要的——这种想法不仅没有根据，甚而是完全违反正常的法律概念的：因为，如果说被告的否认不能作为他无罪的证据，那么被告的供词更不能成为他有罪的证据。甚至到了现在，我还常常听到一些老法官对取消这种野蛮的习惯表示遗憾。在我们那个时代，不管是法官还是被告都不怀疑肉刑的必要性。因此我们当中任何人对司令的命令都不感到奇怪，也不感到不安。伊凡·伊格纳季奇去提那个被司令太太锁在谷仓里的巴什基尔人，过了几分钟，囚犯被带到前厅。司令吩咐把他带进来。

巴什基尔人费力地跨过门槛（他戴着脚镣），摘下高高的帽子，站在门旁。我朝他看了一眼，不禁哆嗦了一下。我永远不会忘记这个人。他看起来已有七十开外，没有鼻子也没有耳朵。他的头发被剃光，没有大胡子，只长着几根白胡须。他身材矮小瘦削，躬着背，细细的眼睛却还炯炯有神。“嘿嘿！”司令从他那可怕的样子认出他是一七四一年受刑的暴徒，对他说，“看得出你是一头老狼了，在我们的兽笼里待过。看样子你已经不是第一次造反，因为你的脑袋已经剃得那么光。走过来一点，说，是谁派你来的？”

老巴什基尔人一言不发，作出一点也听不懂的样子瞧着司令。“你干吗不说话？”伊凡·库兹米奇继续问，“你一点也不懂俄罗斯话吗？尤莱，用你们的话问他，是谁派他到我们要塞来的。”

尤莱用鞑靼话把伊凡·库兹米奇的问题对他重说了一遍。但巴什基尔人仍旧用那副表情望着他，一个字也没有回答。

“好吧，”司令说，“我要叫你说话。孩子们！剥掉他那件古怪的条纹长袍，抽他的背。尤莱，好好收拾他！”

两个残疾士兵跑过来剥巴什基尔人的衣服。那个可怜的老人脸上显出惊慌的神色。他像一头被孩子们逮住的小兽那样往四下里瞧着。一个残疾士兵抓住他的双手，把这双手放在自己的脖子两旁，用肩膀把他抬起来，尤莱拿起鞭子抽了一下，巴什基尔人发出一种微弱、恳求的声音，叫了一声，点着头，张开嘴巴，那里面没有舌头，只有一截短短的舌根在微微活动着。

我一想起这件事是发生在我年轻的时候，而现在我已经活到亚历山大皇帝仁慈的统治时代，文明这么快就取得了胜利，博爱的原则传播得那么广泛，我就不能不感到惊奇。年轻人！假如我的回忆录落到你的手里，那你就要记住，那种从移风易俗出发、不通过暴力行动产生的变革才是最好最牢固的变革。

大家都吃了一惊。“算了吧，”司令说，“看来从他身上是什么也得不到的。尤莱，把这个巴什基尔人送回谷仓去。先生们，我们再议论议论。”

我们议论起当前的局势。突然，华西丽莎·叶戈罗夫娜上气不接下气、惊慌失措地跑进来。

“你怎么啦？”司令吃惊地问道。

“先生们，糟了！”华西丽莎·叶戈罗夫娜回答，“下湖要塞今天早上失守了。盖拉辛神父家的长工刚刚从那里回来。他亲眼看见要塞是怎么失陷的。司令和军官都被绞死，所有的士兵都被俘虏。眼看强盗们就要到这里来了。”

这个意外消息使我大为吃惊。下湖要塞的司令是个文雅懦弱的年轻人，我认识他：两个月前他带着年轻的妻子从奥伦堡出来，在伊凡·库兹米奇这里逗留过。下湖要塞距我们这里约莫二十五俄里路。普加乔夫随时都会向我们进攻。玛丽亚·伊凡诺夫娜的命运非常清楚地显现在我面前，我的心简直要停止跳动了。

“伊凡·库兹米奇，您听我说！”我对司令说，“我们的职责是保卫要塞，直到最后一口气。这一点是不用多说的。但是应该考虑妇女们的安全。要是路上还太平，就把她们送到奥伦堡或者强盗一时打不到的更远更安全的要塞去。”

伊凡·库兹米奇转身对妻子说：“孩子他妈，你听见吗？真的，在我们还没有打败这些暴徒之前，要不要把你们送到远一点的地方去？”

“真是废话！”司令太太说，“哪里有子弹打不到的要塞？我们的白山要塞怎么靠不住？荣耀归于上帝，我们在这里住了二十二年了。巴什基尔人和吉尔吉斯人我们都见过，也许我们也能避过普加乔夫的！”

“唉，孩子他妈，”伊凡·库兹米奇不同意她的说法，“你要是相信我们的要塞，那你就留下。可玛莎怎么办？要是我们守住要塞或者等到援兵，那倒好；可是万一强盗们攻下要塞，那可怎么办？”

“那时，那时……”华西丽莎·叶戈罗夫娜一时答不上来，焦急万分，哑口无言。

“不，华西丽莎·叶戈罗夫娜，”司令看到他的话也许是有生以来第一次起了作用，就继续说，“玛莎不能留在这里。送她到奥伦堡她的教母那里去：那里有足够的军队和大炮，城墙是石头造的。而且我还是劝你跟她一起到那里去。尽管你是个老太婆，要是要塞给打下，你想想那时会怎么样。”

“好吧，”司令太太说，“就这样吧，把玛莎送走。可做梦也不要来求我，我不走。我这么大年纪了，用不着再和你分别，一个人去死在外乡。我们活在一块儿，也死在一块儿。”

“这样也好，”司令说，“就这样，去准备准备，让玛莎上路。明天天亮前就送她走，还得派人送她去，虽然我们这里并没有多余的人。可玛莎在哪儿？”

“在阿库利娜·潘菲洛夫娜家里，”司令太太回答，“她听说下湖要塞失守，感到不舒服；我怕她会生病。主啊，我们的命为什么这么苦啊！”

华西丽莎·叶戈罗夫娜去张罗送走女儿的事。司令继续说下去，我没再打断他，也没听着他。玛丽亚·伊凡诺夫娜来吃晚饭的时候脸色煞白，哭成个泪人儿。我们在司令家默默地吃晚饭，比平时更快地离开餐桌，和他们全家告别，各自回屋里去。但我故意忘了拿剑，又回去拿：我预感到一定会遇到玛丽亚·伊凡诺夫娜单独一个人。果然，她在门口迎接我，把剑递过来。“再见吧，彼得·安德烈伊奇！”她含泪对我说，“他们要送我到奥伦堡去。祝您平安、幸福。也许上帝会让我们再见面，要是不……”说着她哭出声来。我抱住她。“再见吧，我的宝贝，”我说，“再见吧，我亲爱的，我亲爱的人！不管我发生什么事情，请你相信，在最后一息我想到的一定是你，最后的祷告也是为你做的！”玛莎偎依在我胸前，放声大哭。我热烈地吻了她一下，便急忙从房间里走出去。

# 第七章　进　攻

我的脑袋，可爱的脑袋，
我这士兵的脑袋！
我这脑袋服务了
正好三十又三年。
哦，我可爱的脑袋，
没有得到好处和安闲，
没有听到好话和赞扬，
也没有得到显赫的官衔。
我的脑袋得到的只有
两根高高的柱子，
一根槭木的横梁，
还有一个光滑的绳圈圈。
——民歌①

这一夜我没有睡觉，也没有宽衣。我打算天亮时到要塞大门那里去，玛丽亚·伊凡诺夫娜必须从那里起程，我可以在那里和她最后告别。我觉得内心发生了很大的变化：我心里的紧张远不如不久前的愁闷那样使我痛苦。一种模模糊糊却又甜丝丝的希望、对危险的急切等待以及高尚的荣誉感在我心中同离愁交织在一起。夜不知不觉地过去了。我正准备出门，房门却突然打开了。伍长来向我报告，说我们这儿的哥萨克夜里劫走尤莱，冲出要塞，要塞附近还有一些陌生人骑着马跑来跑去。我一想到玛丽亚·伊凡诺夫娜没来得及跑掉，就不寒而栗；我匆匆对伍长吩咐几句，便立刻往司令家奔去。

天已经亮了。我在街上飞奔着，突然听到有人在喊我。我站住。“您上哪儿去？”伊凡·伊格纳季奇追上我，说，“伊凡·库兹米奇在要塞围墙上，派我来找您。普加奇②来了。”“玛丽亚·伊凡诺夫娜走了吗？”我提心吊胆地问道。“没来得及跑，”伊凡·伊格纳季奇回答，“通往奥伦堡的路被切断了；要塞被包围。情况很危急，彼得·安德烈伊奇！”

我们往要塞围墙走去，那是一个天然高地，并且用木栅加固。要塞里的人全聚集在那里。驻军持枪站着。大炮昨天就拖到那里。司令在人数不多的队列前走来走去。迫在眉睫的危险使得这位老军人更加精神抖擞。离要塞不远的草原上有二十来个人骑着马往来奔驰着。他们看样子是哥萨克，但其中也有些巴什基尔人，从他们的山猫皮帽子和箭袋上很容易认出他们。司令在队伍跟前走了一遭，对士兵们说：“孩子们，今天我们要保卫女皇陛下，并且向全世界证明，我们都是英勇而忠诚的战士！”士兵们齐声高呼，表示效忠。施瓦勃林站在我旁边，注视着敌人。在草原上奔驰的那些人看到要塞上的活动，便聚拢在一起商量。司令命令伊凡·伊格纳季奇把大炮对准那群人，亲

① 题词引自《一个公爵》在莫斯科处死刑之歌的开头部分（摘自楚尔科夫所编民歌集）。
② 普加乔夫的诨名。

自点燃导火线。炮弹嗞嗞地响着，从那群人头上飞过，没有造成任何伤亡。那些骑马的人立刻分散跑掉，一会儿草原上便空无一人了。

这时华西丽莎·叶戈罗夫娜到围墙上来了，玛莎不肯离开她，也跟着一起来。“怎么样？”司令太太说，“仗打得怎么样？敌人在哪儿？”“敌人在不远的地方，”伊凡·库兹米奇回答，“上帝保佑，一切都会顺顺当当的。怎么，玛莎，你害怕吗？”“不，爸爸，”玛丽亚·伊凡诺夫娜回答，“一个人待在家里更可怕。”这时她瞧了我一眼，竭力装出笑容。想起昨天刚从她手里接过的这把剑，我不由得握紧剑柄，好像要拿这把剑来保护我心爱的人。我的心燃烧着。我把自己想象成她的骑士。我渴望证明我是值得她信任的，并且迫切等待着决定的时刻。

这时离要塞半里路的高地上出现了一群新的骑兵，一会儿草原上便布满了许多持矛和弓箭的人。他们当中有个人穿着红袍骑着白马，手里拿着马刀，这便是普加乔夫。他勒马站住，许多人围着他，看样子是根据他的命令，有四个人离开他全速飞驰到要塞跟前。我们认出他们是我们这儿叛变过去的士兵。其中一个拿着一张纸，把它举到帽子下面。另一个人枪尖上挑着尤莱的头，把它从围墙上掷过来。这个可怜的卡尔梅克人的头掉到司令脚边。叛徒们喊道：“别开枪，出来迎接皇帝。皇帝在这里！”

“让我来教训教训你们！”伊凡·库兹米奇喊道，“孩子们，打！”我们的士兵一起开了枪。拿信的哥萨克晃了晃，滚下了马背，其余几个立即掉头往回跑。我瞧了瞧玛丽亚·伊凡诺夫娜。看见尤莱血淋淋的头，听见枪声，她早已吓昏了。司令叫伍长把打死的哥萨克手上那封信拿来。伍长走到野地里，回来的时候把那死者的马也牵了回来。他把信交给司令。伊凡·库兹米奇低声把信念了一遍，然后把它撕成碎片。这时叛军显然准备采取行动了。一会儿子弹便咝咝响着从我们耳边飞过，还有几支箭扎进我们身旁的地上和围墙上。“华西丽莎·叶戈罗夫娜！”司令说，“这不是娘儿们的事，把玛莎带走，你看这姑娘已经半死不活了。”

华西丽莎·叶戈罗夫娜也被子弹吓呆了，她望了一眼草原，那里显然正在进行一场大规模的调动。她回过头去对丈夫说：“伊凡·库兹米奇，生死在天，给玛莎祝福吧。玛莎，到父亲这儿来。”

玛莎脸色苍白，浑身颤抖，走到伊凡·库兹米奇跟前，向他跪下，俯伏在地。老司令给她画了三次十字，然后把她扶起来，吻了吻，用变了样的声音对她说：“玛莎，祝你幸福。向上帝祷告，他不会丢下你不管的。要是找到个好人，就让上帝赐给你们爱情与和睦。要像我和华西丽莎·叶戈罗夫娜那样过日子。好吧，别了，玛莎。华西丽莎·叶戈罗夫娜，快点把她带走吧。”玛莎扑到他身上，搂住他的脖子嚎啕大哭起来。“我们也接个吻吧，”司令太太边哭边说，“别了，我的伊凡·库兹米奇。我要是有惹你生气的地方，就原谅我吧！”“别了，别了，孩子他妈！”司令抱住他的老太婆说，“好吧，行了！走吧，回家去吧。要是来得及，就给玛莎换上一件普通的衣服。”司令太太带着女儿走了。我目送着玛丽亚·伊凡诺夫娜。她回过头看看我，向我点点头。这时伊凡·库兹米奇向我们转过身来，全部注意力集中在敌人身上。叛军都聚拢在他们的首领周围，突然都下了马。“现在都站好，”司令说，“敌人要进攻了……”这时响起了一阵可怕的呼哨声和呼喊声，叛军向要塞冲了过来。

我们的大炮装上了霰弹。司令让敌人跑到最近的距离时才突然开炮。霰弹落到人群正当中。叛军往两边跑开，稍稍后退了一点。他们的首领独自留在前面……他挥动着马刀，看样子，在热烈地鼓动他们……尖厉的唿哨声和呐喊声停了一会儿又响起来。“好，孩子们，”司令说，“现在打开大门，擂鼓。孩子们！前进，跟我冲出去！”

司令、伊凡·伊格纳季奇和我刹那间就冲到要塞围墙外，但是那些胆怯的驻军却呆呆地站着，动也不动。“孩子们，你们怎么还站着？”伊凡·库兹米奇向他们喊道，“死就死，这是我们的天职！”这时叛军向我们冲来，涌进了要塞。鼓声停了。驻军都丢了枪；我被撞倒，但我又爬起来跟着叛军走进要塞。司令头部受伤，站在一群暴徒当中。他们向他要钥匙。我想跑去救他，但几个强壮的哥萨克捉住我，用腰带把我捆起来，说：“你们这些反对皇帝的人，马上叫你们知道厉害！”我们被拖到街上，居民们都拿出面包和盐。响起钟声。突然人群里嚷嚷起来，说皇帝在广场上等候俘虏，准备接受宣誓。人们都拥到广场上，我们也被赶到那里。

普加乔夫坐在司令家门口台阶上的圈椅上。他身上穿着绣有金银花饰的哥萨克大红袍。带金色璎珞的貂皮高帽子拉到他那闪烁着光芒的眼睛上。我觉得他很面熟。他身旁站着几个哥萨克首领。盖拉辛神父脸色苍白、浑身抖索着站在台阶旁边，手里拿着十字架，似乎在为那些即将牺牲的人默默地向他求情。广场上正在匆忙竖起绞刑架。当我们走近的时候，一些巴什基尔人把老百姓驱散，把我们带到普加乔夫跟前。钟声静息了。场上没有一点声响。“哪一个是司令？”自封皇帝问道。我们那个军士从人群中走出来，指了指伊凡·库兹米奇。普加乔夫威严地瞧瞧老头子，对他说：“你怎么敢反抗我，反抗你的皇上？”司令受了伤已很虚弱，他使尽最后一点力气，坚定地回答：“你不是我的皇上，你是强盗，是假皇帝，你听见没有！”普加乔夫阴郁地蹙起眉头，挥了挥白手帕。几个哥萨克揪住老上尉，把他拖到绞架那里去。我们昨天审讯过的那个残疾的巴什基尔人骑在绞架的横梁上。他手里拉着绳子，一会儿我就看见可怜的伊凡·库兹米奇给吊在空中了。接着把伊凡·伊格纳季奇带到普加乔夫跟前。“向彼得·费多罗维奇[①]陛下宣誓吧！”普加乔夫对他说。“你不是我们的皇帝。”伊凡·伊格纳季奇重复着上尉的话回答说，“你这个老东西，是强盗，是假皇帝！”普加乔夫又挥挥手帕，这好心的中尉就给吊在老上司旁边了。

这一回轮到我了。我无所畏惧地瞧着普加乔夫，准备重复我那些正气凛然的同事的回答。这时我突然看见施瓦勃林剃着哥萨克式头发，穿着哥萨克长袍，也站在叛军的首领当中，我的吃惊是难以形容的。他走到普加乔夫身旁，在他耳旁说了几句话。“绞死他！”普加乔夫看也不看我一眼就说。我的脖子给套上了绞索。于是我默默地祈祷起来，向上帝真诚地忏悔我所有的罪孽，恳求他拯救我所有的亲朋。我被拖到绞架底下。“别害怕，别害怕。”暴徒们一再对我说，也许他们真的想要鼓励我。突然我听到一阵叫喊声：“等一等，该死的！等一等！……”刽子手们住了手。我一看：萨维里奇俯伏在普加乔夫脚边。“我的亲爹！”我那可怜的老家人说，“杀了我们少爷对你有什么好处？放掉他，会送赎金给你的。要是为了儆戒别人，你就叫他

---

① 俄国沙皇彼得三世的名字，普加乔夫假冒彼得三世的名号，以此为号召。

们绞死我这老头子好了！”普加乔夫示意了一下，他们立时就把我头上的绳子解开。“老爷子给你开恩了。”暴徒们对我说。这时我对于自己的得救说不出有多高兴，可是也说不出有多遗憾。我心乱如麻。他们又把我带到僭皇跟前，逼着我向他跪下。普加乔夫向我伸出一只青筋嶙嶙的手。“吻他的手，吻他的手！”旁边的人对我说。可是我宁可接受最残酷的死刑也不愿受到这种卑鄙的侮辱。“彼得·安德烈伊奇少爷！”萨维里奇站在我背后，推推我，轻声对我说，“别固执啦！那又算得了什么？吐一口唾沫，吻那个强……（呸！）吻他的手吧。”我动也不动。普加乔夫放下手，冷笑着说：“他老爷大概是高兴得昏了头了。扶他起来吧！”他们把我扶起来，放掉了。我就站在那里看着这出丑剧怎么演下去。

居民们都来宣誓效忠。他们一个个走过来吻十字架，然后向僭皇鞠躬敬礼。驻军的士兵也站在那里。连里的裁缝拿着一把钝剪刀给他们剪辫子。他们抖掉身上的头发，走过来吻普加乔夫的手，普加乔夫则宣布饶恕他们并接受他们入伙。这种仪式延续了近三个小时。最后，普加乔夫从圈椅上站起来，在其他首领陪同下走下台阶。叛军们给他牵来一匹备有豪华挽具的白马。两个哥萨克扶着他的手，帮他跨上马鞍。他对盖拉辛神父说要在他家里吃饭。这时传来了一个女人的喊叫声。几个强盗把头发蓬乱、一丝不挂的华西丽莎·叶戈罗夫娜拖到台阶上来。其中有一个已经穿上她的背心。另一些人把羽毛褥子、箱子、茶具、衣服和所有的坛坛罐罐从她家里拖出来。“爷们！”可怜的老太婆喊道，“别再折磨我了。我的亲爹，把我送到伊凡·库兹米奇那里去吧。”突然她抬头看了看绞架，认出了丈夫。“强盗！”她疯狂地叫嚷起来，“你们就这样对待他？我的亲人伊凡·库兹米奇，士兵的勇敢的首领！普鲁士刺刀、土耳其子弹都没有伤害过你，在光荣的战斗里你也没有牺牲，现在却死在一个逃犯手里！”“叫这老妖婆闭嘴！”普加乔夫说。这时一个年轻的哥萨克举起马刀朝她头上砍下去，她便倒下，死在台阶上。普加乔夫骑马走了，人群拥上去，跟在他后面。

## 第八章　不速之客

不速之客比鞑靼人还可恶。

——民谚

广场上人都走光了。我仍旧站在那里。看到这么多可怕的场面，我心里乱糟糟的，一时理不出个头绪。

最使我心焦的是不知道玛丽亚·伊凡诺夫娜的情况。她在哪里？情况怎么样？是不是藏起来了？她躲避的地方是不是可靠？……我心里充满各种可怕的想法，走进司令的家……屋子里空荡荡的，桌椅柜子全给砸坏，碗碟给打碎，财物都给抢光了。我登上通往正房的梯子，平生第一次走进玛丽亚·伊凡诺夫娜的房间。我看见她那张被强盗们翻乱了的床，衣橱被砸坏，衣物被抢光，空神龛前面的长明灯还亮着。挂在两扇窗子当中墙壁上的小镜子还好好的……这间朴素闺房的主人究竟在哪里啊？我脑子里闪过一个可怕的念头：我想象着她落入强盗手里的情况……我的心揪紧了……我非常伤心地哭起来，大声呼唤着我那心上人的名字……这时我听到一阵轻微的响声，帕拉莎从衣橱后面走出来，脸色惨白，浑身颤抖着。

“啊，彼得·安德烈伊奇！”她两手一拍，说，“我们过的是什么日子啊！多么疯狂啊！……”

“玛丽亚·伊凡诺夫娜呢？”我急不可待地问道，“玛丽亚·伊凡诺夫娜怎么啦？”

“小姐没出事，”帕拉莎回答。“她藏在阿库利娜·潘菲洛夫娜家里。”

“在神父太太家里！”我惊呼起来。“我的天哪！普加乔夫在那儿呢！……”

我奔出房间，刹那间就到了街上，我什么也没注意，什么也没感觉，心急慌忙地跑进神父的家。那里不断响起叫喊声、狂笑声和歌声……普加乔夫正在和他的同伙欢宴。帕拉莎也跟着我跑到那里。我叫她偷偷地把阿库利娜·潘菲洛夫娜请出来。过了一会儿，神父太太手里拿着一个空酒瓶走进门廊里来见我。

“看在上帝面上告诉我！玛丽亚·伊凡诺夫娜在哪儿？”我怀着无法表达的焦急心情问道。

“我那宝贝，她躺在我床上，在隔板后面，”神父太太回答，“唉，彼得·安德烈伊奇，差一点出了乱子，还好，荣耀归于上帝，一切都顺顺利利地过去了：那强盗刚坐下来吃饭，我那可怜的姑娘就醒过来，呻吟了一声！……我真给吓呆了。他听见了，问我：‘谁在这儿呻吟，老太婆？’我对那强盗深深鞠了一躬，回答说：‘皇上，是我的外甥女生病了，躺下来两个礼拜了。’‘你的外甥女年轻吗？’‘还年轻，皇上。’‘老太婆，把你的外甥女领出来给我看看。’我的心几乎要跳出来，但是没有办法。‘皇上容禀，这姑娘起不来，不能到这里来见你老人家。’‘不要紧，老太婆，我自己去看看。’这该死的家伙真的朝隔板走去，你想得到吗！他真的掀起帐子，用那对老鹰般的眼睛瞧了一眼！结果倒没什么……上帝拯救了她！不知你相信不相信，那时候我和我那老头子已经准备去殉难了。幸好我那宝贝没有认出他来。主啊，我们真是盼到好日子啦！有什么好说的！可怜的伊凡·库兹米奇！谁想得到！……还有华西丽莎·叶戈罗夫娜呢？伊凡·伊格纳季奇呢？他犯了什么罪？他们怎么会饶了你呢？可是施瓦勃林，阿列克赛·伊凡内奇又怎么样？他照哥萨克样子剃了头，这会儿正在我们这儿和他们一起大吃大喝呢！这人滑头，没什么可说的！而当我说到生病的外甥女时，信不信由你，他就这么瞧了我一眼，那目光像把刀子要把我刺穿似的。可是他没有说出来，这可得谢谢他。”这时响起了客人们醉醺醺的叫喊声和盖拉辛神父的声音。客人们要酒喝，主人在喊妻子。神父太太着了忙。“你快回去吧，彼得·安德烈伊奇，”她说，“这会儿我可顾不上您了，强盗们在喝酒。要是落到酒鬼手里，那才倒霉呢。再见，彼得·安德烈伊奇。听天由命吧，也许上帝不会丢下我们不管的！”

神父太太走了。我稍微放心了一点，就回自己屋里去。走过广场的时候，我看见几个巴什基尔人挤在绞架旁边，正从被吊死的人脚上拉下皮靴。我好容易压下满腔的愤怒，觉得去打抱不平是没有用的。强盗们在要塞里跑来跑去，抢劫军官的家。到处响着喝醉的叛军的喊叫声。我回到家里。萨维里奇在门口迎接我。“荣耀归于上帝！”他看见我，喊了起来，“我以为那些强盗又把你抓去了呢。唉，彼得·安德烈伊奇少爷，你能相信吗？这些强盗把我们的东西全抢光了：衣服、被单、碗碟，一样也不剩。不过，可没想到，荣耀归于上帝，他们把你放回来了！少爷，你可认出那个首领？”

“没有，没有认出，那是谁呢？”

“怎么，少爷？你忘了那个在客栈里骗去你的皮袄的酒鬼吗？那件兔皮袄还是全新的，可这强盗就这样把它拆开绷在身上！”

我很惊讶。普加乔夫和我那个向导真是像得出奇。我这才相信普加乔夫和他是同一个人，才明白他为什么会放掉我。我不能不惊奇，天下竟有这样的巧事：一件送给流浪汉的小皮袄竟然把我从绞索下拯救了出来，一个在客栈里游荡的酒鬼竟然攻陷了好多个要塞，震撼了整个国家！

“你想吃点东西吗？”萨维里奇没有改变他的习惯，问道，“屋里什么都没有了，我去找找看，给你随便做点什么。”

剩下我一个人，我便沉思起来。我怎么办？留在被强盗占领的要塞或者追随这个匪帮，对于一个军官来说，都是不成体统的。我的天职要求我必须到我的职务在目前困难的形势下还能对祖国有益的地方去……但是爱情强烈地要求我留在玛丽亚·伊凡诺夫娜身边，保护她。虽然我预见到形势无疑会很快发生变化，但是一想到她的危险处境，我还是不寒而栗。

一个哥萨克跑来找我，打断了我的思绪。他通知我，“皇上要召见你。”“他在哪儿？”我问道，准备服从他的命令。

“在司令的住宅里，”哥萨克回答，“饭后老爷子去洗澡，这会儿在休息。老爷，从各方面看来，他是个贵人，他一顿饭吃了两只烤小猪；洗蒸汽澡的时候，烧得那么热，连塔拉斯·库罗奇金都吃不消，他把桦条帚交给福姆卡·比克巴耶夫，往身上浇了一桶冷水才好歹活了过来。没什么好说的，他的一举一动都那么威严……听说他在澡堂里让人家看了胸膛上的皇帝印记：一边是双头鹰，有一枚五戈比的硬币那么大，另一边是他自己的像。”

我认为没有必要和这个哥萨克争论，便和他一起到司令的住宅里去，预先想象着和普加乔夫见面的情景，竭力猜测这次见面将会怎样结束。读者很容易想象得出，当时我并不是很冷静的。

我走到司令的住宅时，天已开始黑了。吊着死人的绞架黑糊糊地矗立着，令人毛骨悚然。可怜的司令太太的尸体还瘫在台阶下，那里有两个哥萨克在守卫。带我来的那个哥萨克进去通报，一会儿就回来，把我带进我昨天还那么依依不舍地和玛丽亚·伊凡诺夫娜告别的那个房间。

我的眼前出现了一幅不同寻常的景象：在铺着台布、放满酒瓶和酒杯的餐桌后面坐着普加乔夫和十来个哥萨克首领，他们都戴着帽子，穿着花衬衫，由于喝了酒，个个都很兴奋，脸上红通通的，眼睛闪耀着光芒。施瓦勃林和我们那个下士等新入伙的叛徒都不在里面。“哦，尉官先生！”普加乔夫看见我，说道，“欢迎光临，敬请就座，请赏脸。”在座的人挤紧了一点，腾出座位。我一言不发地坐在桌子边上。我的邻座，一个体格匀称、容貌英俊的年轻哥萨克给我斟了一杯酒，可是我碰都没有碰一下。我好奇地观察着这伙人。普加乔夫坐在首席，胳膊撑在桌子上，用那宽大的拳头支着长满大胡子的腮帮。他的容貌端正，很讨人喜欢，一点也不显得残暴。他不时和一个五十岁光景的人谈话，有时称他伯爵，有时称他季莫菲伊奇，有时还尊称他大叔。他们彼此都以同伴相待，对自己的首领并不显得特别恭敬。他们谈到早晨的进攻，暴乱以来的胜利和今后的行动。每个人都自吹自擂，发表意见，毫无拘束地和普加乔夫争论。在这个古怪的军事会议上，大家一致决定要向奥伦堡进军：这个行动是大胆的，而且差一点取得成功——那简直是个灾难；这次进军宣布将在明天付诸行动。“来吧，弟兄们，”普加乔夫说，“在睡觉之前，唱唱我那首心爱的歌吧。丘马科夫，唱吧！”我的邻座用他那尖细的嗓子唱起悲哀的纤夫之歌，接着大家一起唱起来：

别喧闹啊，亲爱的翠绿的橡树林，
不要来打扰我这年轻勇士的思绪。
明天在威严的法官——沙皇面前，
我这个年轻的勇士将要受到审判。
他这位沙皇老爷将要把我来审问：
你说，你说，你这个农民的孩子，
你和谁一起去偷窃，一起去抢劫，
和你一起去偷的还有多少个伙伴？
我对你说啊，亲爱的正教徒沙皇，
我把一切真情都对你老实来说明。
我那些亲密的伙伴一共只有四个：
第一个亲密的伙伴是漆黑的夜晚，
第二个亲密的伙伴是上等的宝刀，
第三个亲密的伙伴是我那匹好马，
第四个亲密的伙伴是我那张硬弓，
我派出的探子是那有钢尖的利箭。
那位亲爱的正教徒沙皇对我说道：
好啊，好啊，你这个农民的孩子，
你既然会偷盗抢劫，还善于回答，
孩子啊，我要好好地开恩奖励你：
在空地上给你盖一座高大的宫殿，

《上尉的女儿》（铜版画） П. П. 索科洛夫 绘　А. 拉莫特 刻　1891 年

在那里竖起两根柱子和一根横梁。

这些注定要受绞刑的人所唱的关于绞架的民歌在我心中激起的波澜是难以形容的。他们那严峻的神色、整齐的歌声，以及给那本来就很动人的歌词增添上去的悲哀表情——这一切都以那诗歌的可怕力量震撼着我的心灵。

客人们又干了一杯，然后站起来和普加乔夫告别。我也想跟着走，可是普加乔夫对我说："坐下，我想和你谈一谈。"我们就面对面坐下了。

我们双方都沉默了几分钟。普加乔夫注视着我，偶尔眯起左眼，现出一种又是调皮又是嘲笑的怪异神情。他终于快乐地笑起来，连我也不知为什么，瞧着他，跟着笑了。

"怎么，尉官先生？"他对我说，"你老实说，我那些小伙子把绳子套在你脖子上的时候，你害怕了吗？我看，你大概吓得魂不附体了吧……要不是你那个仆人来说情，你早就在横梁上晃荡了。我一下子就认出那个老家伙。唔，你想到过没有，尉官先生，那个把你带到车店的人竟是皇上我本人（这时他摆出一副威严神秘的样子）？你对我犯了很大的罪，"他继续说，"不过由于你的恩德，由于你在我不得不躲避敌人的时候给了我帮助，我宽恕了你。你将来还会看到的，难道只有这一点吗，要是我打下了天下，我还会好好地奖赏你的！你肯为我忠心服务吗？"

这个强盗的问题和他的无礼使我感到很滑稽，我忍不住笑了一笑。

"你笑什么？"他蹙起眉头问道，"你是不是不相信我是皇上？你老实回答我。"

我给难住了：承认这个流浪汉是皇帝，这我办不到。对我来说，这是不可饶恕的胆怯。要是当面说他是强盗，那我肯定要遭殃。而且当初我怒火中烧，当着全体民众的面在绞架下准备做出的一切，现在看来也不过是徒然逞英雄罢了。我犹豫不决。普加乔夫阴沉着脸等待我的回答。最后（至今我还很自豪地记得这个时刻）我心中的责任感战胜了人类的弱点。我回答普加乔夫："好吧，我把真话都告诉你吧。你想想看，我能承认你是皇帝吗？你是个聪明人，你自己也会看出我是在要滑头的。"

"依你看，我是什么人呢？"

"上帝知道。不过不管你是什么人，你是在做一种危险的游戏。"

普加乔夫迅速地瞥了我一眼。"这么说，你不相信我是彼得·费多罗维奇皇帝啰？"他说，"好吧，但是难道说勇敢的人就不会成功吗？难道说当年格里什卡·奥特烈皮耶夫①就没有统治过国家吗？不管你把我看作什么人，你都不要离开我。其余的事情跟你有什么关系呢？谁当上神父，谁就是父亲。②你忠诚地为我效劳，我就封你做元帅和公爵。你看怎么样？"

"不，"我坚定地回答，"我是个世袭贵族，我向女皇陛下宣过誓，我不能为你效劳。你要是真正为我好，你就放我到奥伦堡去。"

普加乔夫沉吟了一下。"要是我放你走，"他说，"那你能不能至少答应我，以后不再反抗我？"

---

① 俄国十六世纪初农民起义领袖，自称是伊凡雷帝的皇太子德米特里，曾率农民起义军攻入莫斯科，夺取政权。普希金曾以这个题材写成历史剧《鲍里斯·戈杜诺夫》。

② 俄国人称神父为父亲。

“这一点我怎么能答应你呢？”我回答，“你自己知道，这由不得我。他们要是叫我来反抗你，我只好来，毫无办法。现在你自己也是个首领，你也要求部下服从你。当需要我去尽职的时候，我却拒绝，这像什么话呢？我的头在你的手心里。你要是放了我，我谢谢你；你要是杀了我，上帝会审判你。我跟你说的都是实话。”

我的真诚感动了普加乔夫。“就这样吧，”他拍拍我的肩膀说，“罚归罚，赏归赏。随便你到哪里去，随便你干什么吧。明天来和我告别，现在去睡觉吧，我也要睡了。”

我离开普加乔夫，走到街上。这是个无风而寒冷的夜。月亮和星星明亮地照耀着广场和绞架。要塞里安静而幽暗。只有小酒店里还亮着灯光，不时传来夜游浪子的叫喊声。我望了望神父的家。百叶窗和大门都关上了。里面似乎平安无事。

我回到住所，看见萨维里奇由于我不在正在发愁。我得到自由的消息使他高兴得无法形容。“荣耀归于上帝！”他画着十字说，“明天天亮前我们就离开要塞，哪里有路就往哪里走；我已经给你随便做了点吃的。少爷，你吃一点，就安安稳稳一觉睡到早上，像睡在基督怀里一样。”

我听从他的劝告，津津有味地吃了晚饭，由于精神和身体都很疲倦，在地板上一下子就睡着了。

# 第九章 离 别

> 可爱的姑娘，和你亲近
> 我心中有说不出的甜蜜；
> 可分手就像告别灵魂，
> 我心中是那么伤悲，伤悲。
>
> ——赫拉斯科夫[①]

清早，鼓声把我吵醒。我往集合的地点走去。在仍旧吊着昨天的牺牲者的绞架旁边，普加乔夫的军队已经排成队列。哥萨克骑着马，卫兵们持着枪。旌旗飘扬着。几尊大炮，其中我还认出我们那一尊，已经搁在行军的炮架上。所有的居民也在那里等待自封皇帝。司令住宅的台阶旁，一个哥萨克牵着一匹优良的吉尔吉斯种白马。我用眼睛寻找司令太太的尸体。尸体已经被挪到一边，盖着蒲席。普加乔夫终于从门廊里走出来。民众都脱下帽子。普加乔夫在台阶上站住，向大家问好。一个首领递给他一袋铜币，他便把铜币一把一把撒在地上。民众大叫大嚷着奔过去抢钱，要不挤伤几个人是不可能的。几个主要的同伙簇拥着普加乔夫，其中也有施瓦勃林。我们的目光相遇了。在我的目光里他可以看到轻蔑的意味，于是立即转过身去，那表情既有刻骨的仇恨，又有做作的嘲笑。普加乔夫看见我在人群里，便向我点点头，招呼我过去。“告诉你，”他对我说，“你现在就到奥伦堡去，以我的名义向省长和所有的将军宣布，就说，过一个礼拜我要到他们那里去，叫他们等着我。劝他们要以孩子般的爱心和温顺迎接我，否则他们就逃不脱严酷的死刑。一路平安，尉官先生！”接着他转身朝着民众，指着施瓦勃林对他们说：“孩子们，这是你们的新指挥官，你们要听从他的指挥，他要替我负责保护你们和保卫要塞。”我听着这些话，不由得心惊肉跳：施瓦勃林当了要塞司令，玛丽亚·伊凡诺夫娜落在他手里啦！天哪！她的命运可想而知！普加乔夫从台阶上走下来。马给他牵来了。没等哥萨克扶他，他自己就利索地跨上了马鞍。

这时，我看见萨维里奇从人群里跑出来，走到普加乔夫跟前，递给他一张纸。我想象不出这会产生什么后果。“这是什么？”普加乔夫威严地问道。“你看一看就知道了，”萨维里奇回答。普加乔夫接过纸，认真地看了好久。“你怎么写得这么深奥？”他终于说，“我这双明亮的眼睛什么也看不明白。我的书记长在哪里？”

一个穿伍长制服的年轻人灵巧地跑到普加乔夫面前。“大声读出来。”僭皇把纸递给他，说。我非常想知道我的老家人给普加乔夫写了些什么。书记长大声地一个音节一个音节读起来：

“两件长袍，一件细布的，一件条纹绸子的，合六卢布。”

---

① 赫拉斯科夫（1733—1807），俄国诗人、戏剧家。题词引自他的诗《离别》。

“这是什么意思？”普加乔夫皱着眉头说。

“请吩咐读下去。”泰然自若的萨维里奇回答。

书记长继续读：

“细呢绿军装一件，七卢布。

“白色呢裤子一条，五卢布。

“带套袖的荷兰夏布衬衫十二件，合十卢布。

“带茶具的食品盒一个，两个半卢布……”

“你在胡说些什么呀？”普加乔夫打断他，“这些食品盒、带套袖的衬衫关我什么事？”

萨维里奇干咳了一声，解释说：“老爷子，请看，这是少爷的失物清单，被强盗抢去……”

“什么强盗？”普加乔夫厉声问道。

“对不起，我说错了，”萨维里奇回答，“不管强盗不强盗，反正你的伙伴偷偷摸摸地搬走的。你不要生气，马有四只脚，难免要跌交。请命令他读完吧。”

“读下去。”普加乔夫说。书记又读下去。

“印花布和塔夫绸被单各一条，四卢布。

“红色拉锦卷毛绒狐皮大衣一件，四十卢布。

“还有在客栈里赏给你的兔皮袄一件，十五卢布。”

“这又是什么鬼花样！”普加乔夫大喝一声，眼睛里闪出火焰般的光芒。

说实在的，当时我真替我那可怜的老家人捏一把汗。他还想再次解释，可是普加乔夫把他的话打断了：“你怎么敢拿这种小事情来跟我啰唆？”他从书记手里抓过那张纸，掷在萨维里奇脸上，嚷道：“老混蛋！东西全拿光了，这算得了什么？老家伙，你应该一辈子为我和我的孩子们祷告上帝，因为我们没有

《上尉的女儿》（铜版画） П. П. 索科洛夫 绘　А. 拉莫特 刻　1891 年

把你和你的主人同那些顽固家伙一起绞死……兔皮袄！我会给你兔皮袄的！你当心点，我要从你身上活活剥下一层皮来做皮袄！”

“请便，”萨维里奇回答，“我是个做不了主的仆人，我得管好主人的东西。”

普加乔夫显然情绪很好，表现得十分宽宏大量。

他再没有说一句话，掉转马头走开。施瓦勃林和其他首领跟在他后面。这伙人秩序井然地开出要塞。民众都走过去送别普加乔夫。我一个人和萨维里奇留在广场上。我的老家人手里拿着清单，不胜惋惜地看着。

他看到我和普加乔夫的关系很好，便想利用一下，可是他的如意算盘落了空。我本想责备他，说他这种忠心是不适当的，结果却忍不住笑了起来。“你笑吧，少爷，”萨维里奇回答我，“你笑吧，到了我们需要重新置办家当的时候，你再看看是不是可笑。”

我赶到神父家里去见玛丽亚·伊凡诺夫娜。神父太太一看到我就告诉我一个不好的消息。夜里玛丽亚·伊凡诺夫娜发起高烧来了。她躺在那里人事不省，还说胡话。神父太太把我带到她的房间里。我轻轻地走到她床前。她脸上大大变了样，这使我很吃惊。病人认不出我。我久久地站在她床前，盖拉辛神父和他那好心的太太好像在安慰我，可是他们的话我一句也没有听进去。想到这种令人伤悲的局面，我不禁心烦意乱。这个可怜的举目无亲的孤女落入凶恶的叛军当中的处境，我自己的无能为力，这些都使我感到害怕。施瓦勃林，施瓦勃林最使我苦恼。他从自封皇帝那里得到权力，统治着这个要塞，而这个不幸的姑娘——他所仇恨的无辜的少女又流落在这里，他可以对她为所欲为。我可怎么办？怎么帮助她？怎么帮她摆脱这个强盗？只有一个办法：我决定立即到奥伦堡去，催促他们收复白山要塞，我要尽一切可能促成这件事。我辞别神父和阿库利娜·潘菲洛夫娜，激动地把这个我已经认作妻子的姑娘交托给他们。我泪如泉涌，拉起这可怜姑娘的手吻了吻。“别了，”神父太太一边送我，一边对我说，“别了，彼得·安德烈伊奇，也许我们会在太平日子里见面。不要忘记我们，常常给我们写信。除了您，可怜的玛丽亚·伊凡诺夫娜眼下已经没有别的安慰，没有别的保护人了。”

我走到广场上，在那里站了一会儿，瞧了瞧绞架，对它鞠了一躬，然后走出要塞，朝奥伦堡大道走去。萨维里奇寸步不离地跟着我。

我一路上沉思默想，突然听到背后有马蹄声。我回头一看，看见从要塞里驰出一个哥萨克，他手里牵着一匹巴什基尔马，远远地对我招手。我站住，立即认出是我们那个军士。他驰到我跟前，跳下马，把另一匹马交给我，说：“老爷！我们的父亲赐给您一匹马和他自己的皮袄（马鞍上扎着一件羊皮袄）。还有，”下士结结巴巴地说，“他赐给您……半个卢布……可我在路上给丢了，请您宽宏大量，饶恕我。”萨维里奇斜睨着他，愤恨地说：“在路上给丢了！可你怀里是什么东西在丁当响？不要脸的东西！”“我怀里什么东西在丁当响？”军士一点也不感到难为情，马上反驳，“上帝保佑你，老人家！这里响的是皮笼头，不是半卢布的钱。”“好吧，”我打断他们的争吵，说，“替我谢谢那个派你来的人，丢了的半卢布，你回去的时候仔细找一找，找到了就给你当酒钱。”“真是谢谢您了，老爷，”他掉过马头，回答说，“我要一辈子为您祈祷。”说着，他用一只手按住胸口，骑马顺着原路跑回去，一会儿就不见了。

我穿上羊皮袄，跨上马背，让萨维里奇骑在我背后。“少爷，你看，”老头子说，“我可没有白白向那个强盗告状：这强盗也感到难为情了，虽然这匹又瘦又高的巴什基尔驽马和那件羊皮袄不值他们这些强盗抢去的和你赏给他们的东西的一半，可这会儿还是有用处，从恶狗身上拔下一撮毛也是好的。”

# 第十章 围 城

占领了高山和草地，
像老鹰般从高处俯视着城池。
命令在营地后面筑起炮垒，
藏起大炮，到夜里轰击城市。
——赫拉斯科夫[①]

快到奥伦堡的时候，我们看见一群被剃了头、脸上带着钳痕[②]的囚徒。他们在驻军的残疾士兵监督下，正在修工事。有的用小车把壕沟里的污秽拉走，有的用铲子掘土；围墙上泥水匠搬来砖头，修筑城墙。城门口有几个哨兵拦住我们，检查我们的证件。一个中士听说我是从白山要塞来的，便直接把我带到将军家里去。

我在花园里遇到将军。他正在查看被秋风扫去叶子的苹果树，在一个老园丁的帮助下，小心翼翼地用干草把树包扎起来。他的神情安详、健康、和善。看到我，他很高兴，便详细询问起我所看到的种种可怕的事变。我全对他说了。他一边认真听我说，一边剪着枯枝。“米罗诺夫死得真惨！”我说完了这悲惨的故事后，他说，“很可惜，他是个好军官，米罗诺夫太太也是个好太太，她的蘑菇腌得多好啊！可上尉的女儿玛莎怎么样了？”我回答他，说她住在要塞神父太太家里。“唉！唉！唉！”将军说，“这可是糟糕，很糟糕。强盗们的纪律是无论如何靠不住的。这可怜的姑娘可是很危险哪！”我回答，白山要塞离这里不远，将军大人一定会立即派兵去解救这个要塞里的不幸居民的。将军疑虑重重地摇摇头。“再说，再说，”他说，“这件事我们还有工夫谈。请你来舍下喝杯茶：今天我们要开军事会议。你可以给我们报告一下真实的消息，谈谈普加乔夫那强盗和他的军队的情况。现在你暂时去休息一下。”

我往指定给我的住所走去，萨维里奇已经在那里安排了。我焦急地等待着预定的时间。读者很容易想象得到，这个会议对我的命运至关重要，我是绝不会忽略的。到了预定的时间，我早就在将军那里了。

我在他那里遇见一个本城的官员，我记得他是税务局长，一个身体肥胖、脸色红润、穿着缎子长袍的老头子。他详细询问伊凡·库兹米奇的遭遇，称他为教亲，不时提出一些问题或感慨几句打断我的话，从这些话里即使看不出他精通战术，至少也说明他思路敏捷，具有天赋的才智。这时另一些应邀参加会议的人也陆续来到。他们当中，除了将军本人，没有一个军人。当大家一一就座，仆役给他们送上茶来以后，将军便极其明确、详尽地说明了此次会议的宗旨：“诸位先生，现在，”他继续说，“必须决定，对叛军取何种行动，是攻还是守？这两种

① 引自赫拉斯科夫的诗《俄罗斯颂》。
② 俄国古代刑罚，用钳子烙犯人面孔，使人一眼即可认出。

方法各有利弊。进攻可望迅速击溃敌军，防守则比较可靠稳妥……那么，现在就开始按法定程序征求意见，也就是请官阶低的先发言。准尉先生！”他对我说，“请发表您的高见。”

我站起来，首先简要地介绍了普加乔夫及其一伙的情况，然后斩钉截铁地说，这个自封皇帝决计抵挡不住正规军的进攻。

官员们显然都不赞成我的意见。他们认为这是青年人的轻率和无礼。会议上掀起了一阵不满的议论，我清楚地听见有个人轻声说：“乳臭未干。”将军转过身来，笑容可掬地对我说：“准尉先生！在军事会议上，开头的发言一般都是主张进攻的，这已经成了规律。现在我们继续征求意见。六级文官先生！说说您的高见！”

穿着缎子长袍的老头连忙喝下第三杯掺了不少罗木酒的茶，回答将军：“大人，在下以为既不可攻也不可守。”

“如何理解呢，六级文官先生？”将军感到惊讶，问道，“战术上可没有别的办法：不是攻就是守……”

“大人，可以采用收买的办法。”

“对对对！您的见解真是高明。收买的办法战术上是允许的，我们要采用您的建议。可以悬赏收买那个强盗的头……给七十卢布，甚或一百卢布……从秘密经费中支出……”

“到那个时候，”税务局长打断他的话，“这些强盗要不把他们的首领五花大绑送到这里来，我就不是个六级文官，而是一头吉尔吉斯绵羊。”

“这件事我们还可以从长计议，”将军回答，“可是毕竟还是要采取一些军事措施。诸位，还是按照法定程序发表你们的意见吧。”

所有的意见都是和我相反的。所有的官员都说军队靠不住，成功没有把握，必须小心从事等等。大家都认为，最明智的办法是以大炮为掩护，躲在坚固的石头城墙后面坚守，这样比到战场上碰运气好。最后，将军听完所有的意见，磕掉烟斗里的烟灰，说：

“诸位先生！我必须说明，按照我的本意，我完全赞同准尉先生的高见：因为他的意见是以全部正常的战术规则为依据的，战术上总是认为进攻比防守有利。”

说到这里，他停下来，给烟斗装上烟丝。我由于满足了自尊心而扬扬得意。我骄傲地看了看那些官员，他们不满而又不安地窃窃私议着。

“然而，诸位先生，”他深深地叹了一口气，吐出一股浓烟，继续说，“这件事关系到仁慈的女皇陛下交托给我的有关各省的安全问题，我不敢担当这样重大的责任。因此，我赞同大多数人的意见，也即最明智最安全的办法，就是在城里坚守，而用炮兵的力量，可能的话还伺机出击，用这样的办法击退敌人的进攻。”

这时轮到官员们用嘲笑的眼光来瞧我了。军事会议宣告结束。我不能不为这位可敬的军人的软弱感到遗憾，他竟违背自己的信念，接受这些外行、没有经验的人的意见。

这次重要会议之后，过了几天，我们获悉说话算数的普加乔夫已经逼近奥伦堡了。我从城墙上看见了叛军。我觉得，从我看到的那次进攻以来，他们的人数已经增加十倍。他们已经有了炮队，大炮是从被普加乔夫打下的一些小要塞取来的。想起军事会议的决定，我就预见到我们将长期困守在奥伦堡城内，我气恼得几乎要哭出来。

我不来描写奥伦堡之围，这是历史的事，不属于家庭纪事的范围。简单说，这次包围由于地方当局的玩忽职守，使居民遭到毁灭性的灾难，他们忍受了饥馑和一切可能的不幸。不难想象，奥伦堡的生活是完全无法忍受的。大家都垂头丧气地等待着决定自己的命运，大家都为可怕的飞涨的物价叹气。居民们对飞到他们院子里的炮弹已习以为常，连普加乔夫的进攻，大家都觉得无所谓。我十分愁闷。时间一天天过去。我没有收到白山要塞来的信。所有的道路都被切断了。我再也无法忍受同玛丽亚·伊凡诺夫娜的离别。她生死不明，这使我极其痛苦。我唯一的消遣是出城去袭击敌人。由于普加乔夫的好意，我有了一匹好马，我得和它分食少得可怜的食品，每天骑着它出城去和普加乔夫的骑兵进行枪战。在这种枪战中，那些吃饱喝足，又骑着好马的强盗总是居于优势。城里那些瘦弱的骑兵无法战胜他们。我们那些饥饿的步兵有时也打出去，但深深的积雪使他们无法有效地打击分散的骑兵。大炮在城墙上徒然轰鸣着，拉到战场上则深陷在雪地里，并且由于马匹虚弱不堪而不能动弹。我们的军事行动就是这副样子！这就是奥伦堡的官员们所谓的谨慎和明智！

有一次，我们偶尔驱散并追逐着一大群敌人，我碰上了一个掉队的哥萨克，正要举起我那土耳其马刀朝他砍去，他突然脱下帽子大声喊道："您好，彼得·安德烈伊奇！日子过得顺当吗？"

我抬头一看，认出是我们那个军士。看见他，我真有说不出的高兴。"你好，马克西梅奇，"我对他说，"从白山要塞出来很久了吗？"

"不久，彼得·安德烈伊奇老爷，昨天我才从那里回来。我给您带来一封信。”

“信在哪儿？”我激动得脸红起来，赶紧说。

“在我这儿。”马克西梅奇把手伸进怀里，回答说，“我答应帕拉莎，一定要把信给您带到。”这时他递给我一张折好的纸，便回头跑掉了。我把信纸打开，浑身颤抖着读了起来：

“按照上帝的意旨，我突然失去了父母，在世界上我没有一个亲人，也没有一个保护者。我特地来恳求您，因为我知道您一直希望我好，您愿意帮助任何一个人。我祷告上帝，但愿这封信无论如何能够送到您手里！马克西梅奇答应把它送到您处。帕拉莎也从马克西梅奇那里听说，在你们出击的时候，他常常从远处看到您，说您完全不顾惜自己，也没有想到那些常常含泪为您向上帝祷告的人。我病了很久，复原以后，那个现在正处在先父地位管辖要塞的阿列克赛·伊凡诺维奇便逼着盖拉辛神父把我交给他，否则他要向普加乔夫告发我。我现在住在我们家里，受到了监视。阿列克赛·伊凡诺维奇逼我嫁给他。他说他救过我的命，因为阿库利娜·潘菲洛夫娜对那些强盗说我是她的外甥女时，他帮我隐瞒了真相。我与其嫁给阿列克赛·伊凡诺维奇这样的人，还不如死掉的好。他对我很凶，还威胁我，说要是不回心转意，不同意嫁给他，他就要把我带到那强盗的营寨里去，并说要像处置丽莎维塔·哈尔洛娃[①]那样处置我。我要求阿列克赛·伊凡诺维奇让我再想一想。他答应再等三天。要是过了三天还不嫁给他，他就毫不留情了。彼得·安德烈伊奇少爷！只有您才是我的保护人，请您救救我这苦命

① 下湖要塞司令的妻子，被处死。

的人吧。请您恳求将军和各位指挥官赶快派援军到我们这里来，如果可能的话，您自己也来一趟。

您的恭顺而不幸的孤女

玛丽亚·伊凡诺夫娜”

我看完这封信，几乎要发疯了。我无情地赶着我那匹可怜的马，驰回城里。我一路上想着解救那不幸姑娘的办法，可是什么办法也想不出。跑进城里，我便直接去找将军，匆匆忙忙地闯进他家里。

将军在房间里走来走去，吸着他的海泡石烟斗。一看见我，他便站住。想必是我的样子使他感到吃惊，他关心备至地询问我匆忙来到的原因。

“大人，”我对他说，“我就像找亲爹一样跑来找您。看在上帝的面上，不要拒绝我的请求：事情关系到我一生的幸福。”

“什么事，亲爱的？”老头子惊奇地问道，“我能为你做点什么事？你说吧。”

“大人，请您下令让我带一连士兵和五十个哥萨克去扫平白山要塞。”

将军凝视着我，大概以为我疯了（这一点他几乎没有想错）。

“这怎么可能？扫平白山要塞？”他终于说。

“我向您保证，一定会成功，”我热烈地回答，“只要您放我去。”

“不行，年轻人，”他摇着头说，“这么远的距离，敌人很容易切断你们和主要战略据点的联系，从而完全打败你们。联系中断……”

我怕他又要大谈军事问题，便连忙打断他的话。

“米罗诺夫上尉的女儿写信给我，”我对他说，“她向我求救，施瓦勃林逼她嫁给他。”

“真的吗？噢，这个施瓦勃林真是个大坏蛋[①]，要是落到我手里，我一定要下令在二十四小时内审判他，我们要把他送到要塞的胸墙上枪毙！但是暂时还得忍耐……”

“忍耐！”我不由自主地叫起来，“可他就要娶玛丽亚·伊凡诺夫娜了！……”

“噢，”将军不以为然地说，“这算不了什么：她最好还是暂时做施瓦勃林的妻子，他可以保护她。等到我们枪毙了施瓦勃林，那时，上帝保佑，她会再找到丈夫的。可爱的小寡妇是不会长期守寡的。我意思是说，小寡妇会比姑娘更容易找到丈夫。”

“我宁可去死，”我发狂似的说，“也不愿意把她让给施瓦勃林！”

“哎呀呀呀！”老头子说，“现在我明白了，你大概是爱上玛丽亚·伊凡诺夫娜了。噢，这就是另一回事了！不幸的小伙子！不过我还是不能给你一连士兵和五十个哥萨克。这种出击太不明智了，我担当不起这个责任。”

我低下头，感到极其失望。突然我脑子里闪过一个念头。就像古代小说家所说的那样，欲知后事如何，且听下回分解。

---

① 原文为德语。

## 第十一章　叛军的村子

这时狮子已经吃饱，虽然它生性凶暴。
“你为什么光临我的巢穴？”它亲切地问道。
——苏马罗科夫[①]

我离开将军家赶回自己的住所。萨维里奇把我接进去，仍像往常那样规劝我：“少爷，你何苦去和那些喝醉酒的强盗算账！这哪是当老爷的干的事？万一有个好歹，那才不值得呢。要是去打土耳其人或者瑞典人，那还说得过去，可现在你是去打什么人，说出来都罪过。”

我打断他的话，问他我一共还有多少钱。“够你用的啦，”他得意扬扬地说，“不管那些强盗怎么翻箱倒柜，我还是藏起来了。”说着，他从口袋里掏出一个编结的长袋子，里面装满了银币。“好，萨维里奇，”我对他说，“现在你给我一半，剩下的你拿着。我要到白山要塞去。”

“彼得·安德烈伊奇少爷！”我那善良的老家人用颤抖的声音说，“你得敬畏上帝，眼下你怎么能出去呢，所有的道路都给强盗切断了！你要是不顾惜自己，至少也得可怜可怜你的父母。你想上哪儿去？去干吗？你再稍微等一等。等大军一到，把那些强盗都抓起来，那时候你想上哪儿去就上哪儿去好了。”

但是我主意已定。“现在谈论这些已经太晚了，”我回答老头子，“我必须去，我不能不去。别伤心，萨维里奇：上帝是仁慈的，也许我们还会见面！你自己要当心点，别良心上过不去，别舍不得钱。你需要什么就买什么，哪怕价钱贵三倍。这些钱我都送给你了。要是过了三天我还没有回来……”

“少爷，你在说什么呀？”萨维里奇打断我的话，“要我放你一个人走！这你做梦也别想。你要是一定要走，我哪怕用两条腿走也要跟着你，决不离开你。你要我离开你，一个人蹲在石头城里吗？难道我疯了？你想怎么干就怎么干，少爷，可我不能离开你。”

我知道跟萨维里奇是没有什么好争论的，便让他去准备行装。过了半小时，我骑上我那匹好马，而萨维里奇骑上一匹又瘦又瘸的老马，那是城里一个居民由于养不起它，白白送给他的。我们来到城门口，哨兵放我们出去，我们便离开了奥伦堡。

暮色渐浓。我要走的路要经过别尔达村，那是普加乔夫的驻地。笔直的道路上积满了雪，可是整个草原上却看得见每天踏上去的马蹄印。我放马大步跑去。萨维里奇勉强远远跟着我，不时大声喊叫着：“慢点，少爷，看在上帝的面上，慢点。我这匹该死的老马跟不上你那匹长脚的魔鬼。你急着到哪儿去？要是去吃酒倒也罢了，可你这是去挨刀背，搞得不好就……彼得·安德烈伊奇……彼得·安德烈伊奇少爷！……别毁了我！……主啊，小主人要完蛋了！”

---

① 这段题词实际上是普希金自己撰写的。

一会儿我们就看见了别尔达村的灯光。我们走到一道峡谷前，这是村子的天然工事。萨维里奇仍然跟在我后面，嘴里不断地叫苦。我原希望能顺利绕过村子，却突然看见前面暮色中有五六个拿着棍子的庄稼汉，这是普加乔夫驻地的前哨。他们向我们喊叫着。我不知道他们的口令，只想默默地从他们旁边溜过去；但他们马上就把我包围起来，其中一个抓住我的缰绳。我拔出马刀朝这庄稼汉头上砍去，帽子救了他的命，可他还是踉跄了一下，放掉了缰绳。其他几个慌了神，跑掉了。我利用这个机会，踢踢马，又往前面奔驰了。

渐浓的夜色本来可以使我摆脱一切危险，可是我回头看了一看，突然发现萨维里奇不见了。可怜的萨维里奇骑着那匹瘸马，竟逃不出强盗的掌心。这可怎么办？我等了他几分钟，料定他是被拦住了，便拨转马头去救他。

我跑近峡谷，便听见远处的喧哗声、叫声和萨维里奇的说话声。我催着马更快地往那边跑去，一会儿就来到刚刚拦截我的那几个哨兵面前。萨维里奇在那里。他们把老头子拖下马背，正要把他捆起来。看到我跑回来，他们都很高兴。他们叫嚷着向我扑过来，立刻把我拖下马。其中的一个，看来是个头目，向我们宣布要马上把我们带去见皇帝。他还说："至于马上就绞死你们呢，还是等到天亮，这要听皇上的旨意。"我没有反抗，萨维里奇也学我的样。哨兵们便得意扬扬地把我们带走了。

我们穿过峡谷，走进村子。所有的房子里都点着灯。到处响着喧闹声和喊叫声。在街上我遇到许多人，但在黑暗中谁也没注意我们，也没有认出我是奥伦堡的军官。他们把我们带到十字路口的一座小屋前。那门口放着几个酒桶和两尊大炮。"这就是皇宫，”一个庄稼汉说，“现在我们就去通报。”他走进小屋。我瞧了瞧萨维里奇，老头子边画十字，边念着祷文。我等了好久，那庄稼汉终于出来，对我说：“走吧，老爷子吩咐把军官带进去。”

我走进屋子，或者像庄稼汉所说的，走进皇宫。屋子里点着两支脂油蜡烛，墙上裱着金纸，不过，长凳、桌子、吊在绳子上的洗脸盆、挂在钉子上的手巾、墙角里的炉叉、放满瓶瓶罐罐的宽阔的灶台，这一切都跟普通的屋子里一样。普加乔夫坐在神像底下，穿着大红袍，戴着高帽子，威风凛凛地叉着腰。他身旁站着几个主要伙伴，个个都装出毕恭毕敬的样子。显然，来了一个奥伦堡军官的消息在这些暴徒当中引起了强烈的好奇心，他们准备“隆重地款待”我一番。普加乔夫一眼就认出了我。那种故作威严的样子一下子不见了。“啊，尉官先生！”他很快活地对我说，“日子过得好吗？你为什么到这里来？”我说我有事经过这里，被他手下的人拦住了。“你有什么事呢？”他问我。我不知道怎么回答好。普加乔夫以为我不肯当着这么多人的面说出来，便屏退了左右。除了两个人仍站着不动，其余的人都服从了。“当着他们的面说吧，”普加乔夫对我说，“我什么事都不瞒他们。”我斜眼看看僭皇的亲信。其中一个是个孱弱而驼背的老人，长着一把灰白胡子，他的灰色呢子长袍上从肩上斜佩着一条浅蓝色绶带，此外，他身上没有什么特别令人注目的东西。可是我一辈子也不会忘记他那个伙伴。他身材高大，肩膀宽阔，我看他有四十五岁光景。他蓄着一把浓密的火红色大胡子，灰色的眼睛闪闪发光，鼻子没有鼻孔，额上和双颊上面的红斑给他那宽阔的麻脸增添了一种无以名状的表情。他穿着红色衬衫、吉尔吉斯长袍和哥萨克灯笼裤。我后来才知道，第一个是从军队里逃出来的伍长别洛鲍罗朵夫；第二个叫阿法纳西·索科洛夫（绰号苍蝇拍），他是个流放犯，曾三次从西伯利亚矿坑里逃出来。尽管我心里非常激动，但是我无意中遇到的这些人还是使我完全无法集中思想。然而普加乔夫又问了一遍，把我提醒了："说吧，你从奥伦堡出来有什么事？"

我头脑里出现了一个怪念头：我觉得天意又一次把我带到普加乔夫面前，使我有机会实现自己的计划。我决定利用这个机会，于是我甚至还没有把我决定要做的事情好好考虑一下，就回答普加乔夫的问题：

"我要到白山要塞去救一个受人欺侮的孤女。"

普加乔夫眼睛闪着光。"我手下的人哪个敢欺侮孤女？"他大声说，"不管他多狡猾，都逃不脱我的审判。告诉我，那肇事的是谁？"

"肇事的是施瓦勃林，"我回答，"他把一个姑娘扣起来，要强行娶她为妻。那姑娘你见过，就是在神父太太家养病的那一个。"

"我要教训教训施瓦勃林，"普加乔夫怒气冲冲地说，"叫他知道，我是怎么处置那些胡作非为、欺侮老百姓的人的。我要绞死他。"

"请允许我说一句话，"苍蝇拍用嘶哑的声音说道，"你急急忙忙地委任施瓦勃林当要塞司令，现在又要急急忙忙地绞死他。你派一个贵族去做哥萨克的长官，已经使他们很不高兴，现在一听到谗言，又要绞死贵族，你可不要把贵族都吓跑了。"

"用不着可怜贵族，也用不着赏识贵族！"佩戴浅蓝色绶带的老头说，"绞死施瓦勃林没有什么了不得的，但是好好审问一下这个军官先生，看他来这里干什么，这倒是一件好事。要是他不承认你是皇帝，那么他就用不着来找你申诉；要是他承认，那他为什么至今还跟你的敌人一块儿蹲在奥伦堡城里？你还是把他送到审讯室，在那里点起火来：我怀疑他老爷是奥伦堡的指挥官们派到我们这儿来的。”

我觉得这个老强盗的逻辑是很能说服人的。我一想到我落到了什么人的手里，不由得打了一个寒噤。普加乔夫注意到我不安的神情。“怎么，尉官先生？”他对我眨眨眼，说，“我的元帅好像说到点子上了。你以为如何？”

普加乔夫的玩笑又鼓起了我的勇气。我若无其事地回答，说我眼下落在他手里，他要怎么处置我就可以怎么处置我。

“好，”普加乔夫说，“现在你告诉我，城里的情况怎么样？”

“荣耀归于上帝，”我回答，“一切都很好。”

“很好？”普加乔夫反问了一句，“老百姓都快饿死啦！”

僭皇说的是真话，可是我为了忠于誓言，便对他说，这些都是谣言，奥伦堡的各种储备都是充足的。

“你看，”老头子接着我的话茬说，“他在当面欺骗你。所有从奥伦堡逃出来的人都异口同声地说，奥伦堡正在闹饥荒和瘟疫，那边都在吃死人肉，并且觉得这是他们的光荣，而他老爷却说一切都很充足。你要是想绞死施瓦勃林，那就把这个年轻人吊在同一个绞架上，叫他们谁也别嫉妒谁。”

这个死老头的话似乎使普加乔夫犹豫起来。幸好苍蝇拍不同意他的意见。

“算了，纳乌梅奇，”他对老头说，“你最好是把所有的人都斩尽杀绝。你这算得了什么英雄好汉呢？看上去你气都快没有了。自己大半截子都入了土，还想杀人。难道你良心上沾的血还少吗？”

“瞧你多会讨好人！”别洛鲍罗朵夫立即反唇相讥，“你哪儿来的这副慈悲心肠？”

“当然啰，”苍蝇拍回答，“我也有罪，这只手（这时他握紧那骨节粗大的拳头，卷起袖子，露出毛茸茸的手臂），这只手也犯了罪，使不少基督徒流了血。但我杀的是敌人，而不是客人。我杀人是在大路口，在黑暗的树林里，而不是在家里，坐在炉子旁；是用短锤和斧头背，而不是用妇人的毒舌头。”

老头子别转身子，嘟囔着说：“没鼻子的东西！”……

“你在嘀咕什么，老家伙？”苍蝇拍高声说，“我要让你尝尝没鼻子的厉害，等着瞧吧，你的末日会到来的，上帝会让你闻闻火钳的味道……眼下你可得当心点，别让我来拔掉你的胡子！”

“各位将军！”普加乔夫一本正经地说，“你们别吵了。要是所有奥伦堡的狗都在同一个绞架下蹬腿，那倒没什么；要是我们的狗都自己咬起架来，那就糟了。我看，你们就讲和了吧。”

苍蝇拍和别洛鲍罗朵夫没有再说一个字，只是恶狠狠地瞪着对方。我意识到必须改变这个结果可能对我很不利的话题，便高高兴兴地对普加乔夫说：“哟！我差点忘记了感谢你送给我马匹和皮袄。没有你，我恐怕进不了城，在半路上就会冻死的。”

我的办法奏效了。普加乔夫高兴起来。“以德报德，以怨报怨嘛，”他又是眨眼，又是眯起眼睛，对我说，“现在你就跟我说说，你跟施瓦勃林欺侮的那个姑娘有什么关系？是不是小伙子有了心上人了？啊？”

“她是我的未婚妻。”我看到谈话已变得对我有利，用不着隐瞒真相，便回答普加乔夫。

“是你的未婚妻！”普加乔夫提高嗓门说，“你怎么不早说？让我们来给你成亲，还要在你的婚礼上好好地吃一顿！”接着，他转身对别洛鲍罗朵夫说："我跟你说，元帅！我和这位尉官先生是老朋友啦，我们坐下来吃晚饭吧，早晨总比晚上聪明。明天我们再看看他的事该怎么办。"

我很高兴地谢绝了他们的盛情，但是毫无办法。两个年轻的哥萨克姑娘，房东的女儿用白桌布铺了桌子，端来了面包、鱼汤，几瓶葡萄酒和啤酒，我便再次同普加乔夫和他那些可怕的伙伴一起吃饭了。

我被迫参加的这次无拘无束的饮宴一直继续到深夜。同席的人终于喝得烂醉。普加乔夫坐在那儿打盹，他的伙伴站起来，示意叫我走开。我和他们一起走出去。根据苍蝇拍的命令，一个哨兵把我带到审讯室，我看到萨维里奇也在那里，哨兵把我们关在里面。我的老家人看到刚刚发生的一切，感到十分惊奇，甚至没有问过我一句话。他在黑暗中躺下，久久地长吁短叹，后来呼呼地睡着了；而我则左思右想，彻夜未眠。

第二天早上，普加乔夫派人来叫我。我去找他。他门口停着一辆套着三匹鞑靼马的带篷马车。街上聚集着好多人。我在门廊里遇见普加乔夫：他一副出门打扮——穿着皮大衣，戴着吉尔吉斯帽。那两个昨天同桌吃饭的人站在他身旁，他们又装出一副毕恭毕敬的样子，和昨天晚上我看见的情景截然不同。普加乔夫很高兴地和我打招呼，叫我和他一起坐到马车上去。

我们坐上马车。"上白山要塞！"普加乔夫对站着赶车的宽肩膀鞑靼人说。我的心剧烈地跳动起来。马儿跑动了，铃铛响了起来，马车飞驰着……

"停车！停车！"我听到一阵很熟悉的声音，看见萨维里奇迎面跑来。普加乔夫吩咐停车。"彼得·安德烈伊奇少爷！"我的老家人喊道，"我这么一大把年纪了，别把我丢在这些强……”“哦，是这个老家伙！”普加乔夫对他说，“上帝又让我们碰在一起了。坐在驭座上吧。”

“谢谢皇上，谢谢，亲爹！”萨维里奇边坐下来边说，“因为你照顾了我这老头，使我安下心来，上帝会让你活到一百岁。我要一辈子为你祷告，那件兔皮袄的事情我再也不提了。”

提起兔皮袄的事很可能惹得普加乔夫大发雷霆。幸而这个僭皇不知是没有听到还是对这种不适当的暗示不屑一顾。马匹奔驰起来，人群在街上站住，深深地鞠躬。普加乔夫朝两边点头致意。一会儿我们便出了村子，在平坦的大道上飞驰了。

这时我的心情是不难想象的。再过几个小时我就可以和我原以为失去了的姑娘见面了。我想象着我们见面的情景……我还想起这个掌握着我的命运的人，由于某种奇异的机缘，他和我竟建立了这种神秘的关系。我想起这个自告奋勇要去拯救我的心上人的人是多么残酷无情、嗜血成性！普加乔夫还不知道她是米罗诺夫上尉的女儿，凶狠的施瓦勃林很可能向他揭发。普加乔夫还可能通过其他途径了解到真情……那时玛丽亚·伊凡诺夫娜会怎么样？想到这里我不由得打了一个寒噤，全身的毛发都竖了起来……

突然，普加乔夫对我提了个问题，打断我的沉思：

“尉官先生，你在想什么？”

“我怎么能不想呢？”我回答他，“我是个军官和贵族，昨天我还在和你交战，今天我却和你同坐在一辆马车里，我一生的幸福都在你的手里啦。”

“怎么啦？”普加乔夫问道，“你害怕吗？”

我回答，我已经被他赦免过一次，我希望不仅能得到他的饶恕，而且还能得到他的帮助。

“你说得对，说得很对！”僭皇说，“你已经看见了，我那些伙伴都用白眼看着你，那个老头子今天还硬说你是个奸细，要对你用刑，绞死你，可我没有同意，”他还压低嗓子，不让萨维里奇和鞑靼人听见，说，“因为我记得你的一杯酒和那件兔皮袄。你看，我并不像你的弟兄们所说的那样：嗜血成性。”

我想起白山要塞失守的情景，但认为没有必要和他争论，便一言不发。

“奥伦堡城里的人是怎么谈论我的？”普加乔夫沉默了一会儿，问我。

“他们说，你很难对付。没什么可说的，你已经显过身手了。”

僭皇的脸上显出得意扬扬的神情。“是啊！”他很快活地说，“我很会打仗。你们奥伦堡的人知道尤泽耶瓦之战吗？杀死四十个将军，俘虏四个军。你认为普鲁士国王能和我较量一下吗？”

我觉得这个强盗的夸口很好笑。

“你自己以为能够打败腓特烈大帝吗？”我对他说。

“打败费多尔·费多罗维奇吗？怎么不能？我都能打败你们的将军，而你们的将军打败过他。至今我的军队还是很走运的。等着瞧吧，我还要进攻莫斯科的。”

“你想打莫斯科吗？”

僭皇沉吟了一会儿，低声说：“天知道。我的路很窄。我的话不一定算数。弟兄们都自作聪明，他们都是强盗。我得时刻留心，一打败仗，他们就会拿我的头去换他们的脖子的。”

“说得对！”我对普加乔夫说，“你还不如趁早丢下他们，跑去求女皇恕罪？”

普加乔夫苦笑了一下。“不行，”他回答，“现在悔过已经太晚了。不会赦免我的。我是一不做二不休。谁知道呢？也许会成功！格里什卡·奥特烈皮耶夫也统治过莫斯科的。”

“可你知道他的结局吗？他给抛出窗外，杀了头，烧成灰，连骨灰都给装进大炮里轰出去了！”

“你听我说，”普加乔夫带着一种粗野的兴奋表情说，“我给你说一个故事，这是我小时候听一个卡尔梅克老太婆说的。有一次老鹰问乌鸦：‘告诉我，乌鸦，为什么你能在世界上活三百年，而我最多只能活三十三年？’‘亲爱的，’乌鸦回答它，‘因为你喝的是鲜血，而我吃的是死尸。’老鹰想，我也去吃死尸试试看。好。老鹰和乌鸦便一起飞走了。它们看见一匹死马，便飞下来，停在它身上。乌鸦一边吃一边叫好，老鹰啄了一口，又啄一口，便鼓起翅膀对乌鸦说：‘不，乌鸦兄弟，与其吃三百年死尸，还不如喝一口鲜血来得痛快，以后的事就听天由命了！’这个卡尔梅克老太婆的故事说得怎么样？”

“很有趣，”我回答他，“不过，依我看，过这种杀人抢劫的生活就等于在吃死尸。”

普加乔夫吃惊地瞧了我一眼，什么也没有回答。我们两人便不再说话，各自想着心事。鞑靼人唱起一支悲怆的歌；萨维里奇打着瞌睡，在驭座上摇晃着。马车在冬天光滑的道路上飞驰……突然，我看见陡峭的雅依克河岸上有一个小村落，围着栅栏，当中有一座钟楼——于是过了一刻钟，我们驶进了白山要塞。

# 第十二章　孤　女

好像我们的小苹果树，
没有树梢也不发芽；
好像我们的公爵小姐，
既没有爹也没有妈。
没有人给她梳妆打扮，
也没有人祷告祝福她。
——婚礼歌

马车到了司令住宅门口。民众听得出普加乔夫的铃铛声，成群跟在我们后面跑着。施瓦勃林在门口台阶上迎接僭皇。他穿着哥萨克服装，蓄着大胡子。这个叛徒把普加乔夫扶下马车，用极其无耻的措辞向他表示高兴和效忠。他一看见我，便发了慌，但马上镇静下来，向我伸出手，说：“你也是我们的人了？早就该这样了！”我转过身去，什么也没有回答他。

我们一走进这早已熟悉的房间，我就感到心痛如绞。那里墙上还挂着已故司令的委任状，仿佛是往昔岁月的悲伤墓志铭。普加乔夫坐在沙发上（从前伊凡·库兹米奇常常坐在那里打盹，听着他妻子的唠叨渐渐入睡）。施瓦勃林亲自给他送来伏特加。普加乔夫喝了一杯，指着我对他说："你也款待款待这位尉官先生吧。"施瓦勃林端着盘子走到我面前，但我又一次转过身去。他慌乱得手足无措。此人素来机灵，自然看出普加乔夫正在生他的气。他战战兢兢地站在普加乔夫面前，又满腹狐疑地看看我。普加乔夫问了问要塞里的情况、敌军的消息和其他一些事情，接着突然问他："告诉我，老弟，你这儿关着一个什么样的姑娘？让我看看。"

施瓦勃林脸上一下子苍白得像个死人。"皇上，"他用发颤的声音说，"皇上，我并没有把她关起来……她病了……她躺在房间里。"

"带我到她那里去。"僭皇站起来，说。推托是不可能的。施瓦勃林便带着普加乔夫到玛丽亚·伊凡诺夫娜的房间去。我也跟在他们后面。

施瓦勃林在楼梯上站住。"皇上！"他说，"您有权随便命令我，但是请您不要让旁人走进内人的房间。"

我浑身颤抖起来。"你已经结婚啦？"我对施瓦勃林说，准备把他撕烂。

"安静点！"普加乔夫拦住我。"这是我的事。可是你，"他转身对施瓦勃林继续说，"不要自作聪明，也不要那么固执，不管她是不是你的妻子，我想带谁到她那里去就带谁去。尉官先生，你跟我来。"

到了房门口，施瓦勃林又站住，他结结巴巴地说："皇上容禀，她由于发高烧，神经错乱，已经说了三天胡话了。"

"把门打开！"普加乔夫说。

施瓦勃林在口袋里摸了一阵，说他没有带钥匙。普加乔夫朝门上踢了一脚，锁脱落了。门开了，我们走进房里。

我一看就呆住了。玛丽亚·伊凡诺夫娜脸色惨白、浑身消瘦、披头散发，穿着乡下女人的破衣烂衫坐在地上。她面前放着一瓦罐水，瓦罐上放着一块面包。她一看见我便哆嗦了一下，叫了起来。当时我是个什么样子，现在已经想不起来了。

普加乔夫瞧了施瓦勃林一眼，苦笑着说："你这个小病房可真不错啊！"接着，他走到玛丽亚·伊凡诺夫娜面前，对她说："跟我说，亲爱的姑娘，你的丈夫为什么要处罚你？你犯了什么过失？"

"我的丈夫！"她把这句话重复了一遍，"他不是我的丈夫。我永远也不会做他的妻子！我还是死了好，要是没有人来救我，我就死。"

普加乔夫恶狠狠地瞪了施瓦勃林一眼。"你竟敢欺骗我！"又对他说，"你这个无赖，你知道对你该怎么办！"

施瓦勃林噗的一声跪下……这时我对他的轻蔑超过了对他的仇恨和愤怒。我极其厌恶地看着这个匍伏在一个叛逃的哥萨克脚下的贵族。普加乔夫气平了一些。"我饶了你这一次，"他对施瓦勃林说，"可你要记住，你要再犯一次，我就连这一次的账一起算。"接着他转过身来，亲切地对玛丽亚·伊凡诺夫娜说："你走吧，好姑娘，我让你自由，我是皇帝。"

玛丽亚·伊凡诺夫娜迅速地瞥了他一眼，猜到站在她面前的就是杀害她父母的凶手。她用双手掩住面孔，昏倒在地上。我向她奔过去，但这时我那个早就熟悉的帕拉莎很大胆地挤进房间，立即着手照料她的小姐。普加乔夫走出房间，我们三个人便一起往客厅走去。

"怎么样，尉官先生？"普加乔夫笑着说，"我们救了一个漂亮的姑娘！你看要不要去请神父来，让他给他的外甥女完婚？

我可以代替你的父亲给你主婚，施瓦勃林当男傧相。我们关起门来，痛痛快快地喝一顿！”

我所担心的事终于发生了。施瓦勃林一听见普加乔夫的建议，便按捺不住他的怒气。“皇上！”他狂叫着，“我对你撒了谎，我有罪，但是格里尼奥夫也在欺骗你。这个姑娘不是本地神父的外甥女，她是你打下这座要塞时被绞死的那个伊凡·米罗诺夫的女儿。”

普加乔夫向我投来炯炯有神的目光。“这是怎么回事？”他莫名其妙地问我。

“施瓦勃林对你说的是实话。”我坚定地回答。

“这一点你没有对我说过。”普加乔夫沉下脸说。

“你自己想想吧，”我对他说，“我能不能当着你手下那些人的面对你说，米罗诺夫的女儿还活着。他们会把她活活吞下去的，那就没有办法救她了！”

“你说的也是实话，”普加乔夫说，“我那些醉鬼是不会饶过这可怜的姑娘的。幸亏神父太太把他们瞒过去了。”

“我跟你说，”我看到他情绪很好，便继续说，“我不知道怎么称呼你，也不想知道……但是上帝看得见，我愿意用我的生命报答你为我所作的一切。我只请你不要叫我做有损于我的荣誉和违反基督徒良心的事情。你是我的恩人。请你善始善终：让我和这个苦命的孤女走吧，哪儿有路我们就往哪里去。将来不管你在哪儿，不管你的遭遇怎么样，我们每天都要为你祈祷，求上帝拯救你这有罪的灵魂……”

看来，普加乔夫那铁石心肠被感动了。“也好，就照你的意思办吧！”他说，“罚归罚，赏归赏，这是我的习惯。带上你这个美人儿，你愿意往哪里去就带她往哪里去吧，愿上帝保佑你们恩爱和睦！”

当下他就吩咐施瓦勃林给我开一张通过他属下的一切关卡和要塞的通行证。施瓦勃林十分懊丧，站在那里呆若木鸡，普加乔夫动身去巡视要塞。施瓦勃林陪着他，我借口要做起程的准备，一个人留了下来。

我往玛丽亚·伊凡诺夫娜的房间跑去。门关着，我敲了敲门。“是谁？”帕拉莎问道。我答应了一声。我听到门里面玛丽亚·伊凡诺夫娜那亲切的声音。“等一等，彼得·安德烈伊奇。我在换衣服。你到阿库利娜·潘菲洛夫娜那儿去，我一会儿就来。”

我听她的话，到盖拉辛神父家里去。神父夫妇俩迎着我跑出来。萨维里奇已经去报过信。“您好，彼得·安德烈伊奇，”神父太太说，“上帝又让我们见面了。您日子过得好吗？我们每天都想到您。您不在这里，玛丽亚·伊凡诺夫娜可吃足苦头了，我的心肝！……您倒说说，亲爱的，您和普加乔夫是怎么谈拢来的？他怎么没有杀死您？是啊，为了这件事还得谢谢那强盗呢。”“行啦，老太婆，”盖拉辛神父打断她的话，“就别再瞎扯那些事了。多说没有好处。彼得·安德烈伊奇老爷！请进来吧。我们好久好久没见面了。”

神父太太把家里现成的东西拿出来招待我，嘴里还不断说着话。她告诉我，施瓦勃林怎样强迫他们交出玛丽亚·伊凡诺夫娜；玛丽亚·伊凡诺夫娜怎样嚎啕大哭，不肯离开他们；玛丽亚·伊凡诺夫娜怎样通过帕拉莎和他们保持联系（这姑娘多么机灵，她能叫军士服服帖帖地听她的话）；她自己怎样出主意叫玛丽亚·伊凡诺夫娜给我写信等等。我也把自己的经历简单地对她说了一下。神父和神父太太听说普加乔夫知道他们骗了他，吓得直画十字。“上帝保佑我们！”阿库利娜·潘菲洛夫娜说，“让上帝驱散这块乌云吧。让阿列克赛·伊凡内奇快滚开吧，没什么可说的，这家伙是个大坏蛋！”这时门打开了，玛丽亚·伊凡诺夫娜走进来，苍白的脸上带着微笑。她脱去了乡下女人的衣服，穿得像往常一样朴素和可爱。

我拉住她的手，好久好久说不出一句话来。我们心中百感交集，因而一直沉默着。主人看到我们顾不上他们，便走开了。我们俩单独留下来，把一切都丢到九霄云外。我们谈呀谈呀，怎么也谈不够。玛丽亚·伊凡诺夫娜对我叙说了要塞失陷后她所遭遇的一切，对我描绘了她那极其可怕的处境，卑鄙的施瓦勃林使她遭到的一切痛苦。我们回忆起从前的幸福时光……我们俩都哭了……最后我把我的打算告诉她。把她留在普加乔夫属下由施瓦勃林管辖的要塞里是不行的。到敌军围困下正处于水深火热之中的奥伦堡去也是不可思议的。在世界上她没有一个亲人。我建议她到乡下去找我的双亲。起初她颇为犹豫：因为她知道我父亲不赞成我们这门亲事，这使她害怕。我把她说服了。我知道我父亲一定会把收留为国捐躯的有功军人的女儿看作一种荣幸和责任。“亲爱的玛丽亚·伊凡诺夫娜！”最后，我对她说，“我把你看作我的妻子。种种奇遇把我们紧紧地结合在一起；世界上不管什么都不能使我们分开。”玛丽亚·伊凡诺夫娜神态自若地听着我的话，既不扭捏作态，也不故作推托。她觉得她的命运已经和我连在一起了。但是她重申只有得到我双亲的同意才能做我的妻子。我也没有表示异议。我们热烈而真诚地亲吻了一下，这样我们的事也就定下来了。

过了一小时下士给我拿来一张由普加乔夫胡乱签署的通行

证，并要我去见他。我看到他的时候，他已作好准备就要上路。当我跟这个除我以外被大家看作歹徒、恶魔和强盗的人分手的时候，我的感情是无法表达的。为什么不说实话？这时我对他充满了强烈的同情。我热烈地希望把他从他所率领的这群强盗中拉出来，趁现在还来得及，挽救他，免得他掉脑袋。施瓦勃林和我身旁的人群使我无法对他说出我的心里话。

我们友好地分手了。普加乔夫看见阿库利娜·潘菲洛夫娜也站在人群里，便伸出指头对她指指，还意味深长地对她眨眨眼睛。接着，他坐上马车，吩咐驶往别尔达村。马匹走动的时候，他又一次从马车里探出头来，对我大声说："别了，尉官先生！后会有期。"我们真的又见面了，可那是在什么情况下啊！……

普加乔夫走了。我久久地望着白茫茫的草原，他的三驾马车在那上面飞驰着。人群散掉了。施瓦勃林也不见了。我回到神父家里。出门的准备工作都已做好，我不想再耽搁。我们的衣物都放在司令那辆旧马车上。车夫很快就套好了车。玛丽亚·伊凡诺夫娜到教堂后面双亲坟墓那里去告别。我想陪陪她，但她要我让她一个人去。过了几分钟，她满面泪痕，默默地回来了。马车已经拉到门口。盖拉辛神父和他的妻子走到台阶上。玛丽亚·伊凡诺夫娜、帕拉莎和我三个人坐上马车。萨维里奇爬上驭座。"别了，玛丽亚·伊凡诺夫娜，我的宝贝！别了，彼得·安德烈伊奇，可爱的小伙子！"好心的神父太太说，"一路平安，上帝保佑你们俩幸福！"我们走了。我看见施瓦勃林站在司令住宅的窗口，他脸色阴沉，充满了仇恨。我不愿意在失败的仇人面前显出得意的样子，便把眼睛转向另一边。我们终于驶出要塞大门，永远离开了白山要塞。

## 第十三章　被　捕

“请别见怪，老爷，按我的职责，
必须把您立即送进牢房。”
“请便，我随时听候处理，不过，
请让我事先说明事实真相。”
——克尼亚日宁[①]

今天早晨我还为这可爱的姑娘忧心如焚，可是现在我居然意外地和她结合了。我连自己都不相信，还以为这是在做梦呢。玛丽亚·伊凡诺夫娜若有所思地一会儿看看我，一会儿看看道路，似乎还没有清醒过来。我们都默默无言。我们内心都太疲乏了。两个小时不知不觉地过去，我们来到最近的一个也是普加乔夫管辖下的要塞。我们在这里换了马。从套马的速度，从那个被普加乔夫委任为司令的大胡子哥萨克的卖力劲儿，我看出，由于帮我们赶车的车夫的饶舌，他们都把我当作普加乔夫的宫廷宠臣。

我们继续赶路。临暮，我们来到一座小城，据大胡子司令说，这里驻扎着一支就要去和自封皇帝会合的精锐部队。哨兵叫我们停下来。他们问我是谁，车夫响亮地回答：“皇帝的教亲和他的太太。”突然一群骠骑兵怒骂着把我们包围起来。“出来，鬼教亲！”一个留小胡子的骑兵中士对我说，“马上叫你和你的太太知道厉害！”

我跳下马车，要求把我带去见他们的长官。士兵们看见我是一个军官，便不再骂了。骑兵中士带我去见一个少校。萨维里奇寸步不离地跟着我，嘴里嘀咕着：“去你的皇帝教亲吧！才离虎口，又入狼窝……主啊！这一切可怎么了结啊？”马车跟在我后面走着。

过了五分钟，我们来到一座灯火辉煌的小房子前面。骑兵中士把我交给哨兵，自己走进去通报。他立刻就回来，对我说，总爷没有空接见我，吩咐把我送到监狱里，把太太带到他那里去。

“这是什么意思？”我狂叫起来，“难道他发疯了？”

“我不知道，老爷，”骑兵中士回答，“总爷只命令把老爷送到监狱里，把尉官太太带到总爷那里去，老爷！”

我奔上台阶。哨兵没有拦住我，我一直闯进房间里，那里有五六个骠骑兵军官在赌博。一个少校在分牌。我定睛一看，认出了以前在辛比尔斯克旅店里赢了我的钱的伊凡·伊凡诺维奇·祖林，这使我大吃一惊。

“这是真的吗？”我叫起来，“伊凡·伊凡诺维奇！是你吗？”

“对对对，彼得·安德烈伊奇！是什么风把你吹来的？你是从哪儿来的？你好，老弟。一起来打牌吧？”

“谢谢。你最好还是吩咐拨给我一套住所吧。”

“你要什么住所？就住在我这里吧。”

---

① 题词是普希金撰写的，用了克尼亚日宁的名字。

“不行，我不是一个人。”

“让你的伙伴也住过来呀。”

“我不是跟一个伙伴，我是……跟一位小姐一起来的。”

“跟一位小姐！你是在哪儿弄到的？好啊，老弟！”祖林说着，挤眉弄眼地吹了一声口哨，大家哈哈大笑起来，弄得我非常狼狈。

“好吧，”祖林继续说，“就这样。给你一套住所。可惜……不然我们可以像古代那样好好地吃它一顿……喂，小伙子！怎么还不把那个普加乔夫的女教亲带来？是她不肯来吗？告诉她，叫她别害怕，就说这儿的老爷可好啦，不会委屈她的，好好地把她带进来。”

“你这是在说什么呀？”我对祖林说，“什么普加乔夫的女教亲？这是已故的米罗诺夫上尉的女儿。我把她救出来，现在要送到我父亲的乡下去，让她住在那儿。”

“原来如此！刚刚骑兵中士向我报告的就是你吗？恕罪恕罪！可这是怎么回事啊？”

“待会儿我都告诉你。可这会儿，看在上帝面上，请让这可怜的姑娘安安心吧，你的骠骑兵可把她吓坏了。”

祖林立刻作了安排。他亲自走到街上向玛丽亚·伊凡诺夫娜道歉，说这是出于误会，并且命令骑兵中士把城里最好的房子腾给她住。我就在祖林那里过夜。

我们吃了晚饭，最后剩下我和他两个人，我便把这段奇遇说给他听。祖林很仔细地听着我的故事。我说完以后，他摇摇头对我说：“老弟，这一切都很好，只有一样不好。你干吗要结婚呢？我是个正派军官，不想欺骗你：请你相信我的话，结婚是件傻事。又要忙着服侍老婆，又要带孩子，这你犯得着吗？唉，算了吧。听我的话：丢开那个上尉的女儿。通辛比尔斯克的路我已经扫清了，路上没有危险。明天打发她自己到你的双亲那里去，你就留在我的部队里。你用不着回奥伦堡去。你要是再落到那些暴徒手里，未必还能够脱身。这样你那种恋爱的傻事也就自然而然地了结，一切就都归于正常了。”

虽然我不完全同意他的话，但是觉得我的光荣职责要求我留在女皇的军队里。我决定听从祖林的劝告，让玛丽亚·伊凡诺夫娜到乡下去，我自己留在他的部队里。

萨维里奇来给我脱衣服。我要他明天就和玛丽亚·伊凡诺夫娜一起回家。他执意不肯。“少爷，你在说什么？我怎么能离开你？谁来服侍你？你的父母会怎么说？”

我深知我那老家人的固执，便打算用好言好语恳切地说服他。“你是我的好朋友，阿尔希普·萨维里奇！”我对他说，“你听我的话，做做好事吧。我这里不需要人服侍。你要是不陪玛丽亚·伊凡诺夫娜回去，我不放心。你服侍她就是服侍我，因为我已经打定主意，只要环境允许，就马上和她结婚。”

这时萨维里奇把两手一拍，那惊奇的样子是笔墨难以形容的。“结婚！”他重说了一遍，“小孩子想结婚！老爷会怎么说，老夫人会怎么想！”

“等他们了解玛丽亚·伊凡诺夫娜的为人，他们就会同意的，一定会同意的，”我回答，“我还指望你呢。父亲和母亲都很相信你：你还要帮我们说话，对不对？”

老头儿感动了。“噢，彼得·安德烈伊奇少爷！”他回答，“你想结婚虽然早了点，可是玛丽亚·伊凡诺夫娜实在是个好小姐，要是错过了机会，倒真是罪过。那就听你的吧！我送她这上帝的天使回去，我还要尽力禀告你的父母，说讨这样的媳妇是用不着陪嫁的。”

我谢了萨维里奇，便在祖林的房间里躺下睡觉了。我非常兴奋，话也就多了起来。起初，祖林还高高兴兴地和我闲聊，可是后来他的话渐渐少了，前后也不大连贯，终于不再回答我的问题，打起呼噜来。我不再说话，一会儿也学他的样——睡着了。

第二天早晨，我去找玛丽亚·伊凡诺夫娜，把我的打算告诉她。她认为这样做合情合理，马上就同意了我的意见。祖林的队伍当天就要开拔。没什么可拖延的了。我当时就把玛丽亚·伊凡诺夫娜交托给萨维里奇，把一封给我父母亲的信交给她，和她告别。玛丽亚·伊凡诺夫娜哭了。“再见，彼得·安德烈伊奇！”她轻声说，“我们能不能见面，只有上帝知道，但是我一辈子也不会忘记您，就是死了我心里也只有您一个人。”我什么也不能回答她。我们周围都是人。我不想当着他们的面流露出激荡在我心间的感情。她终于乘着马车走了。我心里很难过，默默地回到祖林那里。他想让我高兴高兴，我也想散散心，因此我们热热闹闹地度过了这一天，傍晚我们就开拔了。

这是二月底的事。造成军队调动困难的冬天已经逐渐过去，我们的将军都在准备密切配合行动。普加乔夫的军队还驻扎在奥伦堡城下。然而政府军都已集结在他的周围，并从四面八方逼近匪巢。暴乱的村子一看见我们的军队就马上归顺，匪帮到处逃窜，眼看一切就要顺利结束。

不久，戈里岑公爵在塔吉谢瓦要塞击溃普加乔夫，驱散了他那一伙人，解了奥伦堡之围，看样子给了这次暴动以最后一次有力的打击。当时祖林被派去攻打叛乱的巴什基尔匪帮，但是在我们发现他们以前，他们都已作鸟兽散了。春天把我们困在一个鞑靼人的村子里。河流泛滥，道路不能通行。我们无所事事，只是想到不久就可以结束这场对强盗和野蛮人进行的枯燥无味的战争才聊以自慰。

但普加乔夫还没有抓到。他跑到西伯利亚的一些工厂里，在那里纠集新的匪帮重新作乱。一些关于他取得胜利的传说又纷纷传开。我们听说西伯利亚一些要塞都遭到破坏。不久，又有消息说喀山失守，这个僭皇正在向莫斯科进犯，这使军队的长官们大为惊慌。他们原来都高枕无忧，指望这个可鄙的暴徒无力抵抗。祖林接到横渡伏尔加河的命令。①

我不准备描写我们的进军和战争的结局。我只简单地说一说，我们的灾难已经达到了顶点。我们走过一些被暴徒毁坏殆尽的村子，又不得不把贫苦的居民们抢救下来的东西夺走。所有的行政机关都瘫痪了：地主们都躲到树林里去。匪帮到处横行作恶；各部队的长官都随意赏罚，这遍地烽火的广阔地带的景象是极其悲惨的……但愿上帝别让你看到这毫无意义的残酷无情的俄国叛乱！

普加乔夫被伊凡·伊凡诺维奇·米赫尔逊追得到处逃窜。不久我们就听到消息，说他的军队已完全被击溃。祖林终于得到这个僭皇已被捕获的消息和停止追击的命令。战争结束了。我终于可以到我的双亲那里去了！我一想到可以拥抱他们，可以看见杳无音信的玛丽亚·伊凡诺夫娜，不禁高兴得要发狂。我像小孩子那样蹦啊跳啊。祖林耸耸肩膀，笑着说：“嘿，你可别高兴得太早！一结婚，你就会完蛋的！”

然而，一种奇怪的感觉却使我的欢乐带上几分愁闷。我想到这个双手沾满这么多无辜牺牲者鲜血的强盗，想起等待着他

---

① 普希金抽去的“删去的一章”应接在此处，这一章只留下草稿。

的死刑，心里不禁惶惶不安起来："叶美里亚[1]，叶美里亚！"我悲伤地想到，"你为什么没有死在刺刀上，也没有死在炮弹下呢？你不会有更好的结局的。"叫我有什么办法呢？我一想到他，也就想到在他一生中最可怕的时刻里，他饶恕了我，想到他从卑鄙的施瓦勃林手中搭救了我的未婚妻。

祖林给了我假期。再过几天，我就可以回到亲人当中，可以再一次看到我的玛丽亚·伊凡诺夫娜……蓦地一声晴天霹雳把我轰得目瞪口呆。

我预定起程的那一天，在我已经准备好就要上路的那一刻，祖林手里拿着一张纸，忧心忡忡地走进我的屋子。我心里一震。我自己也不知道为什么害怕起来了。他叫我的勤务兵出去，告诉我，说他有事找我。"什么事？"我忐忑不安地问道。"一件不愉快的小事，"他把纸递给我，回答道，"你看一看，这是我刚刚收到的。"我一看，是一张机密的通缉令，命令各部队长官不管我在什么地方，务必将我逮捕并立即押送喀山，交给普加乔夫案件审查委员会。

这张纸几乎从我手里掉下去。"我爱莫能助啊！"祖林说，"我的天职是服从命令。大概政府听到你和普加乔夫一起友好旅行的流言了。我希望这件事不会有什么严重后果，希望你能向委员会证明自己无罪。别伤心，你去吧。"我的良心是清白的，我不怕审查，但一想到我那甜蜜的会面也许还要推迟好几个月，我就感到害怕。马车已经准备好了。祖林友好地和我道别。我被押进马车，两个骠骑兵手执明晃晃的马刀跟我坐在一起，我们沿着大路出发了。

---

① 普加乔夫的名字。

## 第十四章　审　判

世上的流言，
海上的波澜。
——谚语

我深信，这一切都是由于我擅自离开奥伦堡造成的。我能轻而易举地证明自己无罪：单骑出击不仅从来不禁止，而且是全力鼓励的。我可能被指控过分急躁，而不是违抗军令。但是我和普加乔夫的交情可能会有很多人出来作证，至少是很可疑的。一路上我都在想着面临的审讯，反复斟酌自己的回答，我决定对法官说出真情，我认为这种辩护方法是最简单的，也是最可靠的。

我到了被洗劫一空和焚毁的喀山。街上没有房屋，只有一堆堆焦炭和一堵堵没有屋顶和窗户的熏黑的颓垣断壁。这就是普加乔夫留下的残迹！我被送到这座被焚毁城市里一座幸存的要塞里面。两个骠骑兵把我交给值班军官。他吩咐叫来铁匠。他们给我上了脚镣，并且把脚镣钉死；然后把我带到监牢里，单独关进一间又小又黑的牢房，那里只有几堵光秃的墙和一个装着铁栅的小窗。

这样的开端可不是好兆头。可是我既没有失去勇气，也没有失去希望。我采取了所有悲伤的人所采取的自我安慰的办法，我从纯洁然而破碎的心灵中向上帝发出祷告，我第一次尝到这种祈祷的甜味，我已不担心将来会对我怎么样，安详地睡着了。

第二天看守把我叫醒，说委员会要传讯我。两个士兵带着我穿过一个庭院，走进司令部，他们在前厅里站住，把我一个人放进里面的房间。

我走进一个相当宽敞的大厅。在一张堆满文件的桌子后面坐着两个人：一个上了年纪的将军，神情严厉而冷峻；一个年轻的近卫军上尉，约莫二十八岁，外表相当讨人喜欢，举止灵活潇洒。窗子旁边一张单独的桌子后面坐着一个书记，他耳朵上夹着一支笔，俯身在纸张上，准备记录我的口供。审讯开始了。他们问了我的姓名和军衔。将军问我是不是安德烈·彼得罗维奇·格里尼奥夫的儿子。听了我的回答，他不以为然地严厉说："可惜，这样一位可敬的人竟养了这么个不肖儿子！"我从容不迫地回答说，不管控告我什么罪名，我都希望真心诚意地说明真情，以便澄清事实。我的自信使他很不高兴。"老弟，你真机灵。"他皱着眉头对我说，"可是比你机灵的人我们也见过！"

这时年轻人问我：在什么情况下和什么时候，我到普加乔夫那里去任职，他叫我办过哪些事。

我气愤地回答，我是一个军官和贵族，我根本不会到普加乔夫那里去任职，也不会接受他交办的事情。

"一个贵族和军官，"我的审讯者反驳我说，"在他的同事全被残酷杀害的时候，怎么会单独被僭皇赦免呢？这个军官和贵族又怎么会和暴徒一起像朋友一样饮宴，还接受那个强盗头子的礼物、皮大衣、马匹和半个卢布呢？怎么会产生这种奇怪的交情，而这种交情如果不是出于背叛，或者至少是出于卑劣和有罪的怯懦，那又是出于什么呢？”

我被这个近卫军军官的话深深激怒，便激动地辩白起来。我对他叙述了在那次暴风雪中我怎样在草原上和普加乔夫认识，在白山要塞陷落时他怎样认出我来，而且没有杀害我。我说，我确实接受了僭皇送的皮袄和马匹，但是在保卫白山要塞时，我是尽了一切力量去抵抗这些强盗的。最后我还说到我的将军，我说，他可以证明，我在奥伦堡被围的最艰苦的时刻所表现出来的忠诚。

那个严厉的老人从桌上拿起一封拆了封的信，读出声来：

“承大人询及格里尼奥夫准尉之事，云该准尉似已卷入此次叛乱，并与匪徒勾结，实为军法所不容，并违背昔日之誓言，兹将有关事实奉告如下：该格里尼奥夫准尉在奥伦堡供职时间为一七七三年十月初至今年二月二十四日，是日彼擅自离城，后未返回我部。据降匪供述，彼曾进入普加乔夫驻扎之村庄，并偕同该匪前往昔日供职之白山要塞。至于彼之行为，鄙人则可……”读到这里，他停了下来，严厉地对我说：“你现在还有什么好为自己辩护的？”

我本想一如开头说明其他情况那样诚心诚意地继续说明我和玛丽亚·伊凡诺夫娜的关系，但突然产生了一种无法抑制的厌恶心情。我想到，如果我提起她的名字，那么委员会一定会传她到庭讯问。一想到她的名字将会和那些恶徒的卑鄙诬告搅在一起，还要把她传来和他们对质，这种可怕的想法使我大吃一惊，我犹豫起来，心绪也乱了。

我的法官起初似乎还想好好地听我回答，这时看到我的慌乱，又对我抱起成见来了。近卫军军官要求我和主要的告发人对质。将军马上命令传昨天那个恶徒。我急忙朝门口转过身去，想看看告发我的人是谁。过了几分钟，响起一阵铁链声，门开了，进来的是——施瓦勃林。他的变化使我大吃一惊。他瘦得很厉害，脸色极其苍白。他的头发不久前还是漆黑的，现在竟完全白了；长长的大胡子也蓬乱不堪。他的声音微弱然而一点都不害臊地重复了他的控告。照他的说法，我是普加乔夫派到奥伦堡的奸细，每天出击是为了送交有关城里活动的情报，最后竟公开投降僭皇，和他一起去视察各个要塞，千方百计谋害叛变的旧日同事，以便篡夺他们的职位，博得僭皇的奖赏。我默默地听完他的胡言乱语，有一点我很满意：这个卑鄙的家伙没有提到过玛丽亚·伊凡诺夫娜的名字。这不知是不是因为玛丽亚·伊凡诺夫娜曾经轻蔑地拒绝过他，想到这一点，自尊心就使他感到痛苦；或者是因为他心里也藏着促使我保持沉默的那种感情的火花。总之，在审讯中一直没有提到白山要塞司令女儿的名字。我的决心更加坚定了。因此，当法官问我如何反驳施瓦勃林的控告时，我回答，我坚持我最初的说明，除此以外，我没有别的话好辩护。将军命令把我们带走。我们一起走出去。我镇定自若地瞧了施瓦勃林一眼，但一句话也没有对他说。他恶狠狠地冷笑了一声，提起锁链，走到我前面去，加快了步子。我又被带回监狱，从此就没有再提审过我。

下面要告诉读者的故事都不是我亲自经历的，但是我听到的次数太多了，因此连一些细枝末节都记得非常清楚，仿佛我也无形中在场一样。

我的双亲真挚热情地接待了玛丽亚·伊凡诺夫娜，这是旧时代人们的特点。他们认为有机会收留并且亲切款待一个不幸的孤女是上帝赐给的恩惠。不久他们就由衷地喜欢她了，因为在深切地了解她以后就不能不爱她。父亲已经不把我的恋爱看作胡闹，而母亲则一心希望她的小彼得能娶这个可爱的上尉的女儿。

听到我被捕的消息，全家都大为震惊。玛丽亚·伊凡诺夫娜老老实实地把我跟普加乔夫的奇遇告诉了我的双亲，他们听了不但不感到担心，而且还常常坦然地笑起来。父亲不相信我会参与这种旨在推翻皇上和消灭贵族的可鄙的叛乱。他严厉地讯问了萨维里奇。我的老家人并不隐瞒小主人曾经到过叶美尔卡·普加乔夫那里，而且这个强盗待他很好等事实，但是他赌咒发誓说他从来没有听说过叛变的事。两位老人家放心了，他们都急切地等待着好消息。玛丽亚·伊凡诺夫娜整天都提心吊胆，但是她并没有说什么，因为她天生非常谦和谨慎。

又过了几个礼拜……父亲突然收到我们的亲戚 Б 公爵从彼得堡寄来的信。公爵写的是我的事情。在例行的寒暄之后，他告诉父亲，关于我参与暴徒阴谋造反的嫌疑不幸已经得到充分证实，本应将我处死以儆效尤，但女皇陛下考虑到父亲的功绩和高龄，决定减轻罪儿的刑罚，免于可耻的死刑，只命令发配遥远的西伯利亚边疆，终身流放。

这个突如其来的打击几乎送掉我父亲的命。他不再像往常那样坚强，他那往往是无言的痛苦，现在表现出来了，因而常常发出痛苦的怨诉。“怎么！”他失去自制力时，老是说，“我儿子参加了普加乔夫的阴谋！公正的上帝啊，瞧我落到什么境地了！女皇免了他的死刑！难道这样我就好过些了吗？死刑倒不可怕：我的祖先为了维护他良心上认为神圣的东西，死在刑场上；父亲同沃伦斯基[①]、赫鲁晓夫一起遇难。可是一个贵族竟背叛自己的誓言，勾结强盗、杀人犯、逃走的奴隶！……这是我们家的奇耻大辱！……”他的绝望使母亲十分惊慌，她不敢当着他的面哭，还竭力加以劝解，对他说，这些流言并不可靠，人们的谈论常常是靠不住的。可是怎么也安慰不了父亲。

玛丽亚·伊凡诺夫娜比谁都痛苦。她深信，只要我愿意，我就可以证明自己无罪，她也猜到了事情的真相，认为她自己是造成我不幸的缘由。她藏起眼泪和痛苦，同时还不断思索营救我的办法。

一天晚上，父亲坐在沙发上翻阅《皇家年鉴》，但他的思想早已飞到很远的地方，因此书并没有读进去。他用口哨吹着一支古老的进行曲。母亲默默地打着毛线衣，眼泪不时滴在毛衣上。玛丽亚·伊凡诺夫娜也坐在那里做手工，突然她说要到彼得堡去，要求给她必要的盘川。母亲很伤心。“你到彼得堡去干什么？”她说，“玛丽亚·伊凡诺夫娜，你是不是也想离开我们呢？”玛丽亚·伊凡诺夫娜回答说，她未来的命运全决定于这次远行，她要以一个殉国者女儿的身份去请求一些有权势的人保护和帮助。

我父亲低下头：凡是能使他想起儿子的莫须有罪名的话都使他感到心如刀割，这些话在他看来就是一种带刺的谴责。“你走吧，亲爱的！”他叹了一口气对她说，“我们不想妨碍你的幸福。愿上帝赐给你一个好人做丈夫，而不是一个卑劣的叛徒。”他站起来，走出房间。

---

① 十八世纪初俄国女皇安娜·伊凡诺夫娜统治时期，政权落到“德国帮”贵族比隆等人手里，彼得大帝时代的大臣沃伦斯基出来公开反对比隆专政的政策，一七四〇年和他的同僚赫鲁晓夫一起被杀。

玛丽亚·伊凡诺夫娜单独和母亲留在房间里，她把自己的打算和母亲说了一下。母亲含泪抱住她，祈求上帝保佑她的计划能够完满实现。家里给玛丽亚·伊凡诺夫娜打点了行装，过了几天她便带着忠心的帕拉莎和忠心的萨维里奇上路了。萨维里奇自从被迫离开我之后，想到他是在服侍我的未婚妻，他心头至少也得到了一点安慰。

玛丽亚·伊凡诺夫娜顺利地来到了索菲亚[①]，她在驿站打听到御驾当时正在皇村逗留，便决定在那里住下。驿站上给她腾出一个用隔板隔开的小角落。驿站长的妻子马上和她攀谈起来，告诉她，说她自己是宫廷里一个烧炉工的侄女，并把宫廷生活中所有的秘密告诉她。她告诉玛丽亚·伊凡诺夫娜，女皇一般几点钟醒来，几点钟喝咖啡、散步，那时在场的有哪些大臣，她昨天进膳的时候说了些什么，晚上接见了谁，总之，安娜·弗拉西耶夫娜的话可以写好几页历史，对于后代将是非常珍贵的史料。玛丽亚·伊凡诺夫娜很仔细地听着她的话。她们一起来到花园。安娜·弗拉西耶夫娜给她说了每一条小径和每一座小桥的历史，她们玩够之后，便回到驿站，彼此都很投契。

第二天一早，玛丽亚·伊凡诺夫娜醒来，穿好衣服，便悄悄到花园去了。早晨的景色无比瑰丽。太阳照耀着被秋天的寒风吹得发黄的菩提树树梢。宽广的湖面平静地闪耀着。刚刚睡醒的天鹅庄重地从覆盖着湖岸的灌木丛中浮游出来。玛丽亚·伊凡诺夫娜来到一片葱茏的草地边上，那里刚刚建立了彼得·亚历山德罗维奇·鲁缅采夫伯爵[②]的纪念像，以纪念他不久前取得

---

① 彼得堡郊外皇村附近的一个小镇。
② 俄国统帅，一七七〇年在和土耳其的战争中取得胜利。

的胜利。突然一条英国种的小白狗吠叫着向她跑来。玛丽亚·伊凡诺夫娜很害怕，连忙站住。就在这时候响起了一个女人悦耳的声音：“别怕，它不会咬人。”这时玛丽亚·伊凡诺夫娜看见一个贵夫人坐在纪念像对面的长椅上。玛丽亚·伊凡诺夫娜也在长椅的另一头坐下。那贵夫人注视着她；玛丽亚·伊凡诺夫娜也用眼梢瞟了她几眼，把她从头到脚打量了一下。那贵夫人身穿白色晨衣和背心，头上戴着寝帽。她看上去有四十岁光景。她的脸丰满而红润，显得尊贵而又安详，她那对浅蓝色的眼睛和她的微笑具有一种笔墨难以形容的美。贵夫人首先打破沉默：

“您大概不是本地人吧？”她说。

“您说的是，我昨天刚从外省来到这里。”

“您是和您的亲属一起来的吗？”

“不是的。我是一个人来的。”

“一个人！可是您还这么年轻。”

“我没有父母了。”

“您到这儿来总有什么事情吧？”

“您说的是，我到这儿来，是来向女皇上书的。”

“您是个孤女：您想必是来上诉什么不公正和欺侮您的事吧？”

“不是的。我是来请求女皇的恩典，而不是来申冤的。”

“请问您是谁？”

“我是米罗诺夫上尉的女儿。”

“米罗诺夫上尉的女儿！就是在奥伦堡一个要塞里当司令的那个米罗诺夫吧？”

“您说的是。”

这贵夫人看来颇受感动。“请原谅，”她用更亲切的语气说，“我干预了您的事。可我是宫廷里的人，请您告诉我您有什么请求，也许我能帮助您。”

玛丽亚·伊凡诺夫娜站起来，恭恭敬敬地向她道了谢。这位不相识的贵夫人的言行不由得打动了她的心，博得了她的信任。玛丽亚·伊凡诺夫娜从口袋里拿出一张叠好的纸，交给这位不相识的庇护者，而她立即就默默地读了起来。

起初她又认真又同情地读着，突然她的脸色变了，玛丽亚·伊凡诺夫娜正注视着她的一举一动，看见这张一分钟之前还那么愉快安详的脸突然变得这么严厉，她大吃一惊。

“您是来为格里尼奥夫求情的吗？”贵夫人冷冷地问道，“女皇不会赦免他的。他投靠那个僭皇不是由于无知和轻率，他是一个行为不轨的歹徒。”

“哦，事实不是这样！”玛丽亚·伊凡诺夫娜大声说。

“怎么不是这样！”贵夫人涨红了脸，反驳道。

“不是这样，真的不是这样！一切我全知道，我全告诉您。他是为了我一个人才落到今天这种境地的。他不愿意在法庭上为自己辩护，是因为不想把我牵连进去。”于是她急切地把读者已经知道的一切都对贵夫人说了。

贵夫人很仔细地听完她的叙述。“您现在住在哪里？”后来她问道。听说住在安娜·弗拉西耶夫娜那里，她脸带微笑说：“哦！我知道了。再见吧。我们见面的事对谁也别说。我想，不要很久您就会得到对这封信的答复的。”

说着，她站起来，走进树荫蔽日的小径，玛丽亚·伊凡诺夫娜也满怀着快乐的希望回到安娜·弗拉西耶夫娜那里去。

女主人责备她不该在秋天的早晨出去散步，据她说，这对年轻姑娘的健康有害。她拿来茶炊，在喝茶的时候，她刚要没完没了地谈那些宫廷里的故事，突然有一辆宫廷马车在台阶前停下，宫廷总管进来说，女皇请米罗诺娃姑娘进宫去。

安娜·弗拉西耶夫娜感到很惊奇，接着就手忙脚乱起来。“哎哟，天哪！”她嚷嚷着，“女皇宣您进宫了。她是怎么知道您的？亲爱的，可您怎么进宫去见女皇呀？我想，您在宫里连怎么走路也不懂……要不要我送您去？遇到什么事我多少还能提醒提醒您。您穿着这身路上的衣服怎么好去呢？要不要差人到接生婆那里向她借那件黄礼服？”宫廷总管说，女皇要玛丽亚·伊凡诺夫娜一个人去，就穿着这身衣服。毫无办法，玛丽亚·伊凡诺夫娜便乘上马车进宫去了。临行，安娜·弗拉西耶夫娜还提醒她好多事，并且频频祝福她。

玛丽亚·伊凡诺夫娜预感到我们的命运就要决定了。她的心猛烈地跳动着，几乎透不过气来。过了几分钟，马车在皇宫前停住。玛丽亚·伊凡诺夫娜战战兢兢地走上台阶，宫门在她面前完全打开。她走过一长串空无一人的金碧辉煌的厅堂，宫廷总管给她引路。最后走到两扇紧闭着的门前，他说他马上进去通报，把她单独留在门口。

一想到马上就要面对面看到女皇，她心里非常害怕，好容易才勉强支持住。过了一会儿，门开了，她走进女皇的梳妆室。

女皇坐在梳妆台前面。几个宫廷侍从侍立在她左右，恭敬地给玛丽亚·伊凡诺夫娜让路。女皇很亲切地向她转过身来，玛丽亚·伊凡诺夫娜立即认出，这就是几分钟之前她与之坦率地说明事实真相的那位贵夫人。女皇叫她过去，笑容可掬地对她说：“我很高兴能够履行我的诺言，并且答应您的请求。您的

《上尉的女儿》 П. П. 索科洛夫 绘 1860 年代

事了结了。我确信您的未婚夫是无罪的。这封信请费心亲自交给您未来的公公。”

玛丽亚·伊凡诺夫娜伸出颤抖的手接过信，哭着俯伏在女皇脚下，女皇把她扶起来，并且吻了她一下。女皇又跟她谈了一阵话。“我知道您并不富裕，”她说，“而我也应该照拂米罗诺夫上尉的女儿。别为将来担心。我负责给您创建家业。”

女皇对这不幸的孤女抚慰了一番，便让她走了。玛丽亚·伊凡诺夫娜乘上刚才那辆宫廷马车离开了皇宫。安娜·弗拉西耶夫娜迫不及待地等着她回去，向她接二连三地提出一大堆问题，玛丽亚·伊凡诺夫娜只是简单回答了她几句。安娜·弗拉西耶夫娜虽然对她的健忘很不满意，但认为这是外省人的腼腆，便宽宏大量地原谅了她。玛丽亚·伊凡诺夫娜也不想看彼得堡一眼，当天就回乡下去了……

彼得·安德烈耶维奇·格里尼奥夫的回忆录到此结束了。从家庭传说里我们知道，奉女皇的圣谕他在一七七四年底被释放；我们还知道，处死普加乔夫的时候他也在场，普加乔夫在人群中认出他，并向他点点头。过了几分钟普加乔夫那颗血淋淋的头就被挂起来示众了。没过多久，彼得·安德烈耶维奇娶了玛丽亚·伊凡诺夫娜。他们的后代在辛比尔斯克省安居乐业。离×××三十俄里的地方有一座属于十个地主的村庄，在一间地主的厢房里挂着一封用镜框镶起来的叶卡捷琳娜二世御笔亲书的信件。这封信是写给彼得·安德烈耶维奇的父亲的，信中宣布他的儿子无罪，赞扬米罗诺夫上尉的女儿的贤德。彼得·安德烈耶维奇·格里尼奥夫的手稿我们是从他的一个孙子那里得到的，他知道我们正在研究他的祖父所描写的那个时代的著作。我们取得家属的同意，决定单独出版这份手稿，并且给每一章配上合适的题词，还冒昧改掉一些人的真实姓名。

出版者

一八三六年十月十九日

# 附录　删去的一章[①]

我们来到离伏尔加河不远的地方，我们团开进了×××村，就在那里宿夜。村长告诉我，对岸所有的村庄都暴动了，到处是普加乔夫匪帮的人马。这个消息使我大为不安。我们原定第二天早晨才渡河。我心里非常焦急。我父亲的村子在河对岸三十里的地方。我问能不能找到渡河的船夫。所有的农民都会捕鱼，小船很多。我到格里尼奥夫那里去，对他谈了自己的打算。“当心点，”他对我说，“一个人过去很危险。等到明天早晨吧。到那时我们先过去，为了防备不测，我们带五十个骠骑兵到你父母亲那里去。”

我坚持自己的意见。小船准备好了。我和两个船夫坐上船。他们解了缆，便划起桨来。

天空是明朗的。月亮照耀着。没有风。伏尔加河平静地流着。小船缓缓地晃动着，在黑沉沉的波浪上走得很快。我沉浸在遐想里。大约过了半小时，我们已经到了河心……两个船夫突然悄悄说起话来。“什么事？”我清醒过来，问道。“不知道，天晓得。”船夫们望着一个地方，回答着。我顺着他们观望的方向看去，看见朦胧的夜色中有个东西顺着伏尔加河往下漂来。这个黑糊糊的东西渐渐靠近我们了。我吩咐船夫停下来等它。

月亮隐入了云层。漂浮的黑影更加模糊了。它已经离我很近，可我还是看不清楚。“这到底是什么东西？”船夫们说，“帆不像帆，桅不像桅……”蓦地月亮钻出了云层，照亮了这个可怕的场面。朝我们漂来的是一个竖在木筏上的绞架，横梁上吊着三具尸体。我心里充满一种痛苦的好奇心。我很想看看这三具尸体的面孔。

船夫们按照我的吩咐，用钩杆钩住木筏，我的小船便靠上漂浮的绞架。我跳上木筏，站在两根吓人的柱子当中。明亮的月光照亮了死者可怕的面孔。其中一个是年老的楚瓦什人，另一个是俄罗斯农民，是个年约二十岁的强壮小伙子。当我抬起眼睛看第三个的时候，我不禁大吃一惊，竟忍不住惨叫起来：这是凡卡，我可怜的凡卡，他竟那么懵懂，去投奔普加乔夫。他们头顶上方钉着一块黑色木板，用很大的白字写着：“强盗和暴徒。”船夫们用钩杆钩住木筏，无动于衷地看着，等着我。我又坐到小船上。木筏顺流往下漂去。在昏暗的夜色中绞架有好久还隐隐约约可以看见。它终于消失了，这时我的小船也靠上了又高又陡的河岸……

我慷慨地付了船资。一个船夫带我去找渡口附近一个村庄的村长。我和他一起走进一座小屋。村长听说我需要马，对我十分无礼，但我的向导轻轻地对他说了几句话，他马上改变了那冷漠的态度，对我殷勤招呼起来。一会儿三驾马车就套好了，我登上马车，吩咐把我送到我家的村子去。

我的马车顺着大路疾驰着，一路驶过许多沉睡的村庄。我

---

① 这一章没有收入《上尉的女儿》定稿中，只作为草稿保留下来。其中人物姓名也未作修改。格里尼奥夫作布拉宁，祖林作格里尼奥夫。

只怕被半路上拦住。夜里我在伏尔加河上遇到的事情既证实这里有暴徒，同时也证明了政府正在有力地抗击。为了防备万一，我口袋里既放着普加乔夫开给我的通行证，也放着格里尼奥夫上校的命令。但是我谁也没有碰到，到早晨我已经看见了一条小河和一片云杉林，那后面就是我家的村子了。车夫给马抽了一鞭，过了一刻钟，我的马车便驶进了××村。

我家的宅院在村子的另一头。马匹疾驰着，到了街道当中，车夫突然拉紧缰绳，放慢了速度。“怎么回事？”我心急火燎地问道。“有岗哨，老爷，”车夫一边吃力地勒住狂奔的马匹，一边回答。真的，我看见路上安着鹿寨，还有一个持着木棍的哨兵。那个庄稼汉走到我跟前，脱下帽子，问我要证件。“这是什么意思？”我问他，“干吗要安鹿寨？你在给谁站岗？”“噢，是这样，老爷，我们造反了，”他抓抓头皮，回答道。

“你们的老爷和太太在哪儿？”我的心一阵阵抽紧，问道……

“我们的老爷和太太在哪儿？”庄稼汉重说了一遍，“我们的老爷和太太在谷仓里。”

“怎么在谷仓里？”

“安德留哈，我们的录事，给他们上了脚镣，准备送到皇爷那里去。”

“我的天哪！笨蛋，把鹿寨搬掉。你还站着干什么？”

哨兵迟疑着。我跳下马车，啪的一下打了他一记耳光（罪过），自己动手搬掉鹿寨。庄稼汉呆呆地看着我。我又坐上马车，吩咐驶往地主的庄院。谷仓造在院子里。紧闭的仓门旁边也站着两个持木棍的庄稼汉。马车就停在他们面前。我跳下马车，向他们奔去。“把门打开！”我对他们说。我的样子准是很可怕。至少他们丢下木棍跑了。我想砸掉锁，撞开门，但门是橡木做的，锁也很大，砸不开。这时一个身材匀称的年轻庄稼汉从仆人居住的小屋里走出来，傲慢地问我怎么敢在这里胡闹。“录事安德留什卡在哪儿？”我对他嚷道，“叫他来见我。”

“我就是安德烈·阿法纳西耶维奇，而不是什么安德留什卡[①]，”他两手叉腰，神气活现地回答我，“你要干什么？”

我没有回答他，一把抓住他的衣领，把他揪到谷仓门口，叫他开门。录事本来还想犟一下，但严父的惩罚[②]对他起了作用。他拿出钥匙，开了仓门。我奔进谷仓，屋顶上一条狭小的隙缝透进一点微弱的光线，就在这点光线微微照亮的黑暗角落里，我看见了母亲和父亲。他们的手都被捆着，双脚戴着足枷。我扑过去，抱住他们，一句话都说不出来。他们惊奇地瞧着我，三年的军伍生活使我大大变了样，他们竟认不出我来了。后来母亲吃惊地叫了一声，簌簌地掉下了眼泪。

突然我听见一个亲切而熟悉的声音。“彼得·安德烈伊奇！是您吗？”我呆住了……我往四下里看了看，才发现玛丽亚·伊凡诺夫娜蹲在另一个角落里，也被捆绑着。

父亲瞧着我，一句话也说不出来，他连自己都不敢相信了。他脸上现出高兴的神色。我急忙用马刀割断捆住他们的绳结。

“你好，你好，我的好彼得，”父亲紧紧抱住我，对我说，“荣耀归于上帝，终于盼到你回来了……”

“我的好彼得，我的好孩子，”母亲说，“上帝是怎么把你带

---

① 安德留什卡是安德烈的小称，“安德烈·阿法纳西耶维奇”是本名带父称，带有“大名”的意思，表示一个人的尊严。

② 即打耳光。

到这里来的！你身体好吗？”

我想赶快带他们离开这囚禁的地方，但走到门口，发现门又锁上了。“安德留什卡，”我喊叫着，“开门！”“没这么便宜！”录事在门外回答，“在这里坐着吧。让我们教会你怎么胡闹和揪皇帝官员的领口吧！”

我扫视着谷仓，看看有没有办法跑出去。

“别白费心思啦，”父亲对我说，“我可不是这样一个糊涂主人，会在仓库里留个窟窿，让小偷爬进爬出。”

母亲看见我回来，乐了一会儿，现在看到我也得和全家一起送命，便完全绝望了。可是我自从和他们，和玛丽亚·伊凡诺夫娜在一起的时候起，便安心得多。我随身带着一把马刀和两支手枪，我还能对付他们的围攻。格里尼奥夫晚上可以赶到这里来解救我们。我把这些情况告诉父母亲，母亲也就放心了。他们又完全沉浸在团聚的欢乐中。

“唉，彼得，”父亲对我说，“你也淘气得够了，我为你着实生了好大的气。不过，过去的事不用再提。我想你现在已经改正，不再胡闹了。我知道你正在像一个正派的军官那样服务。谢谢你，你使我这老头子得到了安慰。你这次要是救了我的命，那我就活得更舒心了。”

我含泪吻着他的手，同时望着玛丽亚·伊凡诺夫娜，她看到我在这里，是那么高兴，显得非常快乐和放心。

快到中午的时候，我们听见一阵不同寻常的喧哗和叫嚷声。“是怎么回事，”父亲说，“是不是你的上校来了？”“不可能，”我回答，“他在傍晚以前是不会来的。”喧闹声更响了。敲起了警钟。一些骑马的人在院子里奔跑着。这时萨维里奇那白发苍苍的头从狭小的壁缝中探了进来，我那可怜的老家人忧伤地说："安德烈·彼得罗维奇，阿芙多季亚·华西里耶夫娜，我的少爷彼得·安德烈伊奇，玛丽亚·伊凡诺夫娜小姐，糟了！强盗进村了。你可知道，彼得·安德烈伊奇，那领头的是谁？施瓦勃林，阿列克赛·伊凡内奇，让鬼把他抓去！"玛丽亚·伊凡诺夫娜听到这可恨的名字，吓得把两手一拍，呆住了。

"我跟你说，"我对萨维里奇说，"马上派人骑马到渡口去找骠骑兵团，把我们的危险报告上校。"

"少爷，可派谁去好呢！那些坏家伙都造反了，马全让他们抢走了！唉！他们已经到院子里，快到谷仓了。"

这时，门外响起几个人的说话声。我示意母亲和玛丽亚·伊凡诺夫娜避到墙角去，我立即拔出马刀，躲在门背后的墙边，父亲拿着两支手枪，扣住扳机，站在我身旁。响起开锁的声音，门打开了，录事的头探了进来。我挥起马刀朝他砍下去，他倒下来，把进口堵住了。就在这时候，父亲往门外开了一枪。包围我们的人群咒骂着跑掉了。我把受伤的录事拖到门外，从里面把门闩住。院子里挤满了武装的人。我看到施瓦勃林也在那里。

"别怕，"我对女眷们说，"还有希望。爸爸，您别再开枪了，要爱惜剩下的这点火药。"

母亲默默地祷告着，玛丽亚·伊凡诺夫娜站在她旁边，像天使那样安详地等着决定我们的命运。门外响起一阵恐吓声和谩骂声。我站在原来的地方，准备把敢于闯进来的人剁个稀巴烂。强盗们突然停止了叫骂。我听见施瓦勃林的声音，他叫着我的名字。

"我在这里，你要干什么？"

"投降吧，布拉宁，抵抗是没有用的。可怜可怜你家里的老人吧。顽抗救不了你的命。我能打进去的！”

“你试试看吧，叛徒！”

“我既不需要亲自闯进去，也不必让我的人去冒险。我只要下令烧掉谷仓，那时看你这个白山要塞的堂吉诃德有什么办法。现在要吃中饭了，暂时让你坐在那儿想一想。再见，玛丽亚·伊凡诺夫娜，我没有对不起您，您和您的骑士一起呆在黑暗里，大概不会寂寞吧。”

施瓦勃林在谷仓旁布置好岗哨便走开了。我们都默不作声，各想各的心事，谁也不敢把自己的想法告诉别人。我想象着凶狠的施瓦勃林所能干得出来的各种事情。我几乎不考虑自己的安危。这还用我说吗？双亲的命运也没有玛丽亚·伊凡诺夫娜的命运那样使我担心。我知道，母亲深得农民和仆人的爱戴，父亲尽管很严厉，但也是受到敬爱的，因为他为人公正，并且了解手下人的真正困难。他们的造反是由于懵懂，由于一时的糊涂，而不是为了发泄仇恨。我的父母亲一定会得到他们的宽大。可是玛丽亚·伊凡诺夫娜呢？那个好色和无耻的家伙会怎么对待她呢？这太可怕了，我不敢再想象下去，我宁可杀死她（上帝饶恕），也不能看到她再次落到这个残酷的仇人手里。

又过了将近一个小时。村子里响起那些喝醉的人的歌声。那些看守我们的哨兵很嫉妒他们，却拿我们来出气，他们破口大骂我们，威吓着要拷打和杀死我们。我们等待着施瓦勃林实行他的威胁。院子里终于来了大批人马，于是我们又听见施瓦勃林的声音。

“怎么，你们想好了吗？情愿向我投降吗？”

谁也没有回答他。等了一会儿，施瓦勃林便命令搬干草来。过了几分钟，火烧起来了，火光照亮了昏暗的谷仓，烟从门槛下面的隙缝里灌进来。这时，玛丽亚·伊凡诺夫娜走到我跟前，拉住我的手，轻声说：

“算了！彼得·安德烈伊奇！别为我毁了您，毁了您的父母。您放我出去。施瓦勃林会听我的话的。”

“说什么也不行，”我生气地叫嚷着，“您知道，他会把您怎么样吗？”

“我决不受侮辱，”她平心静气地回答，“可是我也许会救出我的恩人和你们全家。你们那么宽宏大量地收留了我这不幸的孤女。别了，安德烈·彼得罗维奇，别了，阿芙多季亚·华西里耶夫娜。你们不仅仅是我的恩人，祝福我吧。也要请您原谅我，彼得·安德烈伊奇，请您相信，我……我……”这时她哭了起来……用双手掩住面孔。我简直要发疯了。母亲也哭个不停。

“别再瞎说了，玛丽亚·伊凡诺夫娜，”我父亲说，“谁能放你一个人到强盗那里去呢！你坐下，别哭。要死我们就死在一块儿。听好，他们还在那儿说什么？”

“你们投降不投降？”施瓦勃林叫嚷着，“你们看见了吗？再过五分钟就要把你们烤熟了。”

“决不投降，强盗！”父亲坚定地回答他。

他那布满皱纹的脸神采奕奕，精神极其饱满，灰白的眉毛下，一双眼睛闪耀着威严的光芒。他转过脸来，对我说：

“是时候了！”

他把门打开。火焰一下子窜进谷仓，呼的一声卷上布满干苔藓的圆木搭成的墙壁。父亲打了一枪，跨过着火的门槛，喊道：“都跟我来。”我拉着母亲和玛丽亚·伊凡诺夫娜的手，急忙把她们带到外面。施瓦勃林被我父亲那衰老的手开枪击伤，瘫倒在门槛旁边。那群强盗没料到我们会突然冲出来，都四散跑开，但他们又鼓起勇气，把我们包围起来。我又挥起马刀砍了几下，但是一块砖头击中了我的胸膛。我倒下去，立即失去了知觉。我醒来时，看见施瓦勃林坐在染满鲜血的草地上，我们全家都在他面前。我被暴徒们架起来。一群农民、哥萨克、巴什基尔人围住我们。施瓦勃林脸色惨白。他用一只手按住受伤的腰部。脸上充满痛苦和仇恨。他慢慢抬起头，瞧了我一眼，用微弱的声音说：

"把他……和他们全绞死……除了她……"

强盗们立刻围住我们，叫喊着把我们朝大门口拖去，可是突然丢下我们四散逃走；格里尼奥夫骑着马冲进大门，他后面是一连挥着雪亮马刀的骑兵。

暴徒落荒而逃，骠骑兵追逐着他们，朝他们身上砍着，把他们俘虏。格里尼奥夫跳下马背向我的父母亲鞠躬，紧紧地握住我的手。"我恰好赶到，"他对我们说，"啊！这是你的未婚妻吗？"玛丽亚·伊凡诺夫娜的脸羞红到了耳根。父亲走到他跟前，虽然很激动，却很镇静地向他表示感谢。母亲拥抱了他，称他是救命天使。"请赏光到舍下一叙。"父亲对他说，把他带到我们家里。

走过施瓦勃林身边时，格里尼奥夫停住脚步。"这是谁？"他望着受伤的人问道。"这是领头的，匪帮的头目。"我父亲显示出一个老军人的骄傲神气，回答说，"上帝保佑我用这只衰老的手惩罚了这个年轻的强盗，为我儿子所流的血报了仇。"

"这是施瓦勃林。"我对格里尼奥夫说。

"施瓦勃林！太好了。来人！把他带走！让军医给他包扎一下，像保护眼睛那样保护他。必须把施瓦勃林送到喀山秘密委员会去。他是一个主要案犯，他的供词很重要。”

施瓦勃林睁开虚弱的眼睛。他的脸上除了肉体上的痛苦没有别的表情。骠骑兵们用斗篷把他抬走。

我们走进屋里。我激动地环视着四周，回忆着儿时的生活。家里一点都没有变化，一切都原封未动。施瓦勃林没让暴徒们抢劫，尽管他很卑鄙，却也不由自主地厌恶那种无耻的贪婪。仆人都到前厅里来。他们没有参与造反，并且由衷地为我们的得救高兴。萨维里奇更是扬扬自得。应该说明一下，当强盗发动进攻，大家正乱成一团的时候，他跑到拴着施瓦勃林坐骑的马厩里，配上马鞍，乘乱悄悄把马牵出去，神不知鬼不觉地驰往渡口。他遇到已经在伏尔加河这边河岸上休息的骠骑兵团。格里尼奥夫从他那里得知我们正处在危险中，立刻命令上马，全速前进。荣耀归于上帝，他们及时赶到了。

骠骑兵们回来了，他们抓了几个俘虏。当下就把俘虏关进我们刚刚经受过值得纪念的围困的那个谷仓。

格里尼奥夫坚持要把录事的头挂在酒店的竹竿上示众几个小时。

我们各自回到自己的房间。两位老人家要休息一下。一夜没睡了，我倒在床上，一下子就睡得很熟。格里尼奥夫也去处理自己的事务。

晚上，我们都聚集在客厅里，围着茶炊坐下来，快乐地谈论刚刚经历过的危险。玛丽亚·伊凡诺夫娜给大家倒茶，我坐在她身边，一心欣赏她的一举一动。我的双亲显然乐滋滋地看着我们俩情投意合的样子。当晚的情景至今仍历历在目。我感到很幸福，感到非常幸福。在苦难的人生中，又有多少这样的时刻啊？

第二天，仆人来报告父亲，说农民们都聚集在老爷的院子里请罪。父亲走到台阶上，他一出来，庄稼汉们便都跪下了。

“怎么样，你们这些糊涂蛋，”他对他们说，“你们为什么要造反？”

“我们有罪，老爷。”他们异口同声地说。

“不错，不错，是有罪。你们捣蛋了半天，自己也不快活。上帝让我和儿子彼得·安德烈伊奇又见了面，我心里高兴，因此决定饶恕你们。”

“我们有罪！确实有罪。”

“那好吧，宝剑不杀认罪人。上帝赐给我们好天气，是割草的时候了，可是你们这些蠢货，整整三天都干了些什么？村长，命令大家都去割草。当心，你这红头发的骗子，伊里亚节①以前，所有的草都要堆成垛。都走吧！”

庄稼汉们鞠了一躬，都干活去了，好像什么事也没有发生过。

施瓦勃林的伤不是致命的。他被解到喀山去。我从窗口里看到他被押上马车。我们的目光碰在一起，他低下头，我也急忙从窗口走开。对于仇人的灾祸和屈辱，我不想表现出得意的样子。

格里尼奥夫还要继续前进。尽管我很想和家人一起再待几天，可我还是决定跟他走。出发前一天，我到双亲那里去，按照当时的习惯，向他们磕头跪拜，请他们为我和玛丽亚·伊凡诺夫娜的婚姻祝福。两位老人把我扶起来，含着高兴的眼泪表示同意。我把脸色苍白、浑身颤抖的玛丽亚·伊凡诺夫娜带到他

---

① 俄历七月二十日，是夏秋相交的时节，这天开始刈取第一批干草。

们跟前。他们为我们祝了福……我不来描绘当时的心情了。谁要是曾经处在我的地位，不用我说，他也会知道；谁要是没有经历过，我只能替他惋惜，并且劝他趁现在还来得及，赶快恋爱，去取得双亲的祝福。

第二天全团集合了。格里尼奥夫和我们全家辞别。我们都相信，战事很快就要结束；我希望一个月以后可以做新郎。玛丽亚·伊凡诺夫娜和我道别的时候，当众吻了我。我骑上马。萨维里奇还是跟着我——于是全团开拔了。

我从远处久久地望着我又一次离别的家乡。一种不幸的预感使我忐忑不安。有个声音在悄悄地对我说，我的灾难并没有完全过去。我心里感觉到，新的暴风雨就要来临。

我不打算描写我们进军的情况和普加乔夫战争是怎么结束的。我们经过了一些被普加乔夫毁坏殆尽的村子，又不得不把强盗们没有抢劫去的东西从贫苦的居民手中夺走。

他们不知道服从谁好。所有的行政机关都瘫痪了。地主们都躲到树林里去。匪帮到处横行作恶，不管有罪无罪，派出去追击当时已向阿斯特拉罕逃窜的普加乔夫的各部队长官都随意加以惩罚……这块遍地烽火的地带的景象是极其悲惨的。但愿上帝别让你看到这毫无意义的残酷无情的俄国叛乱。那些妄想在我们的国家里实现改朝换代的人不是太幼稚而且不了解我国人民，就是生性残酷，不把别人的脑袋和自己的脖子当一回事。

普加乔夫被伊·伊·米赫尔逊追得到处逃窜。不久我们就听到消息，说他的军队已完全被击溃。最后格里尼奥夫从他的将军那里得到了僭皇已经被捕获的通知和停止追击的命令。我终于可以回家了。我高兴极了，可是一种奇怪的感觉却使我的快乐蒙上一层阴影。

# 别墅来客[①]

① 本篇未完成。

# 一

宾客们陆续来到×××别墅。大厅里挤满了女士与男士，他们都是同时从剧院来到的，那里在上演一出新的意大利歌剧。客人们渐渐安顿下来。女士们都在沙发上就座，她们身旁聚拢了男士。牌局设定了，有几个年轻人还站着，他们在观看巴黎石印画，不再交谈。

阳台上坐着两个男人。一个是旅行中的西班牙人，北方的美妙夜色让他迷醉。他观赏着清澈明亮的天空，观看着被言语难以形容的光线照亮的浩浩荡荡的涅瓦河，观赏着在透明的暮色中周围显现的一幢幢别墅，赞不绝口。“你们北方的夜色是多么美妙啊，”他终于说，“在我祖国的天空底下观赏不到这种美妙的夜色，怎能叫人不遗憾？”“我们有一位诗人，”另一个男人回答他，“将这种美妙的夜色比作俄罗斯的金发美女；老实说，我认为黝黑的黑眼睛意大利女人和西班牙女人浑身充满了机灵和南方女人的娇媚，她们更加让我入迷。再说，自古以来，关于黑发女郎和金发女郎[①]哪一种更迷人的争论至今也没有个结论。顺便说说，您可知道，有个外国女人是怎么对我说到彼得堡风气的严谨和纯正的？她竭力要我相信，我们冬天的夜晚太冷，而夏天太明亮，因而难以出现什么风流韵事。”西班牙人笑了笑。“因此，由于气候的影响，”他说，“彼得堡成了个美丽、好客和高尚的福地。”“美丽是审美观的事，”俄罗斯人回答，“至于好客就没什么可说的了，这事不时兴，谁也不留意。女人怕人家说她是骚货，男人怕失去尊严。大家都竭力在趣味和体面上装作小人物。至于风气的纯正，为了不辜负外国人的信任，我要告诉您……”于是谈话转向了极具讽刺的方向。

这时大厅的一扇门打开了，沃尔斯卡娅走了进来。她正值豆蔻年华。端正的容貌，又大又黑的眸子，举止的乖巧，装束的极端奇异，这一切都不由自主地引人注目。男士们都以某种戏谑的殷勤姿态迎接她的到来，而女士们则表现出明显不以为然的态度。但沃尔斯卡娅毫不在意。她答非所问、心不在焉地左顾右盼；她的脸像天上的云彩变化无常，显得有些懊丧；她在一位庄重的 Г 公爵夫人身旁坐下，所谓摆足了架子②。

突然她浑身一颤，转身朝着阳台，忐忑不安。她站起来，走到圈椅和桌子近旁，在 Р 老将军后面站了一会儿。她没有回答他那隐晦的恭维话，突然溜到阳台上去。

西班牙人和俄罗斯人都站起来。她走近他们，慌里慌张地用俄语说了句话。西班牙人觉得自己在这里是多余的，便离开她，回到大厅去。

那庄重的 Г 公爵夫人注视着沃尔斯卡娅，轻声对她的邻座说：

“这真不像话。”

“她太轻浮了。”他回答。

“轻浮？这样说还是轻的。她这种行为是不可饶恕的。她要

---

①② 原文为法语。

怎么不自爱都随她的便，但上流社会可无法接受她所造成的这种轻蔑，明斯基想必会向她指出的。”

“他才不会做这种事，因为他太乐于看到有机会败坏她的名声。[①]不过，我敢打赌，他们的谈话是不伤大雅的。”

“这一点我相信……您什么时候变得这么厚道了？”

“说实话，我很同情这个女人的命运。她身上有比大家想象的更多的优点和少得多的缺点，但是情欲把她给毁了。”

“情欲！这字眼有多重！什么叫情欲？您是不是想象着她有一颗火热的心，有一个罗曼蒂克的头脑？她不过是受到不良的教育……这是一幅什么石印画？古赛因帕夏的肖像？让我看看。”

客人们都走了，客厅里已没有一个女士，只有女主人明显不高兴地站在桌子旁，那里有两个外交官正在赌最后一圈牌。沃尔斯卡娅突然发现天色已晚，便急忙离开阳台，她在那里一连近三个钟点单独和明斯基待在一起。女主人冷冷地和她告别，对明斯基则故意不瞧他一眼。台阶前有几个客人在等马车。明斯基送沃尔斯卡娅登上她的马车。“好像轮到你了。”一个年轻的军官对他说。“没有的事，”他回答，“她忙着呐，我不过是她的好朋友，或者随你怎么说。不过我从心底里喜欢她——她太可笑了。”

---

齐娜伊达·沃尔斯卡娅六岁时失去母亲，她父亲是个忙于事务、漫不经心的人，他把她交给一个法国女人，请了各种各样的教师，便不再管她了。到了十四岁，她出落得如花似玉，还给

① 原文为法语。

她的舞蹈教师写过情书。她父亲知道了此事，便辞退了舞蹈教师，把她带到上流社会，认为对她的教育可以结束了。齐娜伊达的出现引起了轰动。沃尔斯基是个年轻的富家子弟，总让自己的感情受舆论影响，没命地爱上她，因为侍从将官×××在一场宫廷舞会上断然宣布齐娜伊达是彼得堡第一美人，还说皇上在英吉利河滨街接待过她，并和她聊了整整一个小时。他开始向她求婚。他父亲很高兴有机会摆脱这个年轻的媳妇。齐娜伊达迫不及待地想出嫁，这样她就可以结识全城的人。再说，沃尔斯基并不让她反感，这样她的命运也就决定了。

她的坦率、人们意想不到的淘气、幼稚的轻佻起初都给人以愉快的印象，上流社会甚至很感激她，因为她常常能打破贵族圈子里那种庄重的一成不变的气氛。人们笑看她的淘气，模仿她那奇模怪样的恶作剧。但岁月流逝，齐娜伊达的智力仍停留在十四岁的年纪。于是人们都议论纷纷，表达对她的不满，他们发现沃尔斯卡娅完全不懂得和她女性相称的礼仪。女士们都渐渐疏远她，而男人们则来和她亲近。齐娜伊达认为她并不吃亏，还以此自得其乐。

人们议论纷纷，说她有这个那个情人，流言蜚语甚至毫无根据地留下许多几乎是永远磨灭不掉的痕迹。按照上流社会的规则，似是而非的传说就等于事实，成了谣言的对象就会降低我们的声誉。沃尔斯卡娅含着愤怒的眼泪，决定奋起对抗不公正上流社会的权威。很快就出现了一种情况。

在围着她转的年轻人当中，齐娜伊达特别青睐明斯基。显然，想必是性格和生活状况的某些相似让他们接近起来。明斯基在青涩年华由于行为不端受到上流社会的指摘。上流社会用种种谣言惩罚他。明斯基装作若无其事，离开了它。情欲暂时从他那饱受自尊心折磨的心中消退下去；但是，他又出现在上流社会的舞台上，世事的磨炼让他平静下来，带给他的已不再是一个莽撞少年的热情，而是利己主义的宽容和体面。他并不喜欢上流社会，但也不轻视它，因为知道他必须得到它的支持。虽然他对上流社会表现出尊重，可对它却决不饶恕，准备为了他那不忘旧仇的自尊心让它的每一个成员付出牺牲。他喜欢沃尔斯卡娅，因为她敢于公然蔑视它那些可恨的规矩。他鼓励她，给她出主意，以此拢络她，让她成为自己的知己，并很快就离不开他了。

Б×××有一段时间吸引了她的注意。“对于您来说，他太渺小了，”明斯基对她说，“他整个脑子里全装满了危险的恋情[①]，就像他所有的才能都是从约米尼[②]那儿偷来的一样。”

“我真想爱上 Р。”齐娜伊达对他说。

“真是胡说八道！”他回答，“您总喜欢那种染着头发，每五分钟就要心驰神往地说一次‘当时我在佛罗伦萨[③]……’那样的人。据说，是他那令人难以容忍的妻子爱上他，您就让他们安安稳稳地过日子吧：他们是天造地设的一对。”

“那 W 伯爵呢？”

“这是个穿制服的小姑娘，他身上……可您知道吗？爱上 Л 吧，他会吸引您的：他无比聪明，就像他无比愚蠢一样；此外，他是个感情特别强烈的人[④]，他很会嫉妒，情感又很强烈。他会折磨您，会耻笑您，您还需要什么？”

---

① 原文为法语，引自法国作家索杰尔洛·德·拉克洛小说。

② 约米尼（1779—1869），俄国军事理论家和军事史家，步兵上将。原编者注：约米尼为法国军事作家。

③④ 原文为法语。

可是沃尔斯卡娅并不听他的话。明斯基一直在揣测她的心思，他的自尊心受到触痛。他不认为轻佻可以和强烈的感情并存，因而冷漠地看待自己的胜利。如果他能想象到等着他的风暴，那么他就不会期待取得胜利，因为上流社会的人是很容易牺牲自己的欢乐，甚至是虚荣心和体面的。

## 二

明斯基还在床上就收到一封信，他打着呵欠，拆开信封，耸耸肩，打开两张信纸，横里竖里都是非常纤细的女性笔触。信的开头是这样的：

“我无法向你说出心中所有要说的话，和你在一起时我无法表达现在如此活生生地折磨着我的想法。你的诡辩不能消除我的疑虑，却让我无言以对。这证明你总是比我强，但不能让我得到幸福和内心的平静。”

沃尔斯卡娅责备他的冷漠、缺乏信任等等，她埋怨、恳求，自己也不知道要的是什么。她喋喋不休地向他表明自己的柔情蜜意，约他晚上在床上见面。明斯基回答她两句话，说他很抱歉，因有要事不能赴约，但答应一定和她一起去看戏。

## 三

“您如此坦率和大度，”西班牙人说，“因此我斗胆请您帮我解答一个问题：我在全世界浪游，在所有的欧洲宫廷露面，到处造访上流社会，但不管在哪里，我都没有感觉到在你们这可诅咒的贵族圈子里那么受拘束和尴尬。每一次，当我走进 B 公爵夫人的大厅，我就看到这些默默无言、一动不动的木乃伊，让我不由得想起埃及的陵墓，于是感到浑身掠过一阵寒颤。在他们中间没有任何道德力量，没有一个名字能让我想起什么光荣事迹——有什么事能让我感到如此胆怯？”

“对于不友好的客人，”俄罗斯人回答，“这是我们的性格特点。在民间它表现为嘲笑，在上流圈子里表现为轻慢和冷淡。再说，我们的女士们表面上都很有教养，她们并不看重欧洲的东西。至于男人们，那是没什么可说的了。对于他们来说，政治和文学是不存在的。俏皮早就被视为轻佻的特征而被唾弃。他们还能说些什么？说自己？不，他们都受过良好的教育。他们的话题剩下的是只有少数人——也就是一些精英才能理解的家常事务、生活小事和私事。不属于这个小众的人都被视为异己，不仅是外国人，而且还有自己人。”

“请原谅我提这些问题，”西班牙人说，“以后我未必还能得到满意的回答，所以我还是赶快向您请教。您提到了你们的贵族，俄国贵族是怎么回事？我研究过你们的法律，你们并不存在以不可分割的领地为基础的世袭贵族。在你们的贵族之间似乎是讲公民的平等，实现这种平等似不存在限制。那么你们凭什么还存在所谓的贵族，难道仅仅凭你们是祖先的后人？”俄罗斯人笑了起来。

“您错了，”他回答，“由于您所提到的原因，古代俄罗斯贵族已经消失得无影无踪，并且形成了第三种状态的阶层。我所属的高贵平民把留里克和莫诺马赫[1]看作自己的祖先，我告诉您，譬如说，”俄罗斯人现出一种得意扬扬的漫不经心样子继续说，“我们贵族的根在远古时代已经消失了，祖先的名字只存在于我们的历史记载中，因此，假如我想把自己称为贵族，那么大概会被许多人耻笑。不过我们真正的贵族勉强可以说出自己的祖先。古代的家族在彼得和伊丽莎白以前就存在了。勤务兵、唱诗班歌手、小俄罗斯人，这就是他们的祖先。我这样说并没有责备的意思：尊严——从来都是尊严、国家利益要求提高它的地位。把傲慢的蒙莫朗西公爵[2]、第一个基督徒伯爵和克莱蒙-东涅尔说成烤饼师傅、勤务兵、唱诗班歌手、教堂执事的渺小子孙是可笑的。我们都是正派人、可以面对真实的事件、成就下跪……但我们不会迷恋古代的传说，不会对已往时代感恩，不会对精神上的尊严表示敬重。卡拉姆辛[3]不久前曾给我们讲了历史，但我们未必仔细倾

① 留里克，据编年史记载，原为瓦兰部队统领，留里克王朝奠基人。莫诺马赫，基辅大公。
② 蒙莫朗西公爵（1493—1567），法兰西元帅。原文为法语。
③ 卡拉姆辛（1766—1826），俄国作家、历史学家。著有《俄国史》。

听。我们并不为祖先的光荣自豪，却为某一个叔叔的官职或表姐妹的舞会骄傲。请记住，对祖先的不敬是野蛮和不道德的第一个标志。……”

# 散 文

# 一八二九年远征时的
# 埃尔祖鲁姆之行

# 前　言

不久前我得到一本一八三四年在巴黎印行的书，书名是：《受法国政府委托的东方之行》[①]。作者按照他的观点描写了一八二九年的远征，用以下这些话结束他的议论：

“一位富有想象力的卓越诗人，在他亲眼看见的如此光荣的业绩中找到的竟不是可以用来写成长诗的素材，而是讽刺诗的素材。”[②]

在参加过远征土耳其的诗人中，我只知道亚·斯·霍米亚科夫[③]和亚·尼·穆拉维约夫[④]。两人都在季比奇伯爵的部队里待过。霍米亚科夫当时写过一些很优美的抒情诗，穆拉维约夫则对那些印象极深的圣地旅行进行过思考。但我没有读到过任何针对埃尔祖鲁姆远征的讽刺诗。

如果不是在这本书的高加索独立军将领名字中发现我自己的名字，我是无论如何不会想到这是指我的。“在指挥它（帕斯凯维奇[⑤]公爵的军队）的长官中，特别出众的有穆拉维约夫将军……契切瓦泽格鲁吉亚公爵……别布托夫亚美尼亚公爵……波将金公爵、拉耶夫斯基将军，最后，还有普希金先生……他离开京城到这里来是为了讴歌同胞的功勋。”[⑥]

说实话，法国旅行家的这几行字虽属溢美之词，但远比俄国报刊对我的谩骂更使我气恼。我总觉得“寻找灵感”这种提法是可笑而荒唐的：灵感是寻找不到的。它应该自己来找诗人。到战场上来讴歌未来的功勋，这对于我来说，一方面显得虚荣心太重，另一方面则显得过于下流。我不参与对战争的议论。这不是我的事情。也许帕斯凯维奇伯爵以横越萨冈-鲁（古称塔夫尔）的壮举切断土耳其总司令和奥斯曼帕夏之间的联系，使敌人的两个军在一昼夜之间遭到溃败，以及向埃尔祖鲁姆的迅速进军，这一切以全胜告终的战绩在某些军人（例如《东方之行》的作者、商务领事丰塔尼埃先生之流）的眼里是非常值得嘲弄的；但如果我对一位在营帐里亲切接待我、在百忙中抽出时间对我表示赞许的著名统帅写什么讽刺诗，那我将感到羞愧。一个不需要权贵庇护的人是很珍惜权贵们给予的热情款待的，因为这种人不会对他们提出别的要求。指责一个人无情无义，同卑劣的批评或文学上的叫骂一样，是不会不受到驳斥的。因此我才决定发表这篇前言，并发表途中的笔记，这是我所写的有关一八二九年远征的全部作品。

亚·普希金

①② 原文为法语。

③ 亚·霍米亚科夫（1804—1860），俄国诗人、作家。

④ 亚·穆拉维约夫（1792—1863），俄国一八一二年卫国战争参加者，十二月党人，后以上校衔退伍。

⑤ 帕斯凯维奇（1782—1856），埃里温伯爵（1828），华沙特级公爵（1831），尼古拉一世时的俄军统帅，高加索军总司令。

⑥ 原文为法语。

# 第一章

草原。卡尔梅克人的帐篷。高加索的矿泉水。格鲁吉亚军用公路。符拉迪高加索。沃舍梯人的殡葬。捷列克河。达里雅尔峡谷。翻越雪山。第一次看到格鲁吉亚。水管。霍兹烈夫-米尔扎。杜舍特的警察局长。

……我从莫斯科乘驿车到卡卢加、别廖夫和奥廖尔，就这样走了二百多里路，因而得以见到叶尔莫洛夫[①]。他住在奥廖尔，他的村庄就在这个城市附近。我在早晨八点钟到他那里，没有遇见他。马车夫告诉我，叶尔莫洛夫除了他父亲那里，不会到任何人家里去——他父亲是个普通的笃信上帝的老人。马车夫还说，叶尔莫洛夫唯独不接待城里的官吏，此外任何人都可以找到他。过了一小时我又到叶尔莫洛夫那里去。他像平常那样亲切地接见了我。乍一看来，我觉得他和他那一般画成侧面像的肖像一点都不像。他的脸圆圆的，一双灰色眼睛炯炯有神，斑白的头发直竖着。在赫丘利[②]般的躯干上长着一个老虎般的头。他的笑容不很令人愉快，因为笑得不自然。当他沉思并皱起眉头的时候，他就变得非常英武，酷似多乌所作的那幅诗意盎然的肖像[③]。他穿着绿色的契尔克斯式捷克曼[④]。书房的墙上挂着几把军刀和短剑，这是他统治高加索的纪念品。看样子，他对无所事事觉得难受。他几次谈起帕斯凯维奇，语气总是那么刻薄。在谈到帕斯凯维奇轻易得来的胜利时，总是把他和纳文相提并论，因为纳文在进攻时，敌方的城墙在他的号声下倒塌了。他还把埃里温伯爵说成叶里洪伯爵。叶尔莫洛夫说："让帕斯凯维奇去进攻一个并不聪明老练、只不过是顽固的帕夏的话，譬如管辖舒姆洛的帕夏，那么他就完了。"我把托尔斯泰伯爵⑤的话转告他，托尔斯泰伯爵曾说过，帕斯凯维奇在波斯战争中打得很漂亮，如果有哪个聪明人想用另一种方法去打，其结果肯定会打得更糟。叶尔莫洛夫笑起来，但并不同意这种说法。"本来可以减少些伤亡，节省些费用。"他说。我以为他在写回忆录或打算写回忆录。他对卡拉姆辛的通史表示不满；他希望有一支热情奔放的笔把俄罗斯人民从毫无地位变得威名远扬、强大无敌的过程写出来。他*津津有味地*⑥谈到库尔勃斯基公爵的回忆录。真够德国人受的。"再过五十年，"他说，"人们会以为在这次远征中有一些德国将军率领的普鲁士或奥地利军队在援助我们。"我在他那里待了两个钟头光景。他因为没有记住我的全名而十分懊丧。他说了些客气话表示歉意。谈话中有几次涉及文学。在谈到格里鲍耶陀夫⑦的诗时，他说他读得

---

① 叶尔莫洛夫（1777—1861），一八一六至一八二七年的高加索军军长，后任格鲁吉亚总司令。
② 罗马神话中的英雄，即希腊神话中的赫拉克勒斯，神勇无敌，作出许多英雄业绩。
③ 指一八一二年英雄群像中的一幅。
④ 高加索一带少数民族的男子外衣，腰间后部有褶。
⑤ 费·托尔斯泰（1782—1846），普希金的朋友。
⑥ 原文为意大利语。
⑦ 格里鲍耶陀夫（1795—1829），俄国作家和外交家。1828 年出使波斯，被波斯宗教狂热分子杀害。作品有诗体喜剧《智慧生痛苦》（一译《聪明误》），对开创俄国现实主义文学作出杰出贡献。

颧骨都痛了。他一字不提政府和政治。

我本该取道库尔斯克和哈尔科夫，但我却拐上直达梯弗利斯[①]的大道，牺牲了库尔斯克饭馆的一顿美餐（这在我们的旅行中可不是一件小事），也没有想去造访哈尔科夫大学，它比库尔斯克饭馆还不值得去。

去叶列茨的这段路非常糟。我的马车一再陷入很深的泥泞，那样深的泥泞真可以和敖德萨相比。有时一昼夜走不到五十俄里路。我终于看见沃罗涅日草原，并在绿色的平原上纵情驰骋。在新切尔卡斯克我遇到也是到梯弗利斯去的普希金伯爵[②]，我们都同意结伴同行。

已从欧洲转入亚洲的这种感觉越来越明显：森林渐渐稀少，起伏的丘陵趋于平缓，野草越来越茂密，显示出更旺盛的生长力；出现了我们的森林里所没有的鸟类；鹰鹫停在一些土墩上（这些土墩是大路的标志），好像在那里守卫大路，傲慢地瞧着旅行者；在丰饶的牧场上，

野性难驯的骏马，
一群群骄傲地游荡。[③]

加尔梅克人都住在驿站的泥舍附近。他们的帐篷旁边放牧着一些难看的毛茸茸的马匹，这种马您在奥尔洛夫斯基[④]那些优美的图画上经常可以看到。

---

① 今第比利斯。
② 指 B．A．穆辛-普希金（1798—1854），十二月党人，近卫军军人。
③ 引自雷列耶夫（1795—1826）的《彼得大帝在奥斯特罗戈日斯克》一诗。
④ 奥尔洛夫斯基（1777—1832），波兰和俄国画家。

这几天我去看了一家卡尔梅克人的帐篷（打成方格的篱笆绷着白毡）。全家正准备吃早餐；锅灶架在帐篷正当中，烟从帐篷顶上的一个窟窿逸散出去。一个相当好看的年轻卡尔梅克女子边抽烟边缝着衣服。我在她旁边坐下。“你叫什么名字？”“某某。”“你几岁？”“十八岁。”“你在缝什么？”“裤子。”“给谁缝的？”“自己。”她把烟袋递给我，便吃起早饭来。锅里煮着咸羊油茶。她把她那一小罐递给我。我不想拂她的意，便竭力屏住气，喝了一口。我认为别的民族一定不会做出比这更难吃的饮料。我向她讨点别的东西就着喝这种茶。她给了我一块马肉干，即使如此我也很高兴。卡尔梅克人的卖俏使我感到害怕，我赶快逃出帐篷，离开这草原上的喀耳刻[①]。

在斯塔夫罗波尔我看到了天边那片九年前曾使我叹为观止的云彩。它们还和原来一样，还在原来那个地方。这是高加索连绵群山的雪峰。

我从格奥尔基耶夫斯克顺路折向温泉。我发现这里已经起了很大变化。当年我到这里时浴池建在一些匆忙筑成的小屋里。泉水大都处于原始状态，喷涌着，冒着汽，从山上往各个方向流去，留下白色或略带红色的痕迹。我们用树皮做的勺子或破瓶底舀着沸腾的泉水。如今已盖起了富丽堂皇的浴池和房屋。沿着马舒克山坡开辟了一条菩提树林荫道。到处有干净的小径、绿色的长凳、有规则的花坛、小桥和亭台楼阁。泉水已经过整治，用石块砌了沟渠水池。浴室的墙上贴着警方的通告；到处都井井有条、干干净净，令人赏心悦目……

---

① 希腊神话中的美女，精通巫术，专门诱惑旅人。

说实话：如今高加索的泉水使用起来已经比较方便了，可我却舍不得从前那种野趣，舍不得那陡峭的石径、灌木丛和未设栏杆的万丈悬崖，以前我常常攀登到上面。我满怀惆怅离开温泉，动身返回格奥尔基耶夫斯克。夜晚很快降临了。晴朗的天空布满千万繁星。我乘着马车沿波德库姆克河岸前行。在这里，亚·拉耶夫斯基[①]曾和我坐在一起，谛听泉水的乐曲。远处雄伟的别什图山的轮廓在群山簇拥之下变得越来越黑，越来越黑，终于消失在黑暗中……

次日，我们继续赶路，来到叶卡捷琳娜格勒，从前这里是总督衙门所在地。

格鲁吉亚军用大道是从叶卡捷琳娜格勒开始的，驿路到此为止。人们租用马匹到符拉迪高加索去。当局给配备一队由哥萨克和步兵组成的护送队和一门炮。一个礼拜发出两班邮车，要到那里去的人便和它结伴同行，这叫“乘便”。我们没等多久，邮车第二天就来了，第三天早上九点钟我们已经整装待发。在集合的地方集结了整整一个由五百来人组成的旅行队。响起了鼓声，我们出发了。前面是一辆由步兵护送的炮车。接着是一队弹簧四轮马车、小四轮马车和从一个要塞迁到另一个要塞去的士兵妻子们乘的篷车，它们后面才是一队咿咿呀呀响的双轮大车。大车的两旁跑着马群和牛群。押送牛马的诺盖人骑马在旁边跑着，他们披着毡斗篷，手里拿着套马索。起初我对这种景象颇感兴趣，但很快就厌烦了。大炮架在马车上缓缓前进，阴燃着一根导火线，士兵们拿它点火抽烟。缓慢的行进（第一天我们才走了十五俄里路）、难以忍受的暑热、食物的不

---

① 亚·拉耶夫斯基（1795—1868），一八一二年卫国战争英雄老拉耶夫斯基将军的长子，上校。

足、不安宁的夜宿，最后还有诺盖人大车发出的不间断的咿呀声越来越使我难以忍受。鞑靼人总是以这种咿呀声为荣，他们说，他们这些老实人走南闯北，不需要躲躲藏藏。可是我感到，这一次如果不是跟这批如此可敬的人一起旅行，那我就会更愉快。一路的景色极其单调：一马平川，两旁是连绵不断的山丘。天边是高加索的山峰，显得一天比一天高。这里的要塞真够多的，要塞四周都有壕沟，要是在以前，我们当中的每一个人都不须助跑就能跳过去。里边的大炮都已生锈，自从古陀维奇①伯爵在这里戍边以来都没有开过炮，围墙也都已坍塌，只有成队的鸡鹅在这里漫步。要塞里还住着几户人家，费很大力气才能弄到十来个鸡蛋和一点酸牛奶。

第一个好地方是米纳烈特要塞。我们的队伍沿着一道风景秀丽的山谷慢慢向它走去，周围是一些长满菩提树和悬铃木的坟山。几千个死于鼠疫的人埋葬在这坟山上。山花烂漫，这些花是由传染病患者的骨灰培育出来的。右边积雪的高加索山耀人眼目；前面，一座林木繁茂的高山直插云霄；山后边便是要塞。要塞的周围是一座山村的废墟，它叫鞑靼图勃，从前在大卡巴尔达是一个主要的村子。一座孤零零的、结构精巧的清真寺高塔是这个已不存在的山村的见证。它耸立在一堆堆岩石之中，旁边是一道干涸的山涧。里面的楼梯尚未损坏。我顺着楼梯登上阳台，这里已经听不到伊斯兰教士的声音了。我在那里看到几个刻在砖头上的名字，是一些喜欢留名的游客留下的。

我们的旅途变得景色如画。周围是连绵的山峰。山峰上隐约现出如蚁的畜群。还看得出一个牧人，也许是个被俘的、在

① 古陀维奇（1741—1820），俄国元帅，曾参加多次俄土战争，一八〇六年起任外高加索军总司令。

奴役中渐渐显老的俄罗斯人。我们还看到一些坟山，一些废墟。路旁竖着两三块墓碑。按照契尔克斯人的习惯，那里埋葬着他们的骑手。石头上刻着鞑靼语碑文、军刀等标记，那是留给凶残的子孙来纪念其凶残的祖先的。

契尔克斯人仇恨我们。我们把他们赶出广阔的牧场；他们的山村被焚毁，一个个部落被消灭。他们一天比一天更深地藏到山里去，并从那里发动突然袭击。“被征服的”契尔克斯人的友谊是靠不住的；他们时刻都准备支援他们剽悍的同族人。他们那野蛮的骑士精神明显低落了。他们难得进攻兵力相当的哥萨克，看见大炮就不袭击步兵，并且跑掉。可是他们从不放过袭击兵力不强的队伍或无力自卫者的机会。这一带到处都在谈论他们的暴行。在没有像解除克里米亚鞑靼人的武装那样解除他们的武装之前，简直没有办法制服他们。要解除他们的武装是极其困难的，因为他们之间存在着一种世代相传的争斗和血仇。匕首和军刀事实上已成为他们的肢体，婴孩在学会说话之前就会使用它们。杀人在他们只不过相当于举举手抬抬腿罢了。他们留下俘虏是为了取得赎金，但对待他们非常残忍，叫他们做力不能胜的重活，让他们吃生面团，想打就打，派小孩子去看管他们，为了一句不中听的话，小孩就可以用小军刀把俘虏剁成肉酱。不久前抓到一个被征服的契尔克斯人。他开枪打死一名士兵，并为自己辩护说，他枪里的子弹装得太久了。对这样的民族你有什么办法？然而还有希望，因为在取得黑海东岸、割断契尔克斯人和土耳其的贸易以后，即可迫使他们和我们接近。奢华生活的影响可能有利于驯服他们；茶炊可能成为一种很重要的新设备。还有一种比较有效、比较道德，也比较符合我们时代教育精神的手段：这就是传播《福音书》。契尔克斯人最近接受了伊斯兰教。他们醉心于传播《古兰经》的使徒的宗教狂热，在这些使徒中有一个叫曼苏尔的特别突出，他是个非凡的人，一直在鼓动高加索反对俄罗斯的统治，最后被我们抓获，死于索罗维茨克修道院。高加索在等待基督教的传教士。但较为容易的偷懒办法是，铸造一些死的字母，把不会说话的书送到不识字的人们那里去，以代替活的语言。

我们来到符拉迪高加索，从前叫卡普卡伊，这是进山的大门。它的周围布满沃舍梯人的山村。我去访问过一个山村，正好遇到他们在出丧。一座山坡民房的周围聚集了许多人。院子里有一辆套着两头犍牛的大车。死者的亲友从四面八方来到这里，大声恸哭着走进屋子，用拳头捶着前额。妇女们安静地站着。人们把死者放在毡斗篷上抬出来，放在大车上，

就像一个休息的军人，
身上披着一件斗篷。①

一个客人拿起死者的枪，把火药槽里的火药吹掉，然后把枪放在遗体旁边。犍牛起了步。客人们骑马跟在后面。遗骸大概葬在离山村三十俄里地的山里。可惜没有人能向我解释这些仪式的意思。

沃舍梯人是高加索各民族中最穷的部落。他们的妇女都很漂亮，听说对旅行者都很客气。在要塞门口我遇见一个被监禁的沃舍梯人的妻子和女儿。她们去给他送饭。母女俩显得神态自若而又大胆；可是等我走近她们时，她们都低下头，用破烂的

① 引自 Ч. 武尔夫的诗《约翰·缪勒先生的葬礼》。原文为英语。

披纱遮住脸。在要塞里我看到几个契尔克斯人质，是几个机灵而漂亮的男孩子。他们时刻都在淘气，经常逃出要塞。他们都处于非常悲惨的境地。他们穿得破破烂烂，半裸着身子，身上脏得令人恶心。我还看见另一些人戴着木头的足枷。看样子，被放回的人质对于被关押在符拉迪高加索并不感到后悔。

大炮先走了。我们和步兵及哥萨克一起登程。高加索把我们接进它的圣地。我们听见隆隆的响声，接着便看见往四面八方泛滥的捷列克河。我们顺着它的左岸前行。哗哗作响的浪涛推动着沃舍梯人那像狗窝一样的低矮磨坊的叶轮。我们越往山里走，峡谷就越窄。被挤在狭隘河道里的捷列克河怒吼着，把它那混浊的浪涛扑向挡住它去路的岩礁。山谷随着它的激流向前蜿蜒伸展。山麓的岩石被浪涛冲刷得又光又滑。我安步当车，不时停住脚步，对这大自然阴沉的美景惊叹不已。天气是晦暗的。黑糊糊的山峰周围横着一大片沉甸甸的阴云。普希金伯爵和舍伦瓦尔[①]看着捷列克河，想起了伊马特拉河，认为“北方那条哗哗响的河”[②]更美。可是我觉得眼前的景色是无与伦比的。

捷列克河狂暴地拍击着那些巨大的山岩，我对这景色看得出了神，还没有到达拉尔斯，便落在护送队后面了。突然，一个士兵向我跑来，远远地喊着：“别停下来，老爷，会给打死的！”这种不寻常的警告使我感到非常奇怪。原来，那些安全地待在这狭小地带的沃舍梯强盗常常隔着捷列克河向旅人开枪。在我们经过这里的前一天，他们就这样袭击别科维奇将军，结果他冒着他们射来的弹雨冲了过去。在一座悬崖上有一座城堡的废墟：那里布

---

① 舍伦瓦尔（1809—1890），穆辛-普希金的妻弟，帕斯凯维奇参谋部的军官。

② 俄国诗人杰尔查文的诗句。此处指苏纳河。

满了被征服的沃舍梯人的房子，一座座像燕子窝似的。

我们停在拉尔斯宿夜。在那里我们遇到一个法国旅行者，他告诉我们前面路途艰险，使我们颇为吃惊。他劝我们把马车留在科比，骑马过去。我们同他第一次喝了装在气味难闻的皮囊里的卡赫齐亚葡萄酒，我不由得想起了《伊利昂纪》中关于饮宴的诗句：

用羊皮囊装着的美酒，这是我们的欢乐！

我在这里发现了一本弄脏的《高加索俘虏》[1]手抄本，说实话，我非常高兴地把它读了一遍。这里的一切都写得肤浅、幼稚、不充分；但很多情况都已看清楚并忠实地表达出来了。

第二天早晨我们继续赶路。一些土耳其俘虏在修路。他们对于所供应的膳食颇有怨言。他们怎么也吃不惯俄罗斯的黑面包。这使我想起我的朋友舍烈梅捷夫[2]从巴黎回来时说的话："老兄，在巴黎日子不好过：没有东西吃，无法弄到黑面包！"

离拉尔斯七里路有一个达里雅尔哨所。那个峡谷也叫这个名字。两边的峭壁像两堵墙壁对峙着。当中是这么狭小，有个旅行者[3]写道，这里不仅看得出，而且能感到它们是非常狭窄的。我们头上呈现出一线蔚蓝色的天空。从高山上倾泻下来的水沫四溅、涓细的飞瀑使我想起伦勃朗[4]那幅题为《劫掠该尼墨

① 作者本人所写的长诗，参见《普希金文集·叙事诗一》。
② 舍烈梅捷夫（1799—1837），俄国驻巴黎使馆的人员。
③ 指尼·亚·涅费季耶夫（1800—1860），一八二九至一八三三年在高加索供职，著有《一八二七年高加索和格鲁吉亚游记》。
④ 伦勃朗（1606—1669），荷兰画家。该尼墨得斯系希腊神话中特洛伊王特洛斯的儿子，生得异常俊美，为宙斯所喜爱，掠去作侍酒童子。

得斯》的奇画。那峡谷的光线也是完全按照他的审美观加以表现的。在另一些地方，捷列克河把峭壁脚下的沙土冲刷得干干净净，而在路上有的地方则像堤坝似的堆着很多石头。离哨所不远的地方，河上大胆地架着一座小桥。站在那上面就像站在磨坊的风车上一样。整座小桥不断地摇晃，捷列克河哗哗作响，像带动磨盘的叶轮。在达里雅尔对面陡峭的崖石上可以看见一座要塞的废墟。传说这要塞里藏着一个皇后，叫达里雅，她就用自己的名字给这个峡谷命名，这是个神话。在古波斯语中，达里雅尔是大门的意思。根据普里尼①的考证，被误称为里海大门的高加索大门就在这里。这道峡谷被两扇真正的包着铁皮的木门关住。普里尼写道，在大门底下有一条叫第里奥道里斯②的河流过。这里曾建立一座要塞以抵御野蛮民族的袭击，等等。（见伊·波托茨基③伯爵的旅行记，他的学术性考察像西班牙小说一样引人入胜。）

我们离开达里雅尔，向卡兹别克进发。我们看见了三一门（在峭壁中炸开的一个门洞），当年底下有一条大路，现在则流着经常改变河道的捷列克河。

我们在离卡兹别克村不远的地方越过“怒谷”，这是一道山沟，下暴雨的时候它便变成一股狂暴的山洪。这时候它是完全干的，只剩下一个响亮的名字。

卡兹别克村在卡兹别克山下，是卡兹别克公爵的领地。公爵是个四十五岁光景的男子，身材比普列奥勃拉任团的排头兵

---

① 普里尼，古罗马的作家兼学者，著有三十七卷《自然科学百科全书》。

② 这条河的名称有误，“第里奥道里斯”为拉丁文“diriodoris”的音译，意为“臭味”。

③ 波托茨基（1761—1815），俄国旅行家，作家。

还要高。我们在一家“杜汉”（格鲁吉亚的小饭馆，比俄罗斯的小饭馆还简陋和脏得多）里找到他。那门口放着一个胀鼓鼓的大皮囊（犍牛皮），还伸着四条腿。巨人从皮囊里大口大口地喝着契希尔①，向我提出几个问题，我以符合他的身分与身材的恭敬态度一一回答了他。分别的时候我们已成了好朋友。

不久我那种强烈的感受就渐渐减弱了。刚刚过了一昼夜，无论是捷列克河的咆哮和它那无定形的瀑布，还是悬崖峭壁和万丈深渊都不再吸引我的注意了。我心里火烧火燎的，急着要到梯弗利斯去。我无动于衷地走过卡兹别克山，就像从前乘船经过恰迪尔达克时一样。诚然还因为下雨和雾蒙蒙的天气使我看不见它那——照一位诗人的说法——“直插云霄”②的雪峰。

人们等待着波斯王子的到来。③在离开卡兹别克山一段路程的地方，我们迎面遇到几辆马车，狭隘的道路被堵住了。趁马车分散开来的时候，对方护送队的一个军官向我们宣布，说他在护送一位波斯宫廷诗人。应我的请求，他把我介绍给了哈齐尔汗。我通过翻译，刚刚文绉绉地向他表示了东方式的问候，哈齐尔汗便以一个正派人的朴素、机智、彬彬有礼的态度回答了我那笨拙的别出心裁的辞令，这真使我羞愧得无地自容！他希望在彼得堡能见到我，并对这次不能相处很久表示惋惜。我不得不羞愧地放弃那种装腔作势而又有点逢场作戏的态度，转用一般的欧洲式语言和他交谈。这是对我们俄罗斯人好嘲弄人的态度的一次教训。以后我再不凭波斯人的羊皮巴巴哈④和染过

---

① 高加索的葡萄酒。
② 引自俄国诗人达维多夫的诗。
③ 波斯王子霍兹烈夫-米尔扎出使俄国是由于德黑兰发生反俄事件，俄国公使格里鲍耶陀夫被刺身亡。
④ 波斯语：帽子。

的指甲去判断一个人了。

科比哨所就设在十字山山麓，过了这座山就是我们翻越雪山的通道。我们就在这里停下来过夜并且考虑怎样来完成这艰难的功绩：扔下马车，骑哥萨克马，还是派人去雇沃舍梯人的犍牛？为防万一，我以全队人马的名义写了一封正式的请求信给管辖这一方的长官契里亚耶夫先生，然后大家躺下睡觉，等候大车。

次日将近十二点的时候，我们听见一片喧闹声和叫喊声，看到了一个不寻常的场面：由一群半裸的沃舍梯人赶着的十八对瘦弱、矮小的犍牛勉强拉着我的朋友奥×××的一辆维也纳式轻便马车。这个场面立即消除了我的犹豫。我决定把我那辆重型的彼得堡马车送回符拉迪高加索，骑马到梯弗利斯去。普希金伯爵不想仿效我。他宁可让那装载着各种储备的马车套上一大群犍牛浩浩荡荡地翻越积雪的山脊。我们分手了，我和来这里视察道路情况的奥加辽夫上校一起骑马登程。

道路经过一八二七年六月底发生过雪崩的地带。这种雪崩一般七年发生一次。巨大的雪团崩落下来，撒满山谷，前后达一里，并且堵住捷列克河。站在下面的哨兵听见一声惊天动地的巨响，接着看见河水霎时间就变得很浅，过了刻把钟便显得非常安静，完全失去那股汹涌澎湃的劲头。至少要过两个钟头，捷列克河水才会从崩落的雪堆中穿过。这就是雪崩的可怕之处！

我们沿着陡峭的山路越爬越高。我们的马不时陷在松软的积雪中，积雪下面水流潺潺。我惊奇地望着道路，不明白在这种道路上怎么能够行车。

这时我听见一阵沉闷的隆隆声。“这是雪崩。”奥加辽夫先生告诉我。我转过身，看见一旁有一团雪，它是从上面崩落下来的，正从峭壁上慢慢滚下去。小规模的雪崩在这里是常见的。去年有一个俄罗斯车夫赶着马车在十字山上行驶，突然发生了雪崩，一大团可怕的雪落在他的马车上，吞没车辆、马匹和车夫，并且滚过大路，连车带人全落到万丈深渊里去了。我们登上峰顶。这里竖着一座花岗石的十字架，是由叶尔莫洛夫修复的古迹。

到了这里，旅行者一般都下车步行。不久前有一个外国领事从这里经过，他是那么害怕，竟然吩咐把他的眼睛蒙起来，让人搀着他走，后来当人们把蒙眼睛的布拿下来时，他立即跪下来，感谢上帝和其他神祇保佑了他，这使几个向导觉得非常惊奇。

从险峻的高加索进入风光明媚的格鲁吉亚的那一瞬间是令人陶醉的。南方的微风突然开始轻轻地吹拂着旅行者。从古特山的高处眺望前方，眼前展现出凯沙乌尔山谷和它那住着若干居民的悬崖峭壁、花园，以及像一条银练蜿蜒伸展的波光潋滟的阿拉瓜河——这一切看上去都那么小，处在三俄里深的谷底，到那里只有一条险路可通。

我们慢慢走下山去。一钩新月出现在晴朗的天空上。傍晚的空气平静而温暖。我夜宿在阿拉瓜河岸边的契里亚耶夫先生家里。次日我告别了亲切的主人，继续赶路。

格鲁吉亚就从这里开始。受到欢乐的阿拉瓜河滋润的明媚绚丽山谷取代了阴暗的峡谷和动人心魄的捷列克河。我在身边看到的不再是光秃秃的山岩，而是苍翠欲滴的青山和果实累累的树木。一条条水管证明这里具有高度的文明。其中的一条由于奇妙的视错觉使我惊叹不置：水仿佛是从山下往山上流的。

我在派沙纳乌尔停下来换马。在这里我遇到一个护送波斯王子的俄国军官。没多久我听见一阵铃铛声，一队首尾相连、用亚洲人的办法驮着货物的骡子从路上鱼贯走来。我没等到马匹送来便自己步行走去；在离阿纳努尔半里路、道路拐弯的地方，我遇见了霍兹烈夫-米尔扎。他的车队停在那里。他从马车里探出头来，向我点点头。在我们相遇几个钟头后，山民袭击了王子。霍兹烈夫听见子弹的嗖嗖声，便从马车里跳出来，骑马跑掉了。他手下的俄罗斯人对他的大胆都感到惊奇。原来，这个年轻的亚洲人对马车还不习惯，他认为躲在马车里不可靠，只会束手就擒。

我走到阿纳努尔，并不感到累。我的马车还没有来。听说到杜舍特城还不到十里路，我便又徒步登程了。然而我不知道这是一条进山的路，走这十俄里路简直等于走二十俄里。

暮色降临了。我继续往前走，越爬越高。在这里是不会迷路的，但有些地方由于有泉水，泥泞深及膝盖。我完全累垮了。天越来越黑。我听见嗥叫声和犬吠声，心里暗自高兴，以为离城不远了。然而我错了：这是格鲁吉亚牧人的狗在叫，而嗥叫的是这一带常有的野兽胡狼。我咒骂自己缺乏耐心，可是毫无办法。我终于发现几点灯火，将近午夜时才来到几所树木掩映的房子旁。第一个遇见我的人自告奋勇要带我到警察局长那里去，为此向我要一个“阿巴兹”①。

我来到县城的警察局长那里——他是一个格鲁吉亚老军官，——这事情大大惊动了他。第一，我向他要一个可以宽衣休息的房间；第二，我要一杯酒；第三，我要一个阿巴兹，以便付

① 当地辅币，约等于二十戈比。

给带路的人。警察局长不知道如何接待我好，困惑地看着我。我看到他并不急于满足我的要求，便当着他的面脱下外衣，请他原谅我的放肆[1]。幸好我在口袋里找到驿马使用证，证明我是一个安分守己的旅行者，而不是里纳尔多·里纳尔迪尼[2]。我那伟大的证件立刻发生了效力：房间拨给我了，酒端来了，一个阿巴兹给了为我带路的人，但由于他的贪财，有损于格鲁吉亚人好客的习俗，因而受到一顿严厉的斥责。我立刻扑到长沙发上，希望在建立这个奇勋之后能美美地睡上一觉：可是事与愿违！那些比胡狼厉害得多的跳蚤向我发动进攻，弄得我整夜不得安生。次日早晨，我的仆人来了，告诉我普希金伯爵已经乘犍牛拉的大车顺利越过雪山，到达杜舍特。我得赶紧准备！普希金伯爵和舍伦瓦尔来看我，并建议再次结伴同行。我离开了杜舍特，心里很高兴，因为晚上可以住在梯弗利斯了。

路上还是那么愉快，风景还是那么秀丽，虽然很少看见居民的痕迹。在离加齐斯卡尔几里路的地方，我们从罗马人远征时留下的一座古桥上过了库拉河，接着便驱马——有时是大步，有时是全速疾驰——奔向梯弗利斯，并于晚上十点多钟悄然来到这个城市。

---

① 此处原文为法语。
② 德国作家符尔皮乌斯的小说《强盗头子里纳尔多·里纳尔迪尼》中的主人公。此处指强盗。

## 第二章

梯弗利斯。民间澡堂。没有鼻子的哈桑。格鲁吉亚人的性格。民歌。卡赫齐亚葡萄酒。酷热的原因。物价昂贵。对城市的记述。离开梯弗利斯。格鲁吉亚之夜。亚美尼亚风光。两倍路程。亚美尼亚乡村。盖尔盖雷。格里鲍耶陀夫。别卓勃达尔山。矿泉。山中风雨。夜宿古姆雷。阿拉拉特。国界。土耳其人的好客。卡尔斯。亚美尼亚人的家庭。离开卡尔斯。帕斯凯维奇伯爵的营帐。

我在一家小饭馆歇脚。次日到闻名已久的梯弗利斯澡堂洗澡。我发觉这座城市有很多居民。亚洲式的建筑和市集使我想起基什尼奥夫[①]。狭窄而弯曲的街道上跑着两旁挂着箩筐的驴子；牛车阻塞着道路。形状不规则的广场上亚美尼亚人、格鲁吉亚人、契尔克斯人、波斯人熙来攘往。一些年轻的俄罗斯官吏骑着卡拉巴赫高头大马在人堆里来来去去。澡堂门口坐着老板——一个波斯老人。他为我打开门，我走进一个宽敞的房间，可我看见什么啦？五十来个女人，有年轻的，有年老的，有衣服不全的，有完全没穿衣服的，在靠墙的一排长凳上坐着或站着脱衣服、穿衣服。我站住了。“走吧，走吧，”老板对我说，“今天是礼拜二，轮到妇女洗澡。没关系，不是倒霉事儿。”“当然不是倒霉事儿，”我回答他，“正相反。”来了个男人并没有惊动大家。她们继续在那里说笑谈天。没有一个急于用披纱把自己遮起来。没有一个停止脱衣服。仿佛我是个隐身人。她们当中有许多人确实长得很美，证明了托·穆尔②的想象是正确的：

美丽的格鲁吉亚少女，
当她们从梯弗利斯的温泉出浴，
个个都容光焕发，红润鲜艳，
在她们的国家，少女都是这样。

《拉拉·鲁克》③

可是我不知道有什么比格鲁吉亚的老太婆更令人恶心的了：她们简直是些妖婆。

波斯人带我到澡堂里，热乎乎的含硫化铁的泉水注入在岩石中凿出的深深的浴池。无论在俄罗斯还是在土耳其我从来没遇到比梯弗利斯更讲究的澡堂了。我来详细地描写一下。

老板把我留给一个鞑靼搓澡工人照料。我得说实话，他没有鼻子，可这并不妨碍他精通本行的工作。哈桑（这个没鼻子的鞑靼人的名字）先让我平躺在暖和的石头地坪上，然后使劲弯起我的四肢，又把我全身拉直，这样重复做了多次，还使劲用

---

① 今摩尔多瓦首都。普希金曾流放在那里。
② 托·穆尔（1779—1852），英国浪漫主义诗人。著有诗集《爱尔兰旋律》、浪漫主义的“东方”长诗《拉拉·鲁克》等作品。
③ 此诗原文为英语。

拳头敲打我，可我一点都不觉得疼，相反觉得非常舒服（亚洲的搓澡工人有时一高兴就会跳上你的肩膀，用两脚在你的大腿上摩擦，在你的背上跳矮子舞，精彩极了[①]）。接着，他戴上一只毛皮手套在我身上擦了好久，使劲把热水泼在我身上，并用一个抹了肥皂的充气布袋子给我洗擦。那感觉真是言语难以形容：热腾腾的肥皂沫像空气一样浇遍你的全身！附记：俄罗斯澡堂一定要采用这种毛皮手套和充气布袋子，内行人一定会为这种新技术表示感激。

用布袋子擦过以后，哈桑把我放进浴池：洗澡到此结束。

我原希望在梯弗利斯找到拉耶夫斯基[②]，但后来获悉他的团已经开拔，于是我决定请求帕斯凯维奇伯爵允许我到军队里去。

我在梯弗利斯逗留了近两个礼拜，并且结识了当地的社交界。《梯弗利斯新闻》报的发行人桑科夫斯基给我说了当地许多有趣的事情，谈到齐齐亚诺夫公爵，谈到亚·彼·叶尔莫洛夫等人。桑科夫斯基热爱格鲁吉亚，预见到它将有光辉的前景。

格鲁吉亚是在一七八三年请求俄罗斯庇护的，这件事并没有妨碍著名的阿加-穆罕默德占领和破坏梯弗利斯，并将二万居民掳走（一七九五）。格鲁吉亚是在一八〇二年转归亚历山大皇帝统治的。格鲁吉亚人是英勇善战的民族。他们在我们的旗帜下证明了自己的勇气。他们的聪明才干还有待于多受教养。一般说，他们的性格是快乐而合群的。逢到节日，男人们都要喝酒，到街上玩。黑眼睛的孩子们唱着歌，蹦蹦跳跳，翻跟斗，妇

---

① 原文为意大利语。
② 此处指尼·尼·拉耶夫斯基，当时统率一个混成骑兵旅。

女们则跳列兹金卡舞。

格鲁吉亚的歌声是悦耳的。有人把一首歌曲逐字逐句给我翻译出来；这歌曲似乎是最近才编出来的；其中有些东方式的没有意义的东西，却也有自己的诗歌价值。现抄录如下：

不久前在天堂诞生的灵魂啊！为我的幸福而创造的灵魂啊！你是永生的，我正等着你给予我生命。

百花盛开的春天，两个礼拜的月亮，保护我的天使啊，我正等着你，等着你给予我生命。

你容光焕发，你的微笑使我快乐。我不想拥有世界，我只要你的目光。我正等着你给予我生命。

山上的玫瑰，露水把你滋润！大自然选择的宠儿啊！默默的秘藏的宝贝！我正等着你给予我生命。①

格鲁吉亚人爱喝酒——不像我们那样喝法，而且身体非常壮实。他们的葡萄酒不能运出，因为很快就会坏掉，可是在当地是非常清醇可口的。卡赫齐亚葡萄酒和卡拉巴赫葡萄酒抵得上某些法国布尔冈红酒。酒藏在一种埋在地里的大缸里面。开缸必须举行一种很隆重的仪式。不久前有一个俄罗斯龙骑兵偷偷地掘开酒缸，竟掉进去，淹死在卡赫齐亚葡萄酒里，就像那不幸

① 这首诗的题目是《春歌》，为德·杜曼尼施维里（？—1812）所作。这首诗由一个不太懂俄语的人译出，普希金作过整理。普希金在梯弗利斯逗留时，这首诗正在流行。

的克拉伦斯[①]淹死在玛拉加酒桶里一样。

梯弗利斯坐落在库拉河岸上，这里是一个盆地，四围环抱着重重的石头山。这些山把它围得密不透风，它们在太阳底下晒得滚烫，不是把那凝然不动的空气烘热，而是把它烤得沸腾起来。这就是造成梯弗利斯那无法忍受的酷热的原因，尽管这座城市只不过处在北纬四十一度。它的名称“特比利斯-卡拉克”[②]原来的意思就是“酷热的城市”。

城市的大部分是亚洲式的：矮房子，平屋顶。北边耸立着几座欧洲式的房屋，这些房屋的周围正在形成几个形状规则的广场。市集分成几行；铺子里充斥着土耳其和波斯货，比起普遍昂贵的物价，这些货物还是相当便宜的。梯弗利斯的武器在整个东方是受到好评的。以本地的勇士而闻名的萨莫依洛夫伯爵[③]和B一般都要试试自己的新军刀，他们一刀就能把一只羊劈成两半，或者把牛头砍下来。

梯弗利斯的居民主要是亚美尼亚人：一八二五年有二千五百户。在这次战争期间数目又增加了。格鲁吉亚人有一千五百户。俄罗斯人不认为自己是本地居民。军人由于职务的关系住在格鲁吉亚，他们是奉命这样做的。年轻的九级文官到这里来是为了取得他们孜孜以求的八级文官的官衔。不过，无论是军人还是九级文官都把到格鲁吉亚来视为流放。

据说梯弗利斯的气候于健康不利。这里的热病十分可怕，人们常用水银来治疗，由于天气炎热，使用这种药没有害处，医

---

① 英国公爵乔治·克拉伦斯被判处死刑，但他有权选择处刑的办法，他希望淹死在马利瓦西亚葡萄酒桶里（1478）。普希金误为玛拉加酒桶。

② 应为“特比利斯-卡拉尔”。

③ 萨莫依洛夫（？—1842），叶尔莫洛夫的副官。

生毫不内疚地让病人吃这种药。据说西皮亚金将军[①]之所以死去，就因为和他一起从彼得堡来的家庭医生害怕当地医生开出的药剂，没有让病人服用。这里的疟疾和克里米亚、摩尔达维亚相仿，治疗方法也一样。

居民饮用库拉河水，虽然浑浊，却很清凉。所有的矿泉和井水都有一股浓烈的硫黄味。不过这里普遍喝葡萄酒，对于水源不足也就不大在乎了。

在梯弗利斯，钱的价值之低使我吃惊。乘马车过两条街，过半小时让它离开，我就得付给车夫两个银卢布。我起初以为车夫欺我新来乍到，不了解价钱，但后来人家告诉我，价钱确实是这样。其他东西也一样贵。

我们到德意志侨民区去，在那里吃饭。我们在那里喝自制啤酒，味道很坏，为一顿很差的饭食付了很多钱。在我住的那家小饭馆也是吃得很差付得很多。斯特烈卡洛夫将军[②]是一位著名的美食家，有一次请我去吃饭。很不幸，他家里是按官阶大小次序送菜的，而餐桌旁坐着好几个戴将军肩章的英国军官。他家的仆人送菜时总是把我漏掉，以致我离席时还是饥肠辘辘。让这个梯弗利斯的美食家见鬼去吧！

我焦急地等待着决定我的命运。我终于接到拉耶夫斯基的便条。他要我赶快到卡尔斯去，因为过几天军队又要往前开。第二天我离开了梯弗利斯。

我骑马出去，在哥萨克哨所换马。我周围的土地被暑热烤得滚烫。格鲁吉亚的乡村远远看上去像一座座很美丽的花园，

---

① 西皮亚金（1785—1828），梯弗利斯总督。
② 斯特烈卡洛夫（1782—1856），接任西皮亚金的梯弗利斯总督。

但到跟前一看，只看到几座简陋的民房，旁边的几棵布满灰尘的杨树为它遮着太阳。太阳下山了，但空气还是很闷热：

夜晚是闷热的！
星星是异邦的！……

月亮照耀着；周围万籁俱寂；在夜晚的宁静中只听得见马蹄声。我骑马走了很久，没有看到有人居住的迹象。后来我看到一座孤零零的民房。我敲了敲门。主人出来了。我起初用俄语，后来又用鞑靼语向他讨水喝。他听不懂我的话。对一切都太不关心了！离开梯弗利斯三十俄里路，处在通往波斯和土耳其的交通要道上，却一句也不懂俄语或鞑靼语。

我在哥萨克哨所住了一夜，拂晓时继续登程。道路穿过山岭和森林。我遇到一群旅行的鞑靼人，其中有几个妇女。她们骑着马，裹着披纱，只露出眼睛和鞋跟。

我开始攀登别卓勃达尔山，它是格鲁吉亚和古亚美尼亚的分界线。一条绿荫如盖的大道在山边蜿蜒伸展。在别卓勃达尔山峰上，我走过一道小小的峡谷（它似乎称为“狼门”），来到格鲁吉亚的天然边界上。我面前呈现出新的群山，新的天地；我的脚下展现出一片肥沃的绿油油的田野。我又回头看了一眼溽暑难当的格鲁吉亚，便走下徐缓的山坡，向生机盎然的亚美尼亚平原走去。我怀着一种笔墨难以形容的快乐心情注意到暑热突然大为减弱：这里的气候已完全不同。

我的仆人和几匹驮着行李的马落在后面。我单独骑着马走在远处群山环抱的繁花似锦的野地里。由于漫不经心，我竟错过了我应该换马的哨所。走了六个多小时，我才为走了这么大一段路觉得惊奇。我看见一旁有一座由石头堆成的好像是民房一样的东西，于是向那里走去。我真的来到一座亚美尼亚村子。几个妇女穿着杂色的破衣烂衫坐在一座地下房屋的平顶上。我好容易向她们说明了来意。其中一个妇女便走下屋顶，到房子里去，给我拿来干酪和牛奶。我休息了几分钟，便继续往前走，在高高的河岸上我看见对面的盖尔盖雷要塞。三股激流轰然从高高的河岸上倾泻而下，激起无数水花。我涉过河。两头犍牛拉着一辆大车沿着陡峭的大路慢慢走上去。几个格鲁吉亚人护送着牛车。“你们是从哪儿来的？”我问他们。“从德黑兰。”“运的是什么？”“格里鲍耶德。”这是被刺死的格里鲍耶陀夫的遗体，正送往梯弗利斯。

真没有想到我还能见到我们的格里鲍耶陀夫！我是去年在他赴波斯上任之前在彼得堡和他分手的。他闷闷不乐，有一种奇怪的预感。我想安慰安慰他，他对我说：“您还不了解这些人：您会看到的，事情会发展到动刀枪的地步。”①他认为沙赫②之死以及他的七十个儿子之间的内讧会成为流血的起因。可是年迈的沙赫还健在，而格里鲍耶陀夫的预言却应验了。他死在波斯人的匕首之下，成为无知和背信弃义的牺牲品。他的尸体被德黑兰的无知民众糟蹋了三天，已经血肉模糊，只有从手臂的旧枪伤上才认得出来。

我是在一八一七年认识格里鲍耶陀夫的。他那忧郁的性格、他那充满怨恨的心智、他的善良敦厚，还有那些人类不可避免的旅伴——弱点和缺陷，一切在他身上都极其令人喜欢。他生

① 原文为法语。
② 波斯国王。

来即具有与他的才能相当的功名心，但却久久地被一些琐事和默默无闻所束缚。他那国家栋梁的才能没有得到施展，诗人的禀赋没有得到承认，就连他那冷静而杰出的胆略在一段时间内也受到怀疑。有些朋友还是知道他的价值的，当他们谈起他，认为他是个不平凡的人时，他们看到有人露出怀疑的微笑，那是一种愚蠢的令人难以忍受的微笑。人们只相信声誉，而不明白，在他们当中就可能有一个没有率领过猎骑兵连的拿破仑，或者另一个不曾在《莫斯科电讯》上发表过一行字的笛卡儿。不过，我们对声誉的景仰可能是出于自尊心：我们的声音也是声誉的组成部分。

格里鲍耶陀夫的一生曾蒙着某些乌云的阴影：那是一些炽烈的热情和严峻的形势造成的。他感觉到有必要彻底清算一下自己的青年时代，并大大改变自己的生活。他告别彼得堡和悠闲散漫的生活，到了格鲁吉亚，在那里埋头于孤独而毫不懈怠的工作，度过了八年光阴。一八二四年他回到莫斯科，这是他一生命运的转折点，也是他不断取得成就的开端。他所写的喜剧《智慧生痛苦》产生了难以形容的影响，突然使他和我们一些最卓越的诗人平起平坐。过了不久，由于他对那爆发了战争的边陲拥有完善的知识，他开始了一种新的生涯。他被委任为公使。来到格鲁吉亚，他和所爱的姑娘结了婚……我不知道有什么比他那坎坷一生的最后几年生活更令人羡慕的了。格里鲍耶陀夫在勇敢的、力量悬殊的战斗中被杀害，这对他来说并不可怕，也不痛苦。他的死是一瞬间的事，并且非常壮烈。

太可惜了，格里鲍耶陀夫没有留下日记！撰写他的传记本来是他的朋友们的事，但是我们的一些杰出人物没有留下什么痕迹，都一个个走了。我们太懒惰，太冷漠……

在盖尔盖雷我遇到布图尔林[①]，他跟我一样，也是到军队里去的。布图尔林的旅行花样百出。我在他那里吃到一顿彼得堡一样的美餐。我们决定在一起旅行，但急躁的恶魔又附上我的身。我的仆人请求我让他休息一下。我便孤身一人出发，甚至不带向导。路只有一条，完全没有危险。

我越过一座山，来到一片绿荫如盖的谷地，我看见一脉横穿道路的矿泉。在这里我遇见一个亚美尼亚神父，他正从埃里温到阿哈尔齐赫去。"埃里温有什么新闻？"我问他。"埃里温在流行瘟疫。"他回答。"在阿哈尔齐赫听见什么吗？""阿哈尔齐赫也在流行瘟疫。"我回答他。我们交换了这些"愉快的"消息后便分手了。

我在一片肥沃的原野和繁花似锦的牧场上骑马行进。麦浪翻滚，等待着开镰。我尽情欣赏着这丰饶秀丽的土地，它的肥沃在东方已经成了谚语。将近傍晚时我来到彼尔尼克。这里有个哥萨克哨所。一个哥萨克军士警告我将有暴风雨，劝我留在这里过夜，但我想当天无论如何要到达古姆雷。

我必须翻越几座不高的山，这是土耳其卡尔斯帕夏辖区[②]的自然疆界。天空乌云密布。我希望越吹越紧的风能把乌云驱散。但雨点开始稀稀落落地掉下来，并且越来越大，越来越密。从彼尔尼克到古姆雷有二十七俄里路。我束紧毡斗篷的皮带，在便帽上戴上长耳风帽，其余的只好听天由命了。

---

① 布图尔林（1801—1867），陆军大臣车尔尼雪夫的副官。
② 一个帕夏辖区相当于一个省。

过了两个多钟头，雨还是不停地下。雨水像小溪般从我那越来越重的毡斗篷和吸足雨水的长耳风帽上流下来。最后，一股冰凉的雨水穿透我的领带，一会儿大雨便把我淋得浑身透湿。夜是漆黑的，哥萨克骑马走在我前面给我指路。我们开始爬山。这时雨停了，乌云也完全散开了。到古姆雷还有十俄里路。风无遮无挡地吹着，是那么强劲，刻把钟时间便把我身上的衣服完全吹干。我料想逃不脱一场热病。我终于在将近午夜时到达古姆雷。哥萨克直接把我带到哨所。我们在一座帐篷旁停下，我急忙走进去。在这里我看到十二个哥萨克挤在一起睡觉。他们给我让出一点地方，我一头躺倒在斗篷上，疲劳得失去了感觉。这一天我骑马走了七十五俄里路。我睡得像死人一样。

第二天早晨哥萨克们把我唤醒。我一睁开眼睛就想到我是不是发热病了。但是托上帝的福，我感到精神很好，身体健康，不但没有生病的征候，而且连疲劳的痕迹也没有了。我从帐篷里走出来，早晨空气清新。太阳慢慢升上来。在晴朗的天空背景上有一座双峰的雪山在闪耀。“这是什么山？”我伸着懒腰问道，接着听到回答：“这是阿拉拉特山。”①声音的作用好大啊！我聚精会神地看着这座圣经里曾经提到的山，我看见停在山峰上为了使生命得到恢复的方舟，看见了当年飞出去的乌鸦和鸽子——惩罚与和解的象征……

我的马备好了。我和向导一起出发。早晨景色优美。太阳照耀着。我们在广阔的草原上策马而行，浓密的青草还沾着露

① 普希金听错了，此处应是阿拉盖兹山。阿拉拉特山在圣经中译为“亚拉腊山”。挪亚方舟的故事见《圣经 · 旧约 · 创世记》第八章。

珠和昨天的雨水。我们前面横着一条波光潋滟的河流，我们必须涉过河去。“这就是阿尔帕柴。”哥萨克对我说。阿尔帕柴！我们的国境！这和阿拉拉特山一样有意义。我怀着一种无法说清楚的感情纵马向河边奔去。我还从来没有见过异国的土地。国境线对我来说有一种神秘的意味，从孩提时候起，旅行就是我所喜爱的梦想。后来我长久地过着动荡的生活，一会儿飘泊到南方，一会儿飘泊到北方，可是还从来没有冲出过无边的俄罗斯的国境。我快乐地驰进界河，骏马把我带到土耳其岸上。但这边河岸已被我们占领，我还是在俄国。

距卡尔斯还有七十五俄里路。我希望傍晚以前能看到我们的军营。一路上我都没有耽搁。半路上我在一座建在山里一条小溪旁的亚美尼亚村子里吃午饭，我吃着亚美尼亚面包——一种可诅咒的“大饼”，它烤得像饼一样，其中有一半是炉灰。土耳其俘虏在达里雅尔峡谷时却是多么想吃这种大饼啊。我宁可花很多钱去买一块他们所厌恶的俄罗斯黑面包。一个土耳其青年给我带路。他极其饶舌，一路上尽用土耳其话说着什么，也不管我是不是听得懂。我聚精会神地听着他说，竭力猜测他说的话。看样子他是在骂俄国人，他所看到的俄国人都是穿军服的，根据我的衣着，他把我当作外国人。我们迎面遇到一个俄国军官。他是从我们的军营来的，他告诉我，军队已经从卡尔斯开拔。我无法形容我的失望：一想到我必须回梯弗利斯去，在空旷的亚美尼亚白白吃了一顿苦头，我难过极了。军官走了，土耳其人又开始他的独白，但我已没有心思听他说了。我策马奔驰起来，黄昏时来到一个离卡尔斯二十俄里路的土耳其村子。

我下了马，看到一座民房就想进去，但主人从里面走出来，嘴里骂着，把我推出来。对于他的这种迎接我给了他一鞭子。土耳其人叫嚷起来，一下子来了好多人。我的向导看样子在替我说情。他们指点我去找一家客栈，我走进一座像畜栏一样的大房子，竟没有一个地方好让我铺斗篷睡觉。我便向他们要马。来了一个土耳其村长。他说了许多我听不懂的话，我只用土耳其话回答三个字：给我马。土耳其人不肯，后来我想到得拿钱给他们看看（一开始我就应该这样做）。马立即牵来了，还给我一个向导。

我在一片群山环抱的广阔谷地里走着。一会儿我就看见了卡尔斯，它在一座山上泛着白色。我那土耳其向导指着它，不断地对我说："卡尔斯，卡尔斯！"并放马向那里跑去。我跟在他后面，心里感到焦急不安：我的命运将在卡尔斯决定。我必须在这里弄清我们的军营在哪里，以及我是否还能赶上军队。这时天空又布满乌云，下起雨来，但是我已经不把它放在心上了。

我们走进卡尔斯。到城门口时，我听见俄国的军鼓声，这是晚点名的鼓声。哨兵拿了我的证件到司令部去。我站在那里淋了近半小时雨，终于放我进去了。我吩咐向导直接把我带到澡堂去。我们顺着弯曲的坡度很陡的街道走去，马匹在很糟的土耳其马路上直打滑。我们在一座外表相当破烂的房子前面站住。这就是澡堂。土耳其人跳下马去敲门。没有人答应。大雨瓢泼似的浇在我身上。最后从邻近的一座屋子里走出一个年轻的亚美尼亚人，他和土耳其人交谈了几句，便叫我到他家去，他说的是一口相当纯粹的俄语。他带我沿着一座狭窄的楼梯上他家的二楼。在一个陈设着矮沙发和铺着旧地毯的房间里坐着一个老婆婆，这是他的母亲。她走到我跟前，吻吻我的手。儿子叫她生火给我做晚饭。我宽了衣，坐在火炉前。主人的弟弟进来了，那是个十七岁光景的孩子。兄弟俩都到过梯弗利斯，在那里住了几个月。他们告诉我军队昨晚开拔，军营驻扎在离卡尔斯二十五里的地方。我完全放心了。老婆婆很快给我做了羊肉炒大葱，我觉得这个菜堪称烹调艺术的高峰。我们全睡在一个房间里，我伸开四肢躺在渐渐熄灭的壁炉对面，怀着明天就可以看到帕斯凯维奇伯爵军营的甜蜜希望睡着了。

次日早晨，我去参观城市。小主人充当我的向导。我参观了造在无法攀登的山崖上的堡垒和城寨，不明白我们是怎么攻下卡尔斯的。亚美尼亚人尽其所能地向我叙述了他亲眼看见的这次军事行动。我发现他对战争很有兴趣，便建议他和我一起到军队里去。他立刻答应了。我叫他去准备马匹。他和一个军官一起来了，那军官要我出示书面命令。我根据他那亚洲型的面孔认为没有必要到我的证明文件里去翻寻，便随手从口袋里掏出一张纸条。军官郑重其事地看了一遍，立即吩咐根据命令给大人送马来，并把纸条还给我。这是我在一个哥萨克驿站随便写给一个卡尔梅克女人的信。过了半小时我从卡尔斯出发了，阿尔捷米（那亚美尼亚人的名字）已经骑着一匹土耳其马来到我身边，手里拿着一支柔韧的库尔德镖枪，腰间插着一把匕首，嘴里热烈地谈着土耳其人和战争的事。

我骑马走在一片种满庄稼的田地上，周围有一些村子，但都空无一人：居民跑掉了。路筑得很好，有水洼的地方都填平了，小河上筑起一座座石桥。地面明显升高，萨冈-鲁山脉的山前丘陵开始显露出来。过了将近两个小时，我走上一块坡度徐缓的高地，突然看见了我们驻扎在卡尔斯-柴河岸上的军营。过了几分钟我已经在拉耶夫斯基的帐篷里了。

# 第三章

翻越萨冈-鲁。交火。军营生活。雅齐特。同埃尔祖鲁姆总司令之战。爆炸的石屋。

我来得很及时。这一天（六月十三日）军队接到了前进的命令。我在拉耶夫斯基那里吃饭的时候听到年轻的将军们在议论上峰为他们规定的军事行动。布尔佐夫将军[①]奉命从埃尔祖鲁姆大道的左边直接攻击土耳其军营，同时，所有其他部队则应该从右边包抄敌人。

五点钟军队开拔了。我和下城龙骑兵团一起走，不时同拉耶夫斯基谈话，我已经好几年没有见到他。夜晚降临了，我们在一片谷地停下来，所有的部队都在这里休息。我在这里很荣幸地拜谒了帕斯凯维奇伯爵。

我在伯爵营帐里的一堆营火前找到他，司令部人员都在他那里。他情绪很好，很亲切地接待了我。我对军事艺术完全是外行，但我不怀疑，这次远征的命运就决定于这个时刻。我在这里看见了我们的伏尔霍夫斯基[②]，他风尘仆仆，胡子拉碴，一副忧心忡忡的样子。但他还是腾出时间像老同学一样和我谈了话。在这里我也看到了米海伊尔·普欣[③]，他去年受过伤。他作为一个非常好的伙伴和勇敢的军人受到爱戴和尊敬。我的许多老朋友都围着我。他们的变化有多大啊！时间过得多么快！

哦，波斯顿，波斯顿，

岁月如飞一般流逝了……④

我回到拉耶夫斯基那里，住在他的营帐里。半夜里一阵狂呼乱叫把我吵醒，可能是敌人来偷袭。拉耶夫斯基派人去打听慌乱的原因，原来是几匹鞑靼马挣脱缰绳，在军营里乱跑，几个穆斯林（大家都这样称呼在我军服役的鞑靼人）在捕捉它们。

拂晓时，部队拔营前进。我们走到一座长满森林的大山前。我们走进一道峡谷。龙骑兵们私下议论着："老弟，留点神，只要一颗霰弹就够你受的了。"确实，地势很有利于埋伏，但是土耳其人被布尔佐夫将军的军事行动引到另一个方向去，没有机会利用这有利的地形。我们顺利地通过危险的峡谷，登上离敌营十里路的萨冈-鲁山。

我们周围的景色是阴郁的，天很冷，山上长满阴惨惨的松树，山谷里积着雪。

……我的朋友瓦尔基，

---

① 布尔佐夫（1794—1829），十二月党人，被监禁一年，后调到高加索打仗。普希金在皇村学校时就认识他，他当时是一个政治性小组的组织者。

② 伏尔霍夫斯基（1794—1841），普希金在皇村学校的同学，十二月党人，一八二六年调到高加索，在帕斯凯维奇司令部任职。

③ 米·普欣（1800—1869），普希金的同学伊·普欣的弟弟，十二月党人，从近卫军军官贬为士兵，并被派到高加索打仗。

④ 原文为拉丁语。引自贺拉斯的诗。

亚美尼亚的土地并非

终年覆盖着不化的冰雪……①

我们刚刚休息一下，吃过饭，就听见枪声。拉耶夫斯基派人去了解情况。他得到报告，土耳其人在和我们的前哨交火。我和谢米切夫②骑马去观看这种我从未见过的场面。我们遇到一个受伤的哥萨克，他摇摇晃晃地坐在马鞍上，脸色惨白，身上血迹斑斑。两个哥萨克扶着他。“土耳其人多吗？”谢米切夫问道。“他们采用楔形阵势朝我们冲来，大人。”其中一个回答。我们走过峡谷，蓦地看见对面山坡上有两百来个哥萨克骑兵拉开散兵线，他们上面有五百来个土耳其人。哥萨克在慢慢后退。土耳其骑兵更加猖狂，他们在二十步以内瞄准，打一枪后就驰回去。他们那高高的缠头巾、漂亮的土耳其式长衫，以及马具上的华丽装饰，同哥萨克的蓝色军服和普通马具形成了鲜明的对照。我们大约已有十五人受伤。巴索夫中校派人求援。这时他自己腿上受了伤。哥萨克的阵势眼看要乱了，但巴索夫又骑上马，继续指挥作战。援军及时赶到。土耳其人看见我们的援军，立即撤得无影无踪，在山上留下一具剥光衣服的哥萨克尸体，他被砍了头，并被砍去四肢。土耳其人把割下的首级送到君士坦丁堡，用断手蘸上血，印在自己的军旗上。枪战停下来了。军队的旅伴——鹰鹫在空中盘旋，从高处寻觅着它们的猎物。这时来了一群将军和军官。帕斯凯维奇伯爵骑马出来，往土耳其人撤走的那座山走去。土耳其人得到藏在低地和山沟

① 原文为拉丁语。引自贺拉斯的诗。
② 谢米切夫（1792—1830），十二月党人，被监禁半年，调任下城龙骑兵团上尉。后因作战勇敢擢升为少校。任骑兵连连长。

里的四千骑兵的支援。从山上居高临下可以看见和我们隔着几道山谷和几个高地的土耳其军营。我们很晚才回营去。走过军营，我看见一些伤兵，其中的五个在当夜和第二天死去了。晚上我去看了年轻的奥斯坚-萨肯[①]，他是在这一天的另一次战斗中负的伤。

我很喜欢军营生活。炮声一早就把我们唤起。在帐篷里睡得很香。吃饭的时候我们就着亚洲式的烤羊肉串喝英国啤酒和在塔夫尔积雪中冰镇过的香槟。我们这里有各种各样的人。在拉耶夫斯基将军的营帐里聚集着几个穆斯林团的别伊[②]，谈话必须通过翻译。我们的军队里还有我们外高加索几个省的民族和不久前被我们占领的地方的居民。我怀着特别的兴趣看着他们中间那些雅齐特[③]，在东方传说他们是崇拜魔鬼的。在阿拉拉特山下住着近三百人家。他们已经臣服俄罗斯皇帝。他们的长官，一个个子高高、相貌难看的男人，披着红斗篷，戴着黑帽子，有时来向骑兵部队的长官拉耶夫斯基将军请安。我竭力想从这个雅齐特那里了解他们这种信仰的真相。他回答我的问题说，人家都说雅齐特信奉魔鬼，这是无稽之谈，他们只相信一个神。当然，按照他们的教义，诅咒魔鬼是不应当的，不高尚的，因为魔鬼现在正在受难，但是随着时间的推移，他会得到赦免，因为真主的慈悲是无边的。这个解释使我感到安慰。我很为雅齐特高兴，因为他们并不信奉魔鬼；于是我觉得他们的谬误是完全可以原谅的了。

我的仆人比我晚三天到达军营。他是和辎重车队一起来

---

① 奥斯坚-萨肯，下诺夫哥罗德龙骑兵团上尉。
② 中近东、中亚一带封建小国对官员的尊称。
③ 库尔特人中的一种宗教信徒。

的。车队在敌人的眼皮底下顺利和部队会合了。附记：在整个远征期间，我们数量很多的车队中一辆大车也没有被敌人夺走过。跟在军队后面的车队能够那么井然有序，确实令人惊奇。

六月十七日早晨我们又一次听到交火的枪声，过了两个小时，我们看见卡拉巴赫团回来，还带回八面土耳其军旗：弗里德里希上校和盘踞在石垒后面的敌人打了一仗，赶走了敌人；统率马队的奥斯曼帕夏勉强得以逃生。

六月十八日军营移往另一个地方。十九日炮声把我们惊醒，整个军营立刻动了起来。将军们都骑马奔向自己的岗位。各团集合起来，军官们都到排里去。我剩下一个人，不知道往哪里去好，便放开马，让它随便把我带到哪里去。我遇到布尔佐夫将军，他叫我到左翼去。什么叫左翼？我边想边走。我看见在部署大炮的穆拉维约夫将军①。不久，出现了一些土耳其骑兵，他们在谷地里转来转去，正和我们的哥萨克交火。这时土耳其步兵黑压压地从山沟里冲上来。穆拉维约夫将军命令开炮。一颗霰弹正打在步兵群的正当中，土耳其士兵赶快躲到一边，藏在一块高地后面。我看见帕斯凯维奇伯爵，他的身边簇拥着司令部人员。土耳其士兵正在迂回包抄我们一支和他们隔着一道深沟的部队。伯爵派普欣去察看那道深沟。普欣骑马去了。土耳其士兵以为他是骑兵，便一起向他开枪。大家都笑起来。伯爵命令摆好大炮，向他们轰击。敌人在山上和山沟里散开。布尔佐夫叫我去的左翼正进行着激烈的战斗。我们前面（中心对面）有一队土耳其骑兵冲上来。伯爵派拉耶夫斯基将军去对付它，拉耶夫斯基将军便率领下城团向它发起冲锋。土

---

① 穆拉维约夫（1794—1866），当时是拉耶夫斯基的上司，由于保护高加索军中的十二月党人，不久被迫离开军队。

耳其人跑了。我们的鞑靼兵包围了他们的伤员，麻利地剥下他们的衣服，让他们赤身露体留在战场上。拉耶夫斯基将军在山沟边站住。有两个骑兵连从团里冲出去追击敌人；后来被西蒙尼奇上校[①]救了回来。

战斗停息了。土耳其人当着我们的面挖战壕，搬石头，按他们的习惯加固工事。我们没有去惊动他们。我们下了马，吃午饭，有什么吃什么。这时有人带了几个俘虏到伯爵这里来。其中有一个伤得很重。对他们进行了审讯。近六点钟时军队又接到命令向敌人进攻。土耳其人在工事后面活动着，向我们开炮，不久就撤退了。我们的骑兵打先锋，我们冲下山沟，土块在马匹的脚下崩落。我的马随时都有可能倒下，那时联合枪骑兵团便可能从我身上踏过去。可是上帝拯救了我。我们一上了盘山大道，我们的全部骑兵便全速前进了。土耳其人在逃跑，哥萨克们用鞭子抽着扔在路边的大炮，从旁边疾驰而过。土耳其人涌入大道两旁的山沟，他们已经不开枪了，至少没有一颗子弹从我耳边飞过。在最前面追击的是我们的鞑靼团，他们的马又快又强壮。我的马咬住缰绳，紧紧地跟着他们，我花了好大力气才把它勒住。它停在一具横在路上的土耳其青年的尸体前。这个青年看样子有十八岁，那苍白的少女般的面孔还完好无损。他的缠头巾掉在路上，剃光的后脑勺被子弹射穿。我骑着马慢慢走着。不一会儿拉耶夫斯基赶上了我。他用铅笔在一张纸上写了几句话，向帕斯凯维奇伯爵报告敌军完全溃败的消息，然后继续前进。我远远地跟着他。夜晚降临了。我的马已经走不动，渐渐落在后面，每一步都磕磕绊绊的。帕斯凯维奇

---

① 西蒙尼奇（？—1850），格鲁吉亚掷弹兵团团长。

伯爵命令继续追击，并且亲自指挥。我们的骑兵赶上了我。我看见波里亚科夫上校，他是哥萨克炮兵长官，他的炮兵这一天起了很大作用。我跟他一起来到一座土耳其人丢弃的村子，帕斯凯维奇伯爵就停留在这里，由于天黑，已停止追击。

在一座地下民房的屋顶上我们找到了伯爵，他面前生起一堆火。带来了几个俘虏。他仔细讯问着他们。所有的长官几乎都在这里。哥萨克们拉住他们的马。火光照亮了这幅可以和萨尔瓦托-罗萨[①]的绘画媲美的图景，小河在黑暗中潺潺流淌。这时有人来报告伯爵，说村子里有火药库，得提防它爆炸。伯爵随即带着随从离开这座房屋。我们骑马到离夜宿的地方三十里处的军营去。路上都是马队。我们刚刚到达目的地，天空突然好像被流星照亮一样，接着我们听到一声巨响。一刻钟之前我们离开的那座民房爆炸了：那就是火药库。炸起的石头砸死了好几个哥萨克。

这就是当时我所看到的一切。傍晚我获悉，在这次战斗中，率领三万军队去和哈基帕夏会合的埃尔祖鲁姆总司令被打垮了。总司令逃往埃尔祖鲁姆，他那被调到萨冈-鲁山后去的军队已被击溃，炮队被俘虏，因此哈基帕夏便孤零零地成了瓮中之鳖。帕斯凯维奇伯爵没有给他时间作抵抗的准备。

---

① 萨尔瓦托-罗萨（1615—1673），意大利画家、诗人、音乐家。

# 第四章

与哈基帕夏之战。鞑靼别伊之死。两性人。被俘的帕夏。阿拉克斯河。牧人桥。哈桑-卡勒。温泉。向埃尔祖鲁姆进军。谈判。占领埃尔祖鲁姆。土耳其俘虏。苦行僧。

次日早晨五点钟，全营醒来，奉命开拔。走出帐篷，我遇到帕斯凯维奇伯爵，他比谁都起得早。他看见我。“昨天打过仗后您不觉得累吗？”“有一点累，伯爵大人。”“我为您担忧，因为我们还要走一大段路去追赶帕夏，然后还得追击敌人三十俄里路。”①

我们出发了，在将近八点钟的时候来到一个高地，从这里望去，哈基帕夏的军营了若指掌。土耳其人的大炮却在毫无目标地乱放，然而军营里显然在进行大调动。由于疲劳和早晨的暑热，我们当中有许多人都跳下马来躺在清凉的草地上。我把缰绳挽在手上，等待继续前进的命令，甜蜜地睡着了。过了一刻钟，我被唤醒。全军都在行进。纵队从一边向土耳其军营进发，马队从另一边准备追击敌人。我本来想和下城团一起走，但我的马瘸了。我掉队了。枪骑兵团从我身旁疾驰而过。接着伏尔霍夫斯基带着三门炮也从我旁边跑过。我只身落在林木繁茂的山里。迎面来了一个龙骑兵，他告诉我森林里到处藏着敌人。我便回头走。我遇到穆拉维约夫将军和他的步兵团。他派一个连到森林里去肃清敌人。走到一道山沟前的时候，我看到一幅不平常的景象。我们的一个身受重伤的鞑靼别伊正躺在一棵树下，他的一个亲信在他身旁痛哭。一个伊斯兰教士跪在那里祈祷。那生命垂危的别伊神色十分安详，一动不动地看着他那年轻的朋友。山沟中集中了约五百名俘虏。有几个受伤的土耳其人示意叫我过去，大概把我当作医生，叫我给他们治疗，但是我爱莫能助。从森林里走出一个土耳其人，他用一块血迹斑斑的破布捂住伤口。我们的几名士兵也许是出于怜悯，走上去想刺死他。但这使我十分气愤。我跑过去解救了这个可怜的土耳其人，勉强把这个虚弱无力、失血过多的土耳其人扶到他的一群伙伴那里去。安烈普上校[②]管押着他们。他友好地抽着他们的烟斗，尽管传说土耳其军营里流行着瘟疫。俘虏坐在那里若无其事地谈天。几乎都是年轻人。我们休息了一会儿，又继续往前走。大路上到处是死尸。我在十五俄里外找到下城团，他们驻扎在山崖中的一道小河岸边。追击又继续了几个小时。傍晚前我们来到一块周围长着浓密林木的谷地，两天内骑马跑了八十多俄里路之后，我终于可以尽情地睡个够了。

次日，追击敌人的部队接到命令返回军营。在这里我们听说俘虏中有个两性人。根据我的请求，拉耶夫斯基吩咐把他带来。我看见一个个子高高、相当肥胖的农民，他的脸长得像个

---

① 以上对话原文为法语。
② 安烈普（？—1830），联合枪骑兵团团长。

高鼻子芬兰老太婆。我们当着医生的面对他进行了检查。这是个男人，生着妇女一样的乳房，身上有未发育好的性腺，性器官很小，像小孩子一样。我们问他，是不是受了阉割。他回答："是上帝把我阉割了。"[①]许多旅行者证实，这种伊波克拉特闻名的病症在游牧的鞑靼人和土耳其人中常常可以遇到。土耳其人称这种假两性人为"霍斯"。

我们的军队驻扎在昨天占领的土耳其军营里。帕斯凯维奇伯爵的行营设在被我们的哥萨克俘虏的哈基帕夏的绿色营帐附近。我去看哈基帕夏，他身边围满了我们的军官。他盘腿而坐，吸着烟斗。看模样，他约有四十岁。那很端正的脸上现出庄重和极其沉着的神情。被俘以后，他要求给他一杯咖啡，表示希望不要向他提问。

我们驻扎在谷地里。积雪和林木茂盛的萨冈-鲁群山已落在我们后面。我们继续前进，一路上没有遇到敌人。村庄都空落落的。周围景象凄凉。我们看见了在岩石构成的两岸中奔流的阿拉克斯河。离哈桑-卡勒十五俄里路的地方有一座桥，底下有七个大小不一的拱形桥洞，设计得美观而又大胆。传说这座桥是由一个发了财的牧人建造的，他做了隐士，死在一座山冈上，如今还让人参观他的墓。他的墓旁边有两棵孤零零的松树给它遮阴。附近的农民络绎不绝地来给它祭祀。这座桥叫恰班-开普里（牧人桥）。通往大不里士的大道从这里经过。

在离桥几步路的地方，我去看了一家供商队歇脚的草屋的黑糊糊的废墟，里面一个人也没有，只有一头病驴，大概是逃难的农民丢在这里的。

---

① 原文为拉丁语。

六月二十四日早晨我们前往哈桑-卡勒，那是一座古代的要塞，前一天刚被别科维奇公爵攻占。这地方离我们宿夜的地方十五俄里。长途跋涉使我精疲力竭。我真想休息一下，但结果却是另一回事。

在骑兵开拔前，一些住在山里的亚美尼亚人跑到军营里来要求保护他们免遭土耳其人的侵袭，因为三天前土耳其人赶走了他们的牲畜。安烈普上校没有弄清他们的要求，以为山里有土耳其部队，便带着枪骑兵团的一个连到那里去，他报告拉耶夫斯基，说山里有三千个土耳其人。拉耶夫斯基率领部队跟在他后面，以便万一发生危险时支援他。我认为我是归下城团指挥的，便带着一肚子怨气跟着去解救亚美尼亚人。我们跑了二十俄里路，进入一座村子，看见几个掉队的枪骑兵正亮着马刀，急急忙忙地追逐着几只母鸡。这里的一个农民详细地对拉耶夫斯基谈了实际情况，事情关系到三天前被土耳其人赶走的三千头牛，只要花两天时间是很容易追上这些牛的。拉耶夫斯基命令枪骑兵停止追逐母鸡，派人去叫安烈普上校回来。我们回营去了，一路上爬过几座山，才回到哈桑-卡勒。然而就为了救几只亚美尼亚母鸡的性命（对这种事我根本不感兴趣），我们却走了四十俄里冤枉路。

哈桑-卡勒是埃尔祖鲁姆的咽喉。这座城建造在悬崖脚下，悬崖顶上造着要塞。城里有近百户亚美尼亚人家。我们的军营驻扎在要塞前的一片广阔的平地上。在这里我去看了一座圆形的石砌建筑物，里面喷涌着含硫化铁的温泉。

这里有个直径六米多的圆形水池。我在里面游了两个来回，突然觉得头晕恶心，我费尽力气才爬到泉边的石岸上。这水在东方是很有名的，但这里没有像样的医生，居民们盲目地利用它，看样子没有多大效果。

哈桑-卡勒城墙下流着一条叫穆尔茨的小河。河岸上到处是含硫化铁的泉水，这些水都是从石头下面涌出来流到河里去的。它不像高加索的纳尔赞矿泉水那样可口，而是含着难闻的铜臭味。

六月二十五日是皇上诞辰，各个团在要塞城墙下的军营里听着祷告。我们在帕斯凯维奇伯爵那里欢宴，为皇上的健康干杯，宴会上，伯爵宣布进军埃尔祖鲁姆。傍晚五点钟，部队出发了。

六月二十六日我们在离埃尔祖鲁姆五里路的山上安营扎寨。这座山叫阿克-达格（白山）。这是座白垩山。白色的腐蚀性粉末刺激着我们的眼睛。它那凄凉的外貌使人感到忧伤。即将到达埃尔祖鲁姆，坚信远征即将结束，这使我们感到安慰。

傍晚，帕斯凯维奇伯爵出来察看地形。整天在我们的哨兵前转来转去的土耳其骑兵开始向他射击。伯爵用鞭子吓唬了那些骑兵好几次，但并没有停止同穆拉维约夫将军商量。对他们的射击也没有还击。

这时埃尔祖鲁姆城内乱成一团。吃了败仗逃回城里的总司令散布流言，说已经彻底击溃了俄军。接着，被放回的俘虏把帕斯凯维奇伯爵的号召带到居民中去。逃兵揭穿了总司令的谎言。不久大家都得到俄军很快就要到达的消息。民众都在谈论投降的事。总司令和军队在考虑防御问题。发生了叛乱。有几个法兰克人被愤怒的市民杀死。

我们的军营里（二十六日上午）来了几个民众和总司令的代表，谈判进行了一天。下午五点钟代表们回埃尔祖鲁姆去，别科维奇公爵将军和他们一起去，他精通亚洲语言和风俗。

次日早晨我军继续前进。埃尔祖鲁姆东面，托普-达格山上有一座土耳其炮台，我们几个团向那里开去，用鼓声和军乐回答他们的炮声。土耳其人跑掉了，于是托普-达格被占领。我和诗人尤泽福维奇①骑马到那里去。在被丢弃的炮台上我们见到了帕斯凯维奇伯爵和他的随从。放眼望去，埃尔祖鲁姆连同它那城寨、众多的清真寺高塔和鳞次栉比的绿色屋顶，从山上到山下尽收眼底。伯爵骑着马。他前面的地上坐着带来城市钥匙的土耳其代表。但埃尔祖鲁姆城内显然发生了骚乱。突然城墙上火光一闪，冒起一缕烟，几颗炮弹往托普-达格飞来。有几颗从帕斯凯维奇伯爵头上飞过。“你瞧这些土耳其人，”他对我说，“永远不能相信他们。”②这时，从昨天起就在埃尔祖鲁姆谈判的别科维奇公爵飞马来到托普-达格山。他说，总司令和民众早就同意投降，但是一些不听话的阿尔纳乌特人在托普恰帕夏率领下占领了城里的炮台，在那里暴动。将军们骑着马跑到伯爵跟前，请求允许他们把那些土耳其大炮打成哑巴。那些坐在这里挨自己炮火的埃尔祖鲁姆官员也提出同样请求。伯爵沉吟了半晌，终于发出命令，说：“他们闹够了。”立刻拖来几门大炮，开始炮击，敌方的炮声渐渐稀疏下去了。我们的部队向埃尔祖鲁姆开去，六月二十七日，波尔塔瓦战役③纪念日，下午六点钟，俄国国旗便在埃尔祖鲁姆城头飘扬了。

拉耶夫斯基骑马向城里驰去，我和他同行。我们进了城，城里现出一派令人惊奇的景象。土耳其人站在房屋的平顶上阴郁地看着我们。亚美尼亚人喧闹地聚集在狭小的街道上。他们

① 尤泽福维奇（1802—1889），拉耶夫斯基的副官。
② 原文为法语。
③ 一七〇九年，俄国军队在波尔塔瓦打败瑞典军队。

的小孩在我们的马前跑来跑去，边画十字边喊：基督徒！基督徒！……我们骑马走到要塞跟前，我们的炮兵已进驻那里；我非常惊奇地遇到了阿尔捷米，尽管严厉命令不论是谁没有得到特别许可不准离开军营，但他已经在城里转了一圈。

城里的街道狭小弯曲。房屋都很高。人很多，铺子关了门。我在城里转了近两个小时便回营里去。埃尔祖鲁姆总司令和四个被俘的帕夏已经在那里。其中一个帕夏是个干瘦的老头，非常好动，正有声有色地跟我们的将军说话。他看见我穿着燕尾服，便问我是谁。普欣给了我一个诗人的称号。帕夏便把双手放在胸前，向我鞠了一躬，通过翻译对我说："遇到一位诗人真是三生有幸。诗人是苦行僧的兄弟。他没有祖国，没有尘世的幸福；而我们这些可怜人都关心名誉、权力、金银宝贝，诗人和土地的所有者可以平起平坐，大家都应向他鞠躬致敬。"

帕夏的东方式欢迎词很讨我们大家喜欢。我去看看总司令。我走进他的帐篷时遇到他所喜欢的侍童，那是个年约十四岁的黑眼睛男孩子，穿着很豪华的阿尔纳乌特服装。总司令是个头发斑白的老头，外表很平常，垂头丧气地坐在那里。他旁边聚集着一群我们的军官。我走出他的帐篷时看见一个青年人，他半裸着身子，戴着羊皮帽，手里拿着一根棍子，肩上搭着一个羊皮袋。他大声嚷嚷着。人家告诉我，这是我的兄弟，苦行僧，是特来向胜利者祝贺的。他被赶出去了。

# 第五章

埃尔祖鲁姆。亚洲式奢侈。气候。墓地。讽刺诗。总司令的府邸。土耳其帕夏的后宫。瘟疫。布尔佐夫之死。离开埃尔祖鲁姆。归途。俄国杂志。

埃尔祖鲁姆（误称埃尔泽鲁姆、艾尔祖鲁姆、艾尔兹罗恩）建于四一五年左右，在菲奥多西二世时期，因此称为菲奥多西堡。没有任何历史记载可以和它的名字联系起来。关于这座城市，根据哈吉巴巴[①]叙述，我只知道为了满足波斯大使的要求，没有给他送来人耳朵，而给他送来一对小牛耳朵。

埃尔祖鲁姆是土耳其亚洲地区的主要城市。人口十万，但这个数字似乎过分夸大了。房子都是石砌的，屋顶上铺着草皮，因此从高处看去，这个城市的外貌就显得很古怪。

欧洲和东方之间时主要陆路贸易都是通过埃尔祖鲁姆进行的。但是货物在这里卖出去的很少，它们不陈列出来，这一点图伦福尔[②]曾经指出过。他写道：一个病人在埃尔祖鲁姆可能由于弄不到一汤匙大黄而死去，然而这种药却一整袋一整袋地存放在城里。

我不知道有哪句话比“亚洲式奢侈”更没有意义了。这个谚语可能产生于十字军东征的时候，那时贫穷的骑士们离开家徒四壁、只有一些木头椅子的城堡，第一次看到红色的长沙发、色彩斑斓的地毯和刀柄上镶着彩色宝石的匕首。如今可以说：亚洲式贫困，亚洲式鄙陋等等。但奢侈还是有的，不用说，它属于欧洲。在埃尔祖鲁姆，您不管花多少钱都买不到普斯科夫省随便哪个县城的小铺子里都能买到的东西。

埃尔祖鲁姆的气候很干燥。城市建造在海拔七千英尺的山坳里。环绕着它的山峦，一年中大部分时间都覆盖着冰雪。土地不长林木，却很肥沃。由于有许多泉水，土地是湿润的，到处是纵横交错的水管。埃尔祖鲁姆是以水著称的。幼发拉底河在城外三俄里处流过。而喷泉则到处都有。每个喷泉旁边都挂着用链条拴住的铁勺子，善良的穆斯林喝着泉水，都对此赞不绝口。木材取自萨冈-鲁。

在埃尔祖鲁姆武库里有许多大概从戈弗雷③时代就已生锈的古代武器、头盔、甲胄和马刀。清真寺低矮而阴暗。城外有一片墓地。墓碑一般都是上面装饰着石雕缠头的柱子。有两三个帕夏的陵墓造得别出心裁，但一点也不雅致：谈不上什么风格，也没有任何含意……一个旅行者写道：在所有亚洲城市里，他只有在埃尔祖鲁姆发现过一座塔楼大钟，不过也已经坏了。

苏丹想出来的新主意还没有在埃尔祖鲁姆贯彻。军队还穿着色彩鲜艳的东方式制服。埃尔祖鲁姆和君士坦丁堡之间也存在着像喀山和莫斯科之间那样的竞赛。下面是土耳其精兵阿明-

---

① 哈吉巴巴系英国小说《伊斯巴加尼的哈吉巴巴奇遇记》中的人物。他是波斯大使的秘书，有一次波斯大使途经埃尔祖鲁姆，捉到一个贼，命令把贼的耳朵割下来，他的仆人拿两片羊肉来哄骗他。

② 图伦福尔（1656—1708），旅行家，著有《东方之行》。

③ 戈弗雷（约1060—1100），第一次十字军东征时的将领。

奥格鲁[①]所写的一首讽刺长诗的开头：

今天异教徒把伊斯坦布尔赞美，
而明天就会扬起他们的铁蹄
把它像条冬眠的蛇一样践踏，
然后扬长而去，就这样扔下它。
伊斯坦布尔大难临头，还呼呼大睡。

伊斯坦布尔不听先知的劝告，
它一味相信诡计多端的西方，
却把古老东方的真理忘掉。
它不再向真主祈祷，也不要马刀，
只在罪恶的生活中恣意放浪。
它已不能够承受征战的辛劳，
在祈祷的时刻，纵情狂饮佳醪。

它已失去信仰的纯洁的热情，
在那里，妻子们常常踯躅在坟场，
老太婆都被送上十字路口，
男人们被带进苏丹王妃的宫殿，
而受贿的宦官只当没有看见。

但我们那四通八达的埃尔祖鲁姆，
那高山上的埃尔祖鲁姆并不是这样，

① 阿明-奥格鲁是普希金虚构的名字，诗是普希金写的。

我们不在可耻的奢侈中睡觉，
不用违反教规的酒杯从美酒中
恣意舀取淫荡、欲火和戏闹。

我们施行斋戒：我们喝的是
圣洁的泉水，一股不醉的清流；
我们的骑士勇敢而且机灵，
他们成群结队，去投入战斗，
我们的后宫谁也不能够接近，
侍臣们个个严厉不可收买，
嫔妃们足不出户，严于操守。

我住在有许多房间的总司令府邸里，他的内宫也在那里。我整天从这个房间走到那个房间，从这个屋顶走到那个屋顶，从这座楼梯走到那座楼梯，在无数的过道里散步。这座府邸已被搬空了；总司令本来就准备逃走，因此能搬走的都搬走了。长沙发被扯破，地毯拿掉了。我在城里散步的时候，许多土耳其人叫我过去，给我看舌头（他们把穿燕尾服的人都当作医生）。这很使我厌烦，我准备用同样的动作回答他们。每天晚上我都和聪明而亲切的舒霍鲁科夫①一起度过。共同的兴趣使我们彼此接近。他对我谈了他的文学观点、他对历史的研究，他早就勤奋地研究这些问题，并且很有收获。他那有限的愿望和要求确实感人至深。要是不能实现，那就太遗憾了。

---

① 舒霍鲁科夫（1795—1841），近卫哥萨克团的中尉，收集过顿河军的历史资料和一八二九年远征的资料，但都被没收。

总司令的府邸总是呈现出一幅永远是那么热闹的图景：在那里，脸色阴沉的帕夏默默地在一群妻妾和无耻的少年中抽烟，在那里，他的胜利者收阅将军们送来的捷报，划分帕夏辖区，谈论新的小说。穆什的帕夏远道而来，向帕斯凯维奇伯爵要求把他的侄儿的领地分给他。这个地位显赫的土耳其人在府邸里走来走去，在一个房间里站住，有声有色地说了几句话，沉思起来。原来他父亲就是在这个房间里被总司令下令杀了头的。这真是东方式的印象！著名的布拉特别伊，高加索的雷神，带着在最近一次战争中起义的契尔克斯村庄的两个村长到埃尔祖鲁姆来。他们在帕斯凯维奇伯爵那里吃饭。布拉特别伊是个三十五岁光景的汉子，个子矮壮，肩膀宽阔。他不会说俄语，或装作不会说俄语。他到埃尔祖鲁姆来使我很高兴：他可以保证我平安无事地翻越几座山和卡巴尔特。

在埃尔祖鲁姆被俘的奥斯曼帕夏已和总司令一起被送到梯弗利斯去，他曾请求帕斯凯维奇伯爵保护好他留在埃尔祖鲁姆的家眷。最初几天，大家都把他们忘记了。有一次吃饭的时候，在谈起这座由一万军队占领的穆斯林城市平静无事，没有一个居民告过士兵一次状时，伯爵想起了奥斯曼帕夏的家眷，便命令A君到帕夏家里，问问他的妻妾们是不是感到满意，有没有受到什么委屈。我请求允许我陪A君去。我们出发了。A君带了个俄国军官当翻译，这个军官的经历是很有趣的。他十八岁时就被波斯人俘虏。他被阉割，在沙赫一个儿子的后宫里当过二十多年的侍仆。他谈到自己的不幸遭遇，谈到自己在波斯的生活。他的朴实忠厚令人感动。在生理学方面，他说的话是很有研究价值的。

我们来到奥斯曼帕夏家里，被领进一个开着的房间，里面布置得井井有条，甚至很有味道，彩色的窗子上还写着《古兰经》的字句。其中有一句我觉得对于穆斯林的后宫来说是很难理解的：“你应当能结并能解。”仆人用镶着银饰的杯子给我们端来咖啡。一个蓄着可敬的白须的老人，奥斯曼帕夏的父亲，代表奥斯曼帕夏的妻妾出来对帕斯凯维奇伯爵表示感谢。但是A君断然表示，他奉派到奥斯曼帕夏的家眷这里来，一定要看看她们，这样才能从她们本人那里得到证实，她们在丈夫离开家里的情况下对一切都感到满意。那波斯俘虏刚刚把这些话译完，老人便弹了一下舌头表示愤懑，宣称无论如何不能同意我们的要求，还说，如果帕夏回来，知道有陌生男人看见了他的家眷，那时他老头子和后宫的所有奴婢都会给砍头的。奴仆们（他们当中没有一个阉人）证实了老人的话，但A君一点都不让步。“你们害怕你们的帕夏，”他对他们说，“可我也不敢违抗我们总司令的命令。”毫无办法。主人带着我们走过一座喷射着两股小喷泉的花园。我们向一座小小的石砌建筑物走去。老人站在我们和门的中间，小心地打开门，手没有从门闩上放下，于是我们看见一个妇人，从头到黄色便鞋披着一袭白色的披纱。我们的翻译对她重提了一下问题，可我们听到的却是一个七十岁老太婆含糊不清的回答。A君立即打断她：“这是帕夏的母亲，”他说，“我奉派到这里来是为了看望他的夫人的，请带其中的一位来。”这家人对异教徒的机灵无不感到惊讶。老太婆走了，过了一会儿，带来了个妇人，像她一样从头到脚披着披纱，从披纱里面响起一个年轻妇女悦耳的声音。她感谢伯爵对丈夫不在家的可怜妇女们的关怀，并称赞俄国人待人的态度。A君很巧妙地和她谈下去。这时我往四下里瞧瞧，突然看见门上方有一个圆形小窗，小窗里有五六个圆圆的头和一对对好奇的黑眼睛。我本想把这个发现告诉A君，但那几个头对我点了点，眨了眨眼睛，并伸出几只手指严厉地对我指了指，叫我别出声。我遵从了她们的意思，没有把我的发现说出去。她们的脸都很可爱，但没有一个称得上美人儿。在门旁同A君谈话的那个，看来是后宫的主宰，宠妃，至少是爱情的玫瑰，我这样想。

A君终于停止了询问。门关掉了。窗子里的脸不见了。我们参观了花园和房屋，为完成使命而感到高兴，回营去了。

我就这样看见了土耳其人的后宫：很少有欧洲人享受到这种眼福。这是一个素材，可以供您写一部东方小说。

战争似乎结束了。我准备归去。七月十四日我去了民间澡堂，感到很不愉快。我对不干净的床单、恶劣的仆役等等咒骂不休。埃尔祖鲁姆的澡堂怎能和梯弗利斯的相比！

回到总司令的府邸，我从正在站岗的科诺夫尼岑那里得知埃尔祖鲁姆开始流行瘟疫。我立刻想象到检疫所那种令人不寒而栗的景象，当天我就决定离开军队。由于事情来得突然，一想到流行瘟疫就感到很不愉快。为了消除这种印象，我便到集市去散步。我在一个武器匠的铺子前停住脚步，仔细看着一种匕首，突然有人在我肩上拍了一下。我回头一看：我背后站着一个极其令人讨厌的乞丐。他苍白得像个死人，充满眼屎的红眼睛流着泪。我脑子里又闪过瘟疫的念头。我怀着一种无可名状的厌恶推开乞丐回到住处，对这次出来散步懊恼不已。

然而，好奇心使我不再惧怕，次日我和一个医生到军营里去，有些传染上瘟疫的人被安置在那里。我没有下马，为了预防传染站在上风口。从帐篷里给我们扶出一个病人，他脸色非常苍白，像醉了酒一样摇摇晃晃。另一个病人躺在那里，已经昏迷。我检查了一下病人，告诉这个不幸的人会很快康复，尔后我注意到两个把病人扶出来的土耳其人，他们帮病人解开衣服，在他身上触摸着，仿佛瘟疫只不过是伤风那样的小毛病罢了。我得承认，面对这种若无其事的态度，我为自己欧洲人的胆怯感到惭愧，于是急忙回城去了。

七月十九日，我去向帕斯凯维奇伯爵辞行，他正沉浸在极度的悲痛中。传来了噩耗，布尔佐夫将军在拜布尔特城下阵亡了。失去勇敢的布尔佐夫固然可惜，但这件事对于我们人数不多的军队来说，则可能是一种毁灭性的打击，因为我们深入异邦腹地，受到深怀敌意、一听到最初的失利就准备揭竿而起的人民的包围。果然，战火复燃了！伯爵建议我再看看事件将来的发展。但我急于要回俄罗斯去……伯爵赠给我一把土耳其马刀作纪念。我保存着它，作为我跟随这位战绩辉煌的英雄漫游被征服的亚美尼亚大地的纪念品。当天我离开了埃尔祖鲁姆。

我顺着已经熟悉的道路回梯弗利斯去。不久前由于开来一万五千军队而热闹过一阵的地方，如今已显得沉寂而凄凉。我越过萨冈-鲁，勉强才认出不久前安营的地方。在古姆雷我受到了三天防疫隔离。我又看见别卓勃达尔山，并离开寒冷的亚美尼亚高原到闷热的格鲁吉亚去。八月一日我抵达梯弗利斯。在这里，我在亲切快乐的社交界中逗留了几天。有几个晚上我是在荡漾着乐声和格鲁吉亚歌曲的花园中度过的。我继续赶路。在翻越几座山的时候，我在科比附近半夜遇到了暴风雨，这对于我来说，真是太精彩了。早晨我经过卡兹别克山的时候看到了一种奇观：一长串破碎的白云跨越着山峰，山上一座孤零零的、沐浴着阳光的修道院仿佛飘浮在空中，缓缓地被白云带走。怒谷也以其全部壮丽出现在我面前：这个山洪暴发的山谷以其汹涌激荡的壮观胜过在那里可怕地咆哮的捷列克河。两岸给冲毁了，巨大的石块移动了，堵住了激流的去路。许多沃舍梯人在修路。我顺利地过了山谷。最后，我走出峡谷来到广阔的大卡巴尔达平原。在符拉迪高加索我遇到道罗霍夫①和普欣。他们俩在这次远征中负了伤，来温泉治疗。我在普欣那里的桌子上发现几本俄国杂志。我看到的第一篇文章是评论我的一篇作品的。②文章百般辱骂我和我的诗。我出声读了起来。普欣叫我停一停，要我带着更多的表情念。因为这篇评论还玩弄了批评家常用的那些花样：这是一篇教堂管事、烤圣饼女人和印刷所校对，这出小喜剧中的兹德拉沃梅斯尔③之间的谈话。普欣的要求使我觉得很有趣，因此读杂志文章所产生的恼怒一下子全部烟消云散了，我们从心底里发出一阵哈哈大笑。

这就是殷勤的祖国向我发表的第一篇欢迎词。

---

① 道罗霍夫（？—1852），被贬为士兵的军官，在下城团服役。

② 这是纳杰日津发表在《欧罗巴导报》上评论《波尔塔瓦》的文章。

③ 兹德拉沃梅斯尔是俄国作家冯维辛的喜剧《哈尔迪娜公爵夫人的谈话》中的人物，含有“思想健全的人”的意思。

# 题 解

## 黑桃皇后

小说写于一八三三年十月至十一月，初次发表于《读书文库》一八三四年第二卷。

伯爵夫人的原型是莫斯科总督德·戈里岑的母亲娜塔丽亚·彼得罗夫娜·戈里岑娜。据说，有一次她的孙子戈里岑因赌输向戈里岑娜要钱，戈里岑娜就告诉他三张牌，孙子果然翻了本。小说的其余情节则是虚构的。

据普希金日记记载，《黑桃皇后》发表后非常风行，赌徒们纷纷拿 3、7、爱司等三张牌下注。

## 基尔查里

小说估计写于一八三四年秋，同年发表于《读书文库》第七卷第十二册。

小说的内容和一八二一年希腊民族独立战争有关。一八二三年普希金还在基什尼奥夫的时候就注意到参加起义的格奥尔基·基尔查里。当时在英佐夫将军手下供职的列克斯向普希金谈过基尔查里的情况。一八三三至一八三四年间，列克斯又在彼得堡同普希金见面，显然又为小说提供了新的材料。

## 埃及之夜

小说大约写于一八三五年秋。第一首即兴诗歌的首尾部分都是当时写的，当中一段取自普希金未完成的长诗《叶泽尔斯基》，作为第二首即兴诗歌的短诗写于一八二四年。小说未完成，它同短诗《克娄巴特拉》初次发表于《现代人》杂志一八三七年第八卷。在《埃及之夜》的手稿中还有另一标题——《克娄巴特拉》。

普希金对埃及女王克娄巴特拉的形象早就发生兴趣。一八二四年的短诗《克娄巴特拉》就是根据四世纪罗马历史学家阿弗烈利·维克多所讲到的故事写出的。阿弗烈利·维克多讲到克娄巴特拉出卖自己的爱情，许多人不惜以生命为代价换取几夜的欢乐。普希金对即兴诗歌很有兴趣，他从南方流放回来后，曾在莫斯科听波兰诗人密茨凯维奇朗诵即兴诗歌。

《埃及之夜》中的诗人恰尔斯基带有普希金自传性质，特别是谈到诗人和社会的关系那一部分。

## 上尉的女儿

小说构思于一八三三年，初稿写于一八三三年八月，一八三四年继续写作，直至一八三六年十月十九日方告完成。

小说初次发表于《现代人》杂志一八三六年第四卷，未署名，并由书刊检查机关作了删节。

普希金还在写作《杜勃罗夫斯基》的时候就考虑要写一部反映普加乔夫起义的小说。他研究了普加乔夫起义的档案材料，访问了许多参加过起义的老人，但是普希金不得不非常谨慎地选用这些材料。普希金在写作过程中还多次改变构思，结果写了两个人物——格里尼奥夫和施瓦勃林（后者是背叛贵族立场，参与普加乔夫暴动的人物），才通过书刊机关检查。

## 别墅来客

第一、二章写于一八二八年九月，第三章估计写于一八三〇年。小说片断发表于一八三九年至一八八四年，小说的构思从一九三〇年开始发表。

普希金手稿中的小说提纲：①

上流社会人士向时髦女士献殷勤，勾引她，但由于算计和别的女人结婚。妻子给他安排了舞台，她向他坦白了一切。那女人来看望她。上流社会人士的不幸，虚荣心。

上流社会出现年轻的重要人物。

泽丽雅钟情于一个爱慕虚荣的利己主义者；她被冷漠、居心不良的上流社会所包围；理智的丈夫；情人嘲笑她——女友疏远她，成了轻佻女人，和一个不爱的男人不知羞耻的交往，丈夫疏远她。她的不幸生活。她的情人，她的朋友。

1. 上流社会情节……上流社会人士……

2. 引诱——恋情，情人炫耀和她关系。

3. 一个年轻外省人出现在上流社会。争风吃醋情节。上流社会的不满。

4. 结婚的流言——泽丽雅的绝望。她全向丈夫坦白。婚礼的拜访——泽丽雅生病——回到上流社会，许多人向她献殷勤，等等。

---

① 小说提纲以法文写成。

## 一八二九年远征时的埃尔祖鲁姆之行

本篇最后完成于一八三五年。它最初是一份日记，后来普希金加以整理修改，并于一八三五年四月三日写了《前言》，同年全文发表于《现代人》杂志第一卷。

一八二五年十二月，酝酿已久的十二月党人起义被沙皇镇压。十二月党人的领袖和活动家有的被判绞刑，有的被关进监狱，有的被流放西伯利亚。进步思想界遭到毁灭性打击，尼古拉一世加强了他的黑暗统治，俄国国内一时出现了万马齐喑的沉闷局面。一八二六年，普希金虽然被从流放地召回京城，然而他的一举一动都受到宪兵的监视，他的作品都要经过沙皇本人的审查。这时他实在是苦闷极了。他曾请求让他到高加索俄土战争前线去，但没有得到允许。再加上一八二九年四月他向冈察罗娃求婚，未得到明确答复，于是普希金毅然于五月一日不顾禁令擅自动身到高加索去。这年的高加索之行在文学上的主要成果便是这篇《埃尔祖鲁姆之行》。

《埃尔祖鲁姆之行》是普希金后期的重要散文作品。如果不算小说，这篇游记便是普希金最重要的散文作品了。普希金在这篇游记中描写了高加索、格鲁吉亚、亚美尼亚等地的自然风光和民间习俗。在他的笔下出现了白雪皑皑的高加索群山、直插云霄的卡兹别克峰、汹涌激荡的捷列克河、怪石林立的峡谷……他在返途中看到一座修道院在卡兹别克山上云彩中“飘浮”的奇观，使他产生了写作《卡兹别克山上的修道院》一诗的灵感。他在这篇游记中还由于在高加索看见他的《高加索俘虏》一书而对这首长诗作了自我评论。他在途中偶然遇到在波斯被刺杀的格里鲍耶陀夫的遗体，而对这位卓越的剧作家展开了悼念性的评述，从中我们可以看到普希金对俄国诗人命运所作的概括。这一切使这篇游记和普希金的其他作品一样成为不朽的篇章。苏联著名文艺理论家什克洛夫斯基认为这篇作品是世界游记体裁的突破，指出“作品的意义是极其巨大的”。“普希金观察问题的本领……被莱蒙托夫运用在《当代英雄》中（尤其在作品的开头）和被托尔斯泰运用在《哥萨克》中。”的确，我们在《当代英雄》和《哥萨克》中都可以发现这篇游记的影子。

...Быть может, уж недолго мне
В изгнаньи мирном оставаться.

...И забываю мир — и в сладкой тишине
Я сладко усыплен моим воображеньем,
И пробуждается поэзия во мне.